हिन्द पॉकेट बुक्स

मेरा अपना संसार

डॉ. नरेन्द्र कोहली प्रसिद्ध हिन्दी साहित्यकार हैं। कोहली ने साहित्य की सभी प्रमुख विधाओं में अपनी लेखनी चलाई है। उन्होंने सौ से अधिक ग्रंथों का सृजन किया है। हिन्दी साहित्य में महाकाव्यात्मक उपन्यास की विधा को प्रारंभ करने का श्रेय नरेंद्र कोहली को ही जाता है। पौराणिक एवं ऐतिहासिक चरित्रों की गुत्थियों को सुलझाते हुए उनके माध्यम से आधुनिक समाज की समस्याओं एवं उनके समाधान को समाज के समक्ष प्रस्तुत करना कोहली की अन्यतम विशेषता है। कोहली सांस्कृतिक राष्ट्रवादी साहित्यकार हैं, जिन्होंने अपनी रचनाओं के माध्यम से भारतीय जीवन-शैली एवं दर्शन का सम्यक् परिचय करवाया है। जनवरी, 2017 में उन्हें पद्मश्री से सम्मानित किया गया।

मेरा अपना संसार

नरेन्द्र कोहली की श्रेष्ठ कहानियाँ

नरेन्द्र कोहली

हिन्द पॉकेट बुक्स
पेंगुइन रैंडम हाउस इम्प्रिंट

हिन्द पॉकेट बुक्स

यूएसए | कनाडा | यूके | आयरलैंड | ऑस्ट्रेलिया | सिंगापुर
न्यू ज़ीलैंड | भारत | दक्षिण अफ्रीका | चीन

हिन्द पॉकेट बुक्स, पेंगुइन रैंडम हाउस ग्रुप ऑफ़ कम्पनीज़ का हिस्सा है,
जिसका पता global.penguinrandomhouse.com पर मिलेगा

पेंगुइन रैंडम हाउस इंडिया प्रा. लि.,
चौथी मंजिल, कैपिटल टावर -1, एम जी रोड,
गुड़गांव 122 002, हरियाणा, भारत

पेंगुइन
रैंडम हाउस
इंडिया

प्रथम हिन्दी संस्करण हिन्द पॉकेट बुक्स द्वारा 2014 में प्रकाशित
यह हिन्दी संस्करण हिन्द पॉकेट बुक्स में पेंगुइन रैंडम हाउस द्वारा 2021 में प्रकाशित

10 9 8 7 6 5 4 3 2

ISBN 9789353497637

मुद्रकः रेप्रो इंडिया लिमिटेड

www.penguin.co.in

MIX
Paper from responsible sources
FSC www.fsc.org FSC® C047271

This is a legitimate digitally printed version of the book and therefore might not have certain extra finishing on the cover.

क्रम

कथा-भूमि	...	7
बदतमीज़ी	...	13
राजा दशरथ के बेटे	...	19
उजड़े दयार में...	...	30
दो-ढाई और आठ	...	37
कहानी का अभाव	...	45
नाबालिग वर	...	54
लोगों के बच्चे	...	65
गाड़ीवान	...	75
सहारा	...	89
मम्मी, पापा और बेबी	...	103
दुहराव	...	111
वापसी	...	120
मेरा अपना संसार	...	129

कथा–भूमि

मेरा लेखन कहानियों से आरम्भ हुआ या कविताओं से, यह कहना कठिन है, किन्तु इसमें कोई भ्रम नहीं है कि मेरे लेखन का विकास कहानियों के माध्यम से ही हुआ। अपनी कॉपियों में तो कविताएं भी खूब लिख थीं, पर न तो उनका विकास हुआ और न प्रकाशन, किन्तु कहानियों की बात और थी। जिधर दृष्टि जाती थी, कोई-न-कोई कहानी दिख जाती थी, अपने भीतर भी और अपने बाहर भी, फिर भी मेरी आरंभिक कहानियां इस अर्थ में काफी आत्मकेन्द्रित रही हैं कि उनकी सामग्री मैंने अपने परिवार और निकट सम्बन्धियों के व्यक्तिगत जीवन से ही ली हैं। अबोध शैशव को पीछे छोड़ आए, पहली बार आंखें खोलते हुए तरुण मन के लिए शायद यही स्वाभाविक था। प्रतिदिन पारिवारिक-सामाजिक जीवन के किसी-न-किसी नए तथ्य का उद्घाटन हो रहा था। अपने आस-पास घटती घटनाओं की अनुभूतियों का ताज़ापन और उनके प्रति तीखी प्रतिक्रिया मुझे कहानी लिखने को बाध्य कर रही थी। कॉलेज के नए-नए अनुभव, हलके-हलके रोमांस, घर में पहला विवाह, नए बनते संबंध और पुराने संबंधों के प्रति विद्रोह जैसे उपकरण मुझे अकस्मात् ही सुलभ हो गए थे और मेरे पास था मस्ती से भरा तथा लोगों को कोंचने को आतुर चुलबुला मन, चुहल से कटाक्ष और विदूप तक जाती वाणी, स्वयं को बड़ों के बराबर मनवाने का किशोर प्रयास, क्योंकि बड़ों के गरिमायुक्त व्यक्तित्व क्रमशः हलके पड़ते जा रहे थे। आरंभिक कहानियों में घटनाओं के नाटकीय संयोजन

से विसंगतियों तथा दोहरे मानदंडों पर प्रहार करना ही शायद मेरा प्रमुख उद्देश्य था। आज सोचता हूं, तो लगता है कि शायद अपने विद्रोह की घोषणा करने के लिए ही मैंने कहानियां लिखी थीं। 'पानी का जग, गिलास और केतली,' 'दो हाथ,' 'बदतमीज़ी,' 'ज्ञान की पिपासा,' 'दो-ढाई-आठ,' उजड़े दयार में' आदि कहानियां मेरे इसी मूड की अत्यन्त आरंभिक कहानियां हैं।

इसी अवधि में कुछ कहानियां केवल इसलिए लिखी गईं, क्योंकि कहानियां बन गई थीं। कहानीपन का भी अपना एक मज़ा होता है। उसको छोड़ पाना कठिन होता है, विशेषकर आरंभिक दौर में। ऐसा भी हुआ कि परस्पर चर्चा में किसी ने कोई रोचक घटना सुना दी अथवा किसी की बातचीत में से कोई पक्ष उभर आया, तो उसकी भी कहानी बन गई। 'राजा दशरथ के बेटे' तथा 'मम्मी, पापा और उनकी बेबी' ऐसी ही कहानियां हैं।

प्रेम-कथाएं मैंने बहुत कम लिखी हैं, किन्तु आरंभ में कुछ रोमानी कहानियां अवश्य लिखी थीं। 'स्नेह का उदय,' 'संगिनी,' 'उसने ग़लत नहीं कहा था' तथा 'मालिनी' जैसी कुछ कहानियां याद आ रही हैं, किन्तु इनमें से कोई भी गंभीर प्रेम-कथा नहीं है। प्रेम-कथा लिखने में न मुझे तब संकोच था, न अब है, किन्तु प्रेम को कहानी बनने में शायद एक लम्बी अवधि चाहिए। लम्बे अरसे के बाद मैंने 'कथा पुरानी मैत्री की,' 'त्रासदियां प्रेम की' तथा 'प्रीति-कथा' इत्यादि रचनाएं अवश्य लिखीं, किन्तु उनमें 'प्रेम' कम, विश्लेषण और व्यंग्य ही अधिक सघन हुआ है, क्योंकि प्रेम की वस्तविकता अब उतनी अबूझ नहीं रह गई थी।

फिर जैसे अपने-आप से अवकाश पाकर मेरा लेखक अपने दुःख-दर्द के साथ-साथ दूसरों के दुःख-दर्द को भी पहचानने लगा था। इस समय मेरी कहानियां, मेरे जीवन को छूते हुए अन्य लोगों के अनुभवों की कहानियां। मेरी लेखनीय सहानुभूति इन्हीं दिनों विकसित

होनी आरंभ हुई थी। 'आहत-प्यार', 'भूखे बच्चे : सूखी डाली,' 'मेरा अपना संसार' बहुत भावुक और आहत भावनाओं की कहानियां हैं। उनके साथ-साथ 'कहानी का अभाव,' 'होने वाली पत्नी' तथा 'एक ही विकल्प' परिस्थितियों की विडंबना की कहानियां हैं। 'कहानी का अभाव' यद्यपि मेरी आरंभिक कहानियों में से है, किन्तु मुझे अब भी बहुत प्रिय है। इसकी सामग्री मैंने अपने बड़े भाई के जीवन से ली थी, जो अत्यंत नीरस, शुष्क तथा मशीनी हो चुका था। उनकी पीड़ा तो मेरे लिए महत्वपूर्ण भी है, किन्तु यह कहानी मुझे अन्य कारणों से भी प्रिय है। यह कहानी की संरचना के परंपरागत अकादमीय-ढांचे पर भी प्रश्नचिह्न लगाती है।

'एक ही विकल्प' कहानी मैंने तीन बार लिखी थी। पहली बार यह 'अंधेरे का जीवन' नाम से 'कहानी' पत्रिका में प्रकाशित हुई थी। उसे लिखने ही नहीं, प्रकाशित करवा देने के पश्चात् भी मेरे मन में एक बात सदा कौंधती रही कि उस कहानी में और बहुत कुछ कहने और चित्रित करने का अवकाश था, किन्तु मैंने उसे बहुत विरल रूप में प्रस्तुत किया है।

यही कारण है कि मैंने उसे पुनः उपन्यास के रूप में लिखा, किन्तु लिखने के साथ ही मुझे लगा कि उसे उपन्यास बनाने के अविवेकी प्रयत्न में मैंने उसे अनावश्यक विस्तार दे दिया है और उस रचना की प्रखरता तथा प्रहारकता क्षीण कर दी है। उसे तीसरी बार लिखा और वह 'एक ही विकल्प' के रूप में सामने आयी।

जीवन के केन्द्र में अब भी कॉलेज ही था, किन्तु छात्र से अध्यापक बनने की प्रक्रिया से गुज़र चुका था। नई-नई नौकरी, विवाह, दांपत्य जीवन की कुछ आरंभिक समस्याएं...और इनके कारण अपने तथा अपने निकट के लोगों के जीवन में उत्पन्न हुईं जटिलताएं...जीवन के इन नए अनुभवों ने अपनी आकस्मिकता के कारण वाणी की वक्रता को गौण बना दिया था, अनुभूति ही प्रधान हो गई थी। 'मॉरिस नगर', 'कपूर',

'दूसरे कगार का निषेध' तथा 'सीमा के आर-पार' इन्हीं दिनों लिखी गई कहानियां हैं।

1966-67 के दो वर्ष मेरे जीवन में घटनाओं की दृष्टि से अधिक हलचल भरे थे। पहली सन्तान का जन्म, छोटे बच्चे के पालन-पोषण की समस्याएं और फिर चार ही महीनों में उसकी मृत्यु! मैंने अनुभव किया कि विवाह अपने-आपमें जीवन की एक बहुत बड़ी घटना हो सकता है, किन्तु संतान का जन्म तथा उसका पालन-पोषण, भावना, व्यवहार तथा परिस्थितियों आदि के धरातल पर कहीं अधिक सघन अनुभव है, जो जीवन-क्रम को आपादमस्तक लील लेता है। 'परिणति', 'दूसरी आया' और 'किरचें' आदि कहानियों की पृष्ठभूमि में ये ही घटनाएं हैं। रोमानियत को छोड़, जीवन कठोर यथार्थ के ढर्रे पर आ रहा था। पारिवारिक संबंधों की अनेक जटिलताएं अपने केंचुल खोल रही थीं। मृत्यु को इस प्रकार आमने-सामने देखकर व्यक्ति रोमानी रह ही कैसे सकता है!

तब तक मेरे अनुभव कहानियों के रूप में ही ढलते थे, शायद इसलिए कि प्रत्येक घटना को स्वतः संपूर्ण तथा स्वतंत्र मानकर मेरा सर्जक मन उस घटना को उसी की संपूर्णता में बुनता था। उसे कार्य और कारण की लम्बी श्रृंखला से स्वतंत्र ही रखता था। कहानी उसी एक बिन्दु के चारों ओर बुनी जाती थी, उसे एक विराट जाल के अंग के रूप में बुनने की चेतना अभी नहीं जागी थी। तब तक 'व्यंग्य' भी पूरी तरह से मुझ पर हावी नहीं हुआ था, धीरे-धीरे अपनी आंखें अवश्य खोल रहा था। 'सार्थकता' में उसके अंकुर फूटते अवश्य दिखाई पड़े रहे थे। उपन्यास-लेखन की ओर बढ़ने की छटपटाहट भी चल रही थी। 'द कॉलेज' शायद इन दोनों के मिश्रण का ही परिणाम था। आज 'वृत' को पढ़ता हूं, तो वह भी किसी बड़े सामाजिक-राजनीतिक उपन्यास का कथानक-सा ही दिखाई पड़ता है। 'साथ सहा गया दुःख' का प्रथम प्रारूप भी इन्हीं कहानियों का समकालीन है।

1967-68 में लिखी गई कहानियों की पृष्ठभूमि पिछले वर्ष की कहानियों से विशेष भिन्न नहीं है। ...दूसरी सन्तान का जन्म हो चुका था।

इस बार जुड़वां बच्चे थे, एक लड़का और एक लड़की। लड़की चौबीस दिनों की ही आयु लेकर आई थी।...इस काल में लिखी कहानियों में इन घटनाओं की प्रत्यक्ष चर्चा नहीं है।

हां, पिछले दो वर्षों के अनुभवों की कटुता के कारण विनोद की वक्रता अब यथार्थ की कटुता में बदलती अवश्य लग रही थी। इसी प्रक्रिया का आभास 'हिन्दुस्तानी' में मिलता है।

स्वयं पिता बनकर अपने पिता को मैंने और भी निकट से जाना। शायद इसीलिए वृद्धावस्था के प्रति संवेदना और सहानुभूति जागी। 'शटल', 'दृष्टिदेश में एकाएक', 'नमक का क़ैदी' तथा 'ख़र्च, डायरी और अस्पताल' आदि कहानियां तो पिता जी से संबंधित हैं ही, 'चारहान का जंगल' भी उन्हीं के जीवन में घटित एक घटना पर आधारित कहानी है।

जहां घटनाओं का चित्रण न कर उस पर प्रतिक्रिया और वह भी तीखी प्रतिक्रिया व्यक्त करने की आवश्यकता पड़ी, वहां कहानी नहीं बनी, व्यंग्य ही बना। 1969 में कहानियों से अधिक मैं व्यंग्य लिख रहा था। बीच-बीच में कुछ कहानियां भी लिखी जा रही थीं, किन्तु क्रमशः कहानियों का स्रोत सूख रहा था। वैसे तो व्यंग्य में भी घटनाओं का उपयोग होता ही है, किन्तु व्यंग्य कथानाक विहीन विधा है, तो मेरे भीतर का कथा-तत्व कहां जा रहा था? 1970 में जब उपन्यास-लेखन आरंभ हुआ, तो कहानी-लेखन प्रायः बन्द हो गया। शायद तब छोटी घटनाओं का स्वतंत्र महत्व कम लगने लगा था। वे घटनाएं तो एक बड़ी व्यवस्था की कड़ियां थीं और व्यवस्था का चित्रण उपन्यास लिखे बिना नहीं हो सकता था। संभवतः मेरा आक्रोश व्यंग्य का रूप ग्रहण कर रहा था और कथा-तत्व उपन्यास में ढल रहा था।

1970-75 की अवधि में बहुत कम कहानियां लिखी गईं। व्यक्तिगत जीवन के विभिन्न पड़ाव (जो व्यक्ति के जीवन की महत्वपूर्ण घटनाएं होती हैं) मैं प्रायः पार कर आया था। पढ़ाई, नौकरी, विवाह, संतान का जन्म, उनका रोग-शोक, गृहस्थी के तनाव और परेशानियां, सामाजिक संबंध, सामाजिक-आर्थिक-राजनीतिक दबाव, यह सब कुछ देख चुका था।...मेरी रचना-प्रक्रिया में एक विचित्र अंतर आता जा रहा था। सृजन-प्रक्रिया के वृक्ष के तने में से दो शाखाएं उग आई थीं, व्यंग्य और उपन्यास। बीज आ जाने पर फूल झड़ जाते हैं। इन दो टहनियों के विकास से कहानी अनायास ही सूख गई थी।

मेरे सृजन-वृक्ष का तना अब भी कथा ही है, किन्तु विधा के रूप में कहानी जैसे विलीन हो गई है। कथा-तत्व उपन्यास में समा गया और आक्रोश व्यंग्य में। इसके बाद के वर्षों में मैंने कहानियां बहुत कम लिखी हैं, न के बराबर। अब तो स्वतंत्र रचना के रूप में व्यंग्य भी कभी-कभार लिख लेता हूं, अन्यथा वह भी उपन्यास में ही समाहित हो गया है। लोग पूछते हैं, 'आपने कहानी लिखनी बन्द कर दी?' मैं स्वीकार में सिर हिला नहीं पाता, क्योंकि न तो मैंने ऐसा कोई संकल्प ही किया है और न ही मुझे कहानी से किसी भी प्रकार का विरोध है। कहानियां लिख नहीं रहा, तो इसलिए नहीं कि लिखना नहीं चाहता। हुआ यह है कि उपन्यास अधिक प्रबल हो उठा है या यह कहना अधिक उचित होगा कि वह मुझ पर हावी हो गया है।

— नरेन्द्र कोहली
175, वैशाली, पीतमपुरा
दिल्ली-110034

बदतमीज़ी

भैया अपने किसी मित्र के पास एक विशेष प्रकार का रुमाल देख आए थे। वह रुमाल उन्हें बहुत पसंद आया था। उन्होंने ऐलान कर दिया कि अब वे वैसे ही रुमालों का प्रयोग करेंगे। हम लोगों के रुमाल देखकर वे खिल्ली उड़ाते, 'चले हैं रुमाले रखने! अरे भई, चीज़ रखनी है तो ढंग की रखो। आदमी का आख़िर कोई स्टैंडर्ड होना चाहिए।'

भैया के शादी के सूटों का कपड़ा आया, तो साथ-साथ एक विशेष प्रकार का सफ़ेद कपड़ा भी आया। पता चला कि यह भैया के रुमालों के लिए है। ये रुमाल विशेष उनकी शादी के लिए बनेंगे।

सूट तो बाद में बने, भैया के रुमाल पहले बन गए। जिस दिन रुमाल बने, उसी दिन एक हमने उनके हाथ में देखा।

'भैया! ये तो शादी के लिए बने थे न?' मैंने पूछा।

'शादी के लिए छह मैंने रख दिए हैं।' उन्होंने कहा।

'और?'

'और छह अभी डेली यूज़ के लिए निकाल लिए हैं।'

'अच्छा!'

'और क्या...!'

उसी दिन से भैया को एक आदत पड़ गई। जब-तब वे नाक पोंछते, चश्मा साफ़ करते या मुख का पसीना सुखाते हुए नज़र आते। उनके हाथ में वैसा ही रुमाल होता। हम सब भाई-बहन उनकी इस आदत पर खूब हंसते। उनके पीठ फेरते ही, जेब से अपना-अपना

रुमाल निकालकर मुख साफ़ करने लगते। 'रुमाल' हमारा सांकेतिक शब्द बन गया। शब्द 'रुमाल' सुनते ही हम हंस पड़ते। भैया जेब में हाथ डालते तो हम में से कोई फुसफुसाकर कहता, 'निकला स्टैंडर्ड रुमाल!' और सचमुच ही भैया के हाथ में वही रुमाल होता।

भैया की शादी का दिन एकदम समीप आ पहुंचा। भैया दिन-रात तैयारियों में लगे हुए थे।

हम सब भी काफ़ी व्यस्त थे। किसी को फुर्सत ही नहीं कि किसी दूसरे को देखता। पर फिर भी उस दिन हम सबने नोट किया कि भैया अधिक बौखलाए हुए हैं। बात किसी की समझ में न आती थी कि आख़िर हुआ क्या है।

किसी में इतना साहस भी न था कि पूछ ही लेता पर जब भैया अपने ही शब्दों में अपनी ट्रबल की सारी सीमाएं पार करते दीख पड़े तो जीजी ने पूछ ही लिया, 'भैया, क्या बात है? बहुत परेशान हैं आप।'

'कुछ नहीं।' उन्होंने उदासीनता से कहा।

'फिर भी?'

'भागो यहां से!' भैया झल्ला गए।

जीजी वापस आ गईं। हमें कुछ पता न चल सका। पर हमारी काउंसिल कैसे चुप बैठती। हम सब सिर जोड़कर बैठ गए। आख़िर परेशानी का कारण भी तो कुछ हो।

बहुत-सी बातें सोचीं, पर कोई जंची नहीं। अंत में तंग आकर जीजी ने कहा, 'अरे छोड़ो, शायद रुमाल गुम हो गए हैं।'

और हम सब फूट पड़े शब्द रुमाल सुनकर।

'स्टैंडर्ड रुमाल कहो, जीजी!' नवीन बोला। हम सब फिर हंस पड़े।

बात जीजी ने यूं ही कही थी, पर हमें जंच गई। शायद भैया के रुमाल ही गुम हो गए हैं। कोई और बात होने पर भैया हम सब

की ड्यूटी लगा देते, खोज पर। पर शायद वे भी जानते थे कि हमने 'रुमाल' उनकी चिढ़ निकाल ली है। इसीलिए रुमाल कहने से झिझकते थे। हमारी काउंसिल ने अंत में यही पास किया कि भैया से कुछ न पूछा जाए। हमें मालूम था कि यदि कोई वस्तु गुम हो गई है और वह न मिली, तो भैया अवश्य ही हमारी सहायता लेंगे।

हुआ भी यही। दूसरे दिन भैया ने धीरे से जीजी के कान मे कह दिया कि वे शादी के लिए रखे हुए छह रुमाल न जाने कहां खो बैठे हैं। साथ-ही-साथ खोज देने की प्रार्थनामय आज्ञा भी दी। जीजी को कोई बात मालूम हो जाए और हमें उसका पता न चले, भला यह कैसे संभव था! जीजी ने दूसरे ही क्षण हमें बता दिया कि भैया अपने 'स्टैंडर्ड रुमाल' खो बैठे हैं।

हमारी सेना ने खोज आरंभ कर दी। बड़ी देर तक हम खोजते रहे, पर वे कहीं न मिले। अंत में मैंने खीझ के मारे भैया का सूटकेस उलटना-पलटना आरंभ कर दिया। परन्तु आश्चर्य! छह के छह रुमाल वहीं पड़े हुए थे। मैंने जीजी को बताया और जीजी ने भैया को। भैया खिसियाकर हंस पड़े, 'शायद मैंने पहले ही वहां रख दिए थे और फिर भूल गया।'

भैया की इस हंसी को नवीन ने नाम दिया, 'स्टैंडर्ड हंसी'।

फिर तो भैया अपने स्टैंडर्ड रुमालों को साथ लेकर गए और विवाह के पश्चात भाभी को लेकर ही लौटे। दो-तीन दिन तो रीति-रिवाज पूर्ण करने में लग गए। हम न तो भाभी को ठीक से देख पाए और न ही भैया को।

चौथे दिन, पिता जी घर पर नहीं थे। भैया ने चुपके से ही भाभी के साथ स्टूडियो जाकर चित्र खिंचवाने का प्रोग्राम बना डाला। यह कार्य इतनी सतर्कता के साथ किया गया था कि हमारी काउंसिल के किसी भी सदस्य को पता न चला। पता तो तब चला, जब भैया और भाभी दोनों ही खूब सज-धजकर अपने कमरे से बरामद हुए। नवीन

ने मेरी ओर देखा और मैंने जीजी की ओर। वे भी कुछ न जानने का संकेत कर भैया की ओर देखने लगीं।

'कहां, भैया?' अंत में जीजी ने पूछ ही लिया।

'ज़रा चित्र खिंचवाने जा रहे हैं।' नई भाभी ने घबराहट के मारे बता दिया।

हम तीनों एक-दूसरे की ओर देखकर मुस्करा पड़े। भैया को कुछ सूझ नहीं रहा था। आदतवश उनका हाथ जेब में गया और जेब से निकला स्टैंडर्ड रुमाल। भाभी की दृष्टि भी रुमाल पर पड़ी।

'आपने फिर वही रुमाल ले लिया?' भाभी ने शिकायत की।

'ओ, हां, हां,।' भैया घबरा-से गए।

अब भैया ने स्टैंडर्ड रुमाल जेब में डाला और एक विचित्र-सी मुद्रा बनाकर एक दूसरा रुमाल निकाला, यह निश्चय ही उनके स्टैंडर्ड रुमालों में से नहीं था।

हम तीनों ने फिर आश्चर्य से एक-दूसरे की ओर देखा, पर समझ में कुछ न आया। भैया और भाभी जा चुके थे। पर जाते हुए भैया की रुआंसी सूरत देखकर हमने समझ लिया कि कुछ हुआ अवश्य है।

'क्या हुआ?' मैंने सरगोशी की।

'स्टैंडर्ड बात!' नवीन का उत्तर था।

हमने उसी समय से उस स्टैंडर्ड बात की खोज आरंभ कर दी। कुछ पता नहीं चल रहा था कि बात क्या है। अंत में हमने यह भार जीजी पर छोड़ा। उन्होंने विश्वास दिलाया कि वे भैया से अवश्य इस विषय में पूछेंगी। दूसरे दिन उन्होंने पूछ ही लिया। भैया ने सब-कुछ बता दिया। कुछ भी नहीं छिपाया। वे बेचारे बड़ी विपत्ति में फंस गए थे।

हुआ यह था कि भाभी मायके से ही बनाकर कुछ वस्तुएं उपहारस्वरूप उनके लिए लाई थीं। दुर्भाग्यवश उन वस्तुओं में कुछ

रुमाल भी थे। भाभी चाहती थीं कि भैया उनके दिए हुए रुमालों का ही उपयोग करें। पर वे रुमाल भैया के स्टैंडर्ड पर पूरे न उतरते थे। यही कारण था कि वे उनका उपयोग भी नहीं करना चाहते थे।

हमने वे रुमाल देखे भी। जहां भैया के रुमाल सफ़ेद और किसी भी कढ़ाई से मुक्त थे, वहीं भाभी वाले रुमाल सफ़ेद होने पर भी सफ़ेद नहीं रहे थे। उन पर रंगीन धागों से खूब सजाकर भैया और भाभी दोनों का नाम काढ़ा हुआ था। भाभी चाहती थीं कि भैया बार-बार उसी रुमाल से अपना मुख पोंछें।

दो दिनों के पश्चात्, हमने फिर वैसी ही घटना देखी। भैया ने अपना स्टैंडर्ड रुमाल निकाला और भाभी रो-सी पड़ीं, 'आपको मेरे रुमाल पसंद नहीं हैं क्या?'

'पसंद क्यों नहीं है!' भैया बौखलाए, 'बहुत पसंद हैं।'

और उन्होंने झट भाभी वाला रुमाल निकालकर खामख़ाह मुख रगड़ना आरंभ कर दिया। उनकी वाणी तो रुमालों को पसंद करने का इकरार कर चुकी थी, पर मुख पर विद्यमान भाव कुछ और ही कह रहे थे।

हमने एक-दूसरे की ओर देखा और बरबस मुस्करा पड़े। हम समझ रहे थे कि भैया को भाभी वाले रुमाल एकदम पसंद नहीं है। पर भाभी की स्टैंडर्ड ज़िद थी कि दूसरे रुमाल को भैया के हाथ में कभी न देखें।

उस दिन भैया और भाभी के साथ हम लोग एक टी-पार्टी में गए। चलने से पहले उनमें काफ़ी खच-खच हो चुकी थी, कपड़ों के विषय में।

जो कपड़े भैया चाहते थे, वे भाभी पहनना न चाहती थीं और जो भाभी ने पहन रखे थे, वे भैया को पसंद नहीं थे।

पार्टी में भी दोनों सूजे ही रहे। हम तीनों मुस्कराते रहे और भैया-भाभी के इस स्टैंडर्ड झगड़े का आनंद उठाते रहे।

सहसा हमारे कान खड़े हो गए, क्योंकि भैया ने एक स्टैंडर्ड बदतमीज़ी कर डाली।

उन्होंने पानी का गिलास उठाया और घबराहट के मारे पूरा-का-पूरा ही पी गए। दोनों हाथों से पैंट की जेबें टटोलीं। उनके मुख पर एक निराशा-सी झलकी। उन्होंने ढंकी-छिपी नज़र से भाभी को देखा और झट-से कमीज़ की आस्तीन से अपना गीला मुख पोंछ डाला...

राजा दशरथ के बेटे

भैया की ससुराल से पत्र आया था कि वे इस वर्ष भी विवाह नहीं कर सकते। पिता जी ने कहा, 'चलो, अच्छा हुआ, अगले वर्ष तक हम अच्छी तरह विवाह की तैयारी कर लेंगे।' भैया कुछ नहीं बोले। सदा की तरह शांत रहे। मंझले भैया और छोटे भैया भी कुछ न बोले। मैं क्या बोलता!

पर दूसरे कमरे में आते ही छोटे भैया बरसने लगे, 'मैंने तो पहले ही कह दिया था कि इस घर में विवाह की रीति ही नहीं है। पता नहीं पिता जी ने कैसे भूल से विवाह कर लिया, नहीं तो यहां तो विवाह की आवश्यकता ही नहीं है। पंडित नेहरू को पता चले तो पिता जी को 'पद्मश्री' से विभूषित करा दें कि ऐसे लोग भी हैं जो अपने चारों बेटों को कुंवारा बैठाए हुए हैं।'

'भैया, घबराने की क्या बात है?' मैंने एक प्रकार से उन्हें चिढ़ाया, 'राजा दशरथ के भी चार बेटे थे और चारों कुंवारे थे। जब विवाह का समय आया तो चारों का विवाह एक साथ कर दिया गया।'

'अरे, चल!' भैया झल्लाए, 'बड़े आ गए राजा दशरथ के बेटे! शकल देखो शीशे में। रामचन्द्र अभी सोलह वर्षों के तो हुए नहीं थे कि उनका विवाह हो गया था और यहां बड़े भैया अट्ठाइस के हो गए हैं और प्रत्येक वर्ष वही, हम इस वर्ष विवाह नहीं कर सकते।'

'भैया, आपको क्या जल्दी है?' मैंने कहा, 'आप तो अभी चौबीस के ही हुए हैं, दो-तीन वर्ष और प्रतीक्षा कर सकते हैं।'

'समझोगे क्या?' उन्होंने बुद्धिमत्ता जताई, 'एम. ए. में पढ़ने से ही संसार का ज्ञान प्राप्त नहीं हो जाता। हमारे कारखाने कभी आओ तो मालूम हो।'

'क्या है वहां, संसार का ज्ञान?' मैंने उत्सुकता दर्शाई।

'अरे, वहां सारे भारत के लोग हैं और सब राजा दशरथ के इन पुत्रों के समान विवाह के लिए प्रतीक्षा भी नहीं कर सकते। किसी की शादी बारह वर्षों की अवस्था में हुई थी, किसी की चौदह वर्षों की अवस्था में। एक दिन जानते हो क्या हुआ?'

'ऊं हूं!' मैंने नकारात्मक उत्तर दिया।

"एक ने मुझसे पूछा..." छोटे भैया सुनाने के मूड में थे, "कितने बच्चे हैं तुम्हारे?' मैंने कहा, 'कोई नहीं।' उसने कहा, 'कोई नहीं! कितनी उम्र है तुम्हारी?' मैंने बताया, 'चौबीस वर्ष! जानते हो उसने क्या कहा?"

'नहीं!' मैंने फिर सिर हिलाया।

"उसने कहा, बस रह गए साढ़े बाईस ही। चौबीस वर्षों के होने को आए और अभी तक एक भी बच्चा नहीं?' मैंने कहा, 'अरे भलेमानस, बीवी ही नहीं, तो बच्चा कहां से?' वह बहुत घबराया। कहने लगा, 'अभी तक तुम्हारी शादी नहीं हुई?' मैंने कहा, 'नहीं!' उसने पूछा, 'क्यों?' मैंने कहा, 'अभी मेरे बड़े भाई की नहीं हुई।' वह जैसे आकाश से गिर पड़ा, 'तुमसे बड़े की भी नहीं हुई?' 'नहीं!' मैंने कहा; पर मैंने उसे नहीं बताया कि उससे भी बड़े एक महाशय हैं और शादी उनकी भी नहीं हुई है। यदि यह बता देता तो शायद उसका हार्ट फेल हो जाता।" भैया खूब ज़ोर से हंस पड़े।

ये बातें छोटे भैया के लिए नई नहीं थीं। जबसे बड़े भैया की सगाई हुई थी, वे इसी तरह की बातें किया करते थे। जब कभी जोश में आते तो कहते, "यह जो राजा दशरथ के पुत्रों का घर है न, यह घर नहीं है, कुंवारों का घर है; 'बैचलर्स-डेन'। मैं दुनिया भर के कुंवारों

को पकड़ लाऊंगा और यहीं रखूंगा। जब वे पूछेंगे तो कहूंगा, 'यही तुम्हारा उचित स्थान है, यह कुंवारों का घर है, बैचलर्स-डेन।"

एक बार तो वे 'बैचलर्स-डेन' का एक बोर्ड भी बनवाकर ले आए थे, पर बोर्ड बनवाना एक बात है और उसे घर के फाटक पर लगाकर पिता जी का सामना करना दूसरी।

उत्सुकता मुझे भी थी। मैं भी चाहता था कि हमारे घर में भी कभी कोई विवाह हो। हमारी भी भाभी आए। दूसरों के घर यह सब होता देख मेरा भी मन करता था, पर मैं छोटे भैया के समान हल्ला नहीं कर सकता था। वे तो इस तरह के गुल रोज़ ही खिलाते थे। कभी कोई नई बात लाते, कभी कोई। एक दिन बाहर से आते ही बोले—

"नरेन्द्र! सुनो, आज एक मज़ेदार बात हुई!"

"क्या?" मैंने पूछा।

"आज एक गाना सुना।"

"कौन-सा?"

"अरे, वह—तिरैये दा बुखार बुरा
सुरैये दा प्यार बुरा
बनिये दा उधार बुरा
ते सब कोलों बुरा साडा पाइया
जिन्ने कीती न साडी कुड़माई
ते हुन असी की करिये?
ओ कोई बने न तेरी परजाई
ते हुन असी की करिये?"

(तिरैये का बुखार बुरा होता है, सुरैया का प्यार बुरा होता है, बनिये का उधार बुरा होता है; किन्तु सबसे बुरे हमारे पिता हैं, जिन्होंने हमारी सगाई तक नहीं की! अब हम क्या करें? कोई भी तेरी भाभी बनने को तैयार नहीं, तो अब हम क्या करें?)

मैं हंस पड़ा।

"क्यों, कैसा है?" उन्होंने पूछा।

"अच्छा है।" मैं बोला, "आपके योग्य!"

"यह नेशनल सांग है, मामूल है?"

"कहां का?" मैंने आश्चर्य से पूछा।

"बैचलर्स-डेन का!" और वे फिर हंस पड़े।

"आज एक और बात हो गई, जानते हो?" वे बोले, "मेरे साथ काम करने वाला एक लड़का है, छत्तीसगढ़ का। कह रहा था, 'मालूम होता है तेरा बुड्ढा खूब पैसा जटना मांगता है, इसीलिए शादी नहीं कर रहा है तुम लोगों की।"

"आपने उसे कुछ कहा नहीं?" मैंने आश्चर्य से पूछा।

"किस बात के लिए?" प्रश्न का उत्तर प्रश्न में ही मिला।

"उसने पिता जी को 'बुड्ढा' कहा।" मैं बोला, "यह भी कोई तरीका है बात करने का।"

"अरे, तुम हो कॉलेजों वाले सभ्य लोग!" वे हंसे, "हम हैं टाटा कम्पनी के कुली। वहां सभ्याता नहीं चलती। जानते हो, अपने बाप को वह क्या कहता है?"

"नहीं!" मैंने सिर हिलाया।

"बुढ़ऊ! वे फिर हंसे, "हमारे पिता जी को तो उसने सभ्य भाषा में ही पुकारा है।"

ये सारी बातें सुन-सुन कर मैं समझता था कि छोटे भैया को भी घर में भाभी लाने का शौक है, यही कारण है कि रोज़ कोलाहल मचाए रहते हैं। पर एक दिन संध्या समय एक नई बात हो गई।

मैं अपने कमरे में बैठा पढ़ रहा था। घर चुपचाप-सा था। पिता जी जाने कहां गए हुए थे। माता जी रसोई में होंगी। बड़े भैया कारखाने में थे, अपनी ड्यूटी पर; और मंझले भैया शायद सोये हुए थे। छोटे भैया अभी नहाकर अपने कमरे में गए थे। बेबी शायद बाहर खेल रही थी।

सहसा बरामदे में बेबी की आवाज़ आई। वह गा रही थी, फ़िल्म 'नवरंग' का गाना—

"यह कौन फूल महका
यह कौन पंछी चहका
महफिल में कैसी खुशबू उड़ी, दिल जो मेरा..."

...और 'चटाक्' का स्वर!

मैं बाहर निकल आया।

बेबी अपने गाल पर हाथ रखे, छोटे भैया को एकटक निहार रही थी और छोटे भैया नर्वस-से खड़े उसको ताक रहे थे। उन्होंने केवल पतलून और बनियान पहन रखी थी। बाल बिखरे हुए थे, शायद कंघी नहीं की थी।

मैं कुछ समझ न सका। बोल कोई भी नहीं रहा था, केवल ताक रहे थे। आठ वर्ष की बेबी को, जो हमारी एकमात्र बहन थी, छोटे भैया इस प्रकार क्यों घूर रहे थे; मैं समझ नहीं सका। थोड़ी देर में भैया अपने कमरे में चले गए। अब बेबी ने मेरी ओर देखा। उसका हाथ गाल से नीचे आ चुका था।

वह मुस्कराई—उस मुस्कान में शरारत थी।

वह जाने लगी।

"बेबी!" मैंने पुकारा।

वह भागने लगी।

मैंने झपटकर उसका हाथ पकड़ लिया, "इधर आओ!" मैं अपने कमरे में ले आया उसे। वह अब भी मुस्करा रही थी।

"क्या हुआ?" मैंने पूछा।

"कुछ नहीं!" वह बोली, "मैं गा रही थी 'महफिल में कैसी खुशबू उड़ी' और उन्होंने निकलकर मेरा कान खींचा और एक चांटा मार दिया।"

"क्यों किया ऐसा?"

वह कुछ नहीं बोली, केवल मुस्कराती रही।

"बोलो न! क्यों मारा? तुम रोईं क्यों नहीं? तुमने वह गाना क्यों गाया?"

वह बताना नहीं चाहती थी। शायद कमरे से भाग ही जाती, पर मैंने उसके दोनों हाथ पकड़ रखे थे।

उसने घूमकर एक बार दरवाज़े की ओर देखा। मेरे पास खिसक आई और धीरे से बोली, "भैया! जानते हो, मैंने क्यों गाया?" वह फिर मुस्कराई।

मैं भी उत्तर में मुस्कराया।

"सुख भैया पाउडर लगा रहे थे!"

"पाउडर!" मैं चौंका।

"हूं!" बेबी फिर शरारत में मुस्कराई।

"तभी महफ़िल में खुशबू उड़ी थी!" मैं भी मुस्कराया। मैंने बेबी के सिर पर चपत जमाया, "बड़ी शरारतें करने लगी है तू!"

वह फिर मेरी आंखों में देख मुस्कराई।

मैं उसे छोड़कर छोटे भैया के कमरे में चला गया। भैया कहीं जाने के लिए तैयार थे। उन्होंने एक बार मुझे देखा और फिर दर्पण पर अंकित दृष्टि डाली।

"कहीं जा रहे हैं, भैया?" मैंने पूछा।

"हूं!"

"भैया, बेबी को क्यों मारा आपने?"

"वह देखो!" वे ज़रा घबराए, "मैंने कितनी बार मना किया कि फ़िल्मों के गाने मत गाया करो, अच्छे बच्चे ऐसा नहीं करते; पर वह है कि मानती ही नहीं है।"

मैंने उनकी आंखों में देखा। वे साफ़ कह रही थीं कि वे झूठ बोल रहे हैं।

मैंने कुछ कहा नहीं। मुस्कराकर रह गया।

और भैया चले गए।

मैंने भैया की मेज़ का दराज़ खोल डाला। सामने ही टैलकम पाउडर का एक नन्हा-सा डिब्बा चमक रहा था।

मेरे सामने रहस्य की दूसरी गुत्थियां थीं। एक तो सुख भैया ने कभी पाउडर लगाया नहीं था, पर आज...और यदि अब शुरू कर ही दिया तो छिपाने की क्या आवश्यकता थी? बेबी ने गाना गाया तो उसे थप्पड़ मारने की क्या आवश्यकता थी? ज़रूर भैया उससे चिढ़ गए होंगे, पर चिढ़े क्यों? यह भेद तब खुला जब मैंने भैया के कमरे की पूरी तलाशी ले डाली।

दराज़ में तो और कुछ न मिला पर उनकी पतलून की जेब में सफ़ेद लिफ़ाफ़े में एक पत्र था। ऊपर नाम भैया का ही था, पर अक्षर अपरिचित थे। 'किसका पत्र है?'—मेरे मस्तिष्क में प्रश्न उठा, 'इसे पढ़ूं?' किसी दूसरे का पत्र चोरी-छिपे पढ़ना 'असभ्यता ही नहीं, नीचता है।

पर मैं स्वयं को रोक न सका। मनुष्य अपनी इच्छाओं की पूर्ति के लिए तर्क खोज ही निकालता है। 'मैं देवता नहीं : मनुष्य हूं, हाड़-मांस का। कमज़ोरियां मुझमें हैं ही। और यह तो मेरे भाई का पत्र है, किसी पराए का नहीं। क्या भाई पर भाई का अधिकार नहीं होता? होता है! और मैंने पत्र खोल लिया।

'सुख डार्लिंग!

आज शाम को जुबली पार्क में आओ न! मैं चिल्ड्रन-पार्क में तुम्हारी प्रतीक्षा करूंगी। अब रोज़-गार्डन खिल उठा है। एक फूल तोड़कर मेरे जूड़े में लगाओ तो जानूं!

तुम्हारी
पुष्प'

'ओह, यह बात!' मैंने तो कभी यह पहले सोचा ही नहीं था कि बात यह है। मैं तो उन सारी बातों को भैया का मज़ाक मानता था।

मैं क्या जानता था कि सारी व्याकुलता की जड़ में यह ‘पुष्प’ खिला हुआ है। एक बार जी में आया, दौड़ता हुआ जुबली-पार्क चला जाऊं। चिल्ड्रन-पार्क, रोज़-गार्डन, मुगल-गार्डन, कैफेटेरिया—सब कुछ छान डालूं। पर फिर मन में आया—चलो, ठीक है। भैया ने कोई पाप तो किया नहीं। जल्दी ही भाभियों की बाढ़ आने वाली है।

सुख भैया जब रात को लौटे तो मैं उनके कमरे में चला गया। मेरा इरादा उन पर सब कुछ प्रकट कर देने का था।

“भैया, रोज़-गार्डन कैसा है?” मैंने पूछा।

वे चौंककर घूमे। उनकी आंखों में वैसे ही भाव थे, जैसे किसी शरीफ चोर की आंखों में रंगे हाथों पकड़े जाने पर होते हैं।

“वहां पुष्प...!” मैंने वाक्य अधूरा ही छोड़ दिया।

“तुम वहीं थे क्या?”

“कहां?”

“जुबली पार्क में?” उन्होंने हथियार डाल दिए।

“नहीं तो!” मैंने पूरी सच्चाई के साथ उत्तर दिया।

“तो...तो...?” वे शायद मेरी सूचनाओं का सूत्र जानना चाहते थे।

“मैंने टैलकम पाउडर का डिब्बा देखा है और...”

“तो तुम जान गए?” वे मुस्कराए।

“जी!”

“चलो, अच्छा हुआ!” वे आश्वस्त थे।

“भैया, कौन है वह?” मैंने पूछा।

“है कोई!”

“फिर भी?”

“कभी देख लेना।”

मैं चुप हो गया, पर चुप न रहा सका। थोड़ी देर बाद बोला, “भैया आप शादी क्यों नहीं कर लेते?”

"अरे, कैसे कर लूं?" इस बार सचमुच ही उनके स्वर में खीज थी, "रास्ता तो इतना जाम है कि क्या कहूं?"

"कैसे जाम है?" मैंने पूछा।

"अरे, बड़े भैया बैलगाड़ी के समान सारा रास्ता रोके बैठे हैं। हम पार हों तो कैसे?"

मैं हंस पड़ा, "मंझले भैया तो ऐसा नहीं कहते!"

"कहते कैसे नहीं? तुमसे नहीं कहते तो क्या हुआ और फिर उनकी सगाई भी तो हो चुकी है।"

"आप भी करवा लीजिए सगाई!" मैं बोला।

"कैसे करवा लूं?"

"क्यों?...पिता जी से कहिए!"

"वे नहीं मानते! कहते हैं पहले दोनों बड़ों का इंतज़ाम कर लूं!"

"आपने कहा था?" मैं आश्चर्य से पूछा।

"नहीं, मंझले भैया ने कहा था।"

"अच्छा, बड़े भैया कैसे इतना आश्वस्त हैं?" मैंने जिज्ञासा की।

"आश्वस्त!" उन्होंने मेरे कंधे पर हाथ मारा, "बैठो, मैं तुम्हें बताऊं!"

मैं बैठ गया।

"तुम हो सबसे छोटे और वैसे भी अभी पढ़ते हो, इसीलिए तुमको उतना पता नहीं रहता। किसी से कहना मत कि मैंने तुम्हें बताया है। प्राइवेट बातें हैं। ठीक?"

मैंने सिर हिलाकर स्वीकृति दे दी।

"एक दिन बड़े भैया से बात हुई तो कहने लगे, "मैं तो तुम्हीं लोगों के आसरे हूं। मैं इस कुंवारी सेना का सेनापति हूं। तुम लोग तब तक शादी नहीं कर सकते, जब तक मैं कुंवारा हूं।

मुझे मालूम है कि तुम लोग अपनी कोशिश में हो, पर तुम लोगों से पहले तो मेरी शादी हो ही जाएगी। इसलिए तुम लोग अपने लिए

कोशिश करते हो तो इन-डायरेक्टली मेरे लिए भी कोशिश करते हो!"

फिर कुछ दिनों तक भैया से इस विषय में बातचीत न हो सकी। हमारे घर एक अतिथि आ गए। पिता जी के कोई मित्र थे—अपने पुत्र के लिए कन्या देखने आए थे।

हमने जब यह सुना तो सुख भैया ने उसी दिन ऐलान कर दिया—जो आदमी बैचलर्स-डेन की छत के नीचे है, उसके बेटे की शादी हो नहीं सकती।

और हुआ भी वही। उन महाशय को निराश होकर वापस जाना पड़ा। शादी के लिए बातचीत पूर्णता को नहीं पहुंच सकी। शायद इस असफलता की जड़ में दहेज की रकम थी, पर सुख भैया को पूर्ण विश्वास था कि यह बैचलर्स-डेन की महिमा है।

मैंने एम. ए. की अंतिम परीक्षा दे दी। उसी की तैयारियों में मैं सब कुछ भूल गया था—बैचलर्स-डेन भी, उसका राष्ट्रीय गीत भी, सुख भैया और उनकी पुष्प भी।

फिर कुछ घटनाएं जल्दी-जल्दी हो गईं। पहले बड़े भैया की ससुराल से झटपट दो-तीन पत्र आ गए। जाने पिता जी और भैया के ससुर में क्या गड़बड़ हो गई थी कि सगाई टूटने-टूटने को हो गई। फिर मेरा परीक्षा-फल आया। मैं द्वितीय श्रेणी में उत्तीर्ण हो गया था। फिर तीसरे दिन मेरे नाम एक पत्र आया। पत्र अनि का था—उसने लिखा था कि अब मैं एम. ए. कर चुका हूं, इसलिए उसके पिता जी अधिक ठहर नहीं सकते। या तो मैं शीघ्रता करूं नहीं तो उसका विवाह कहीं और हो जाने का भय था। पत्र का उत्तर उसने शीघ्र मांगा था।

मुझे जैसे इन झटकों ने झंझोड डाला था। मैं क्या लिखता अनि को, यही कि, 'मैं बैचलर्स-डेन में रहता हूं, जहां शादी-विवाह की रीति नहीं। मेरे बड़े भैया उन्तीस के हो चले हैं, दूसरे सत्ताईस के हैं, तीसरे पच्चीस के—सब अच्छे-भले हैं। खाते-कमाते हैं। मैं तेईस वर्ष का हो

गया हूं—एम. ए. पास कर लिया है। अनि, मैं तुमसे प्रेम करता हूं। विवाह करना चाहता हूं, पर कर नहीं सकता। रास्ता जाम है। आगे बैलगाड़ियां हैं, मैं साइकिल पर हूं। आगे निकलने की राह नहीं है। कूद मैं सकता नहीं। अनि, अपने पिता को रोको...उनको मनाओ—यह बैचलर्स-डेन सदा ऐसा ही नहीं रहेगा, कभी बसंत की दृष्टि इधर भी होगी। अनि! ठहरो...ठहरो...प्रतीक्षा करो...!'

उजड़े दयार में...

दफ्तर से रमेश डेढ़ बजे दोपहर को ही घर आ गया...

शनिवार का दिन था। यह दिन उसे बड़ा प्रिय था। कारण कई थे।

उसका जन्म भी शनिवार को ही हुआ था। प्रकटतः कोई लाभ न होने पर भी उसे इस दिन से मोह था। उस दिन संध्या समय तक दफ्तर में नहीं रहना पड़ता था, डेढ़ बजे ही छुट्टी हो जाती थी। रोज़ दोपहर का खाना दफ्तर में खाता था, शनिवार घर जाकर खाने में तो कोई विशेषता न होती थी, पर उसे घर में अपने भाई-बहनों के बीच बैठकर गर्म-गर्म खाना अच्छा लगता था और शनिवार, इतवार की छुट्टी का संदेशवाहक भी था।

और फिर शादी के पश्चात के इन तीन महीनों में शनिवार का महत्व उसके लिए और अधिक बढ़ गया था। पहले कभी उसे संध्या तक दफ्तर में रहना और घर न जा पाना इतना न खटकता था, पर शादी के पश्चात दिनभर आशा से दूर रहना उसे बड़ा बुरा लगता था।

शनिवार को वह घर जाता तो आंखों के सम्मुख कितने ही चित्र होते। आशा उसकी प्रतीक्षा में बैठी होगी अब तक—वह साइकिल और तेज़ चलाता। चाहे वह डेढ़ बजे, दफ्तर से चलने के बदले, घर ही जा पहुंचता, तब भी आशा अवश्य ही कहती, "बड़ी देर कर दी आपने!"

"देर? नहीं तो!" वह उसे घड़ी दिखाता, "अभी तो डेढ़ ही बजे हैं और मैं घर भी पहुंच गया हूं।"

"अरे!" आशा आश्चर्य दर्शाती, "अभी केवल डेढ़ ही बजे हैं? मुझे तो लगा, कितनी ही देर हो गई है। मैं तो कब से प्रतीक्षा कर रही हूं।"

"प्रेम में ऐसा ही होता, मेरी आशू!" वह हंसता, "वियोग में क्षण भी युगों में बदल जाते हैं।"

"चलिए!" आशा इठलाती, "आपको किसने कह दिया, मैं प्यार करती हूं आपसे?"

"प्यार नहीं करतीं मुझसे?"

"ऊं हूं! एकदम नहीं।"

"तो बैठी क्यों रही हो?"

"वह तो पत्नी का धर्म है।"

"पत्नी ही क्यों बनीं तुम?"

"मां-बाप ने गले बांध दिया आपके!"

और वे दोनों हंस पड़ते।

संध्या को वे कहीं घूमने जाते या पिक्चर चले जाते। आशा हमेशा मना करती, "क्या आवश्यक है कि प्रत्येक शनिवार कहीं-न-कहीं जाएं ही?"

"क्यों?" वह पूछता, "इसमें आवश्यक और अनावश्यक का प्रश्न कहां से आ गया?"

"क्यों, प्रश्न कैसे नहीं है?" वह कहती, "मैं नहीं जाऊंगी आपके साथ।"

"पर क्यों?"

"सब क्या सोचेंगे!"

"अरे, सबको मालूम कैसे होगा?" वह समझाता, "चुपके से निकल चलते हैं, किसी को पता भी नहीं चलेगा।"

"पता कैसे नहीं चलेगा!" वह झल्ला जाती, "आप तो ऐसे भोले बनते हैं, जैसे कुछ जानते ही न हों। एक ओर से दिनेश झांक जाएगा, दूसरी ओर से प्रवेश मुस्करा जाएगा।"

"तो उससे क्या?" वह उसे चिढ़ाता।

"'उससे क्या' क्या!" वह चिढ़ जाती, "प्रवेश कहेगा, हंसों की जोड़ी कहां चली?' दिनेश मुस्कराएगा, 'विहार करने!' आपको तो वे लोग कुछ कहते नहीं, मेरे तो नाक में दम किए रहते हैं।"

"तुम्हें अच्छा नहीं लगता यह सब?" वह गम्भीर हो जाता है, "देवर तो भाभी से मज़ाक करते ही हैं।"

"अच्छा क्यों नहीं लगता?" वह कट-सी जाती।

और अन्त में वे कहीं-न-कहीं चले ही जाते।

पर आज रमेश का मन ही नहीं कर रहा था घर जाने का। क्या करेगा घर जाकर? क्या करेगा शनिवार को? क्या करेगा इस अवकाश को?

सहसा उसे लगा, उसके मन में आशा के बीमार भाई के प्रति क्रोध उमड़ रहा है। कमबख्त को अभी बीमार होना था। विवाह को तीन महीने भी हुए नहीं और पड़ गया।

और देखो तो इस आशा को, उसका जरा भी ध्यान न किया और चली गई मायके, 'भैया बीमार हैं!' भैया न हो गए, क्या हो गए। स्वयं तो वहां अपने भाइयों-बहनों से घिरी बैठी होगी और वह यहां निःसंग-सा होकर रह गया।

फिर विचार आया, उसके भी तो भाई-बहन हैं। यदि वह अपने भाई-बहनों में घिरकर बैठी होगी, तो वह भी अपने भाई-बहनों में बैठ सकता है। पर नहीं, वह तो उसी समय से स्वयं को अकेला-अकेला, उदास-उदास-सा अनुभव कर रहा है, जब से वह गई है।

घर आया तो खाने की मेज़ पर सब ही थे। उसने देखा, आज सारे परिवार ने उसकी प्रतीक्षा में खाना नहीं खाया था। प्रवेश भी

बैठा था, दिनेश भी था, सुशी भी थी, माता जी भी थीं। पिता जी शायद अभी आए ही नहीं थे। पर सहसा उसे लगा, कोई नहीं; कोई नहीं उसके आस-पास। वह अकेला बैठा है इस भीड़ में, अजनबी-सा। जिसको आंखें खोजें, जब वही नहीं तो...

खाकर अपने कमरे में आया तो दृष्टि पलंग की ओर चली गई। पलंग सूना था। उसे लगा, कमरा ही सूना था। उसकी श्री ही खो गई थी।

वह पलंग पर बैठ गया। कुछ देर पैर नीचे लटकाए बैठा रहा, फिर पैर भी उठा लिए। धीरे-धीरे वह अधलेटा-सा हो गया और फिर लेट गया।

...सहसा वह उठ बैठा। चारों ओर दृष्टि फेरी। लगा, सब सूना है; सब फीका है। वह उठकर बाहर चला आया।

बरामदे में कोई नहीं था। वह कुछ देर तक वहीं खड़ा रहा, फिर घर भर का चक्कर लगा डाला : प्रवेश और सुशी पढ़ रहे थे। पिता जी शायद किसी को पत्र लिख रहे थे। माता जी और दिनेश सो रहे थे।

उसे लगा, सब अपने-अपने ठिकाने पर हैं। सब ही कुछ-न-कुछ कर रहे हैं। वह अकेला, निःसंग, अपने घोंसले से निकाला गया पंछी! घर में ठहरना उसके लिए कठिन हो गया। साइकिल ले वह निकल पड़ा...जाने कहां-कहां घूमता रहा, भरी दोपहर में। काफी देर तक पार्क में भी बैठा रहा, पर उदासी दूर न हुई। पांच बजे के करीब वह घर की ओर मुड़ा—चाय का समय हो गया था।

चाय के समय वे लोग—वह और आशा—कभी भी अकेले न होते थे।

सारा परिवार ही उपस्थित होता था। वे चोंचले नहीं कर सकते थे, पर उसकी दृष्टि बार-बार आशा की ओर मुड़ जाती थी। बार-बार उसकी आंखें आशा के मुखड़े पर जा ठहरती थीं। वह जानता था, सारे

लोग उसकी नज़रों की कथा जानते थे। दिनेश और प्रवेश तो विशेष रूप में उसकी ताक में रहते थे।

उसे एक दिन आशा ने बताया भी कि प्रवेश उसे चिढ़ा रहा था।

"क्या कह रहा था?" उसने पूछा था।

"बस चिढ़ा रहा था, कहा न!" आशा ने टालने की चेष्टा की थी।

"फिर भी, मैं सुनूं तो!" उसने ज़िद की थी।

आशा बताना नहीं चाहती थी, पर बहुत बाध्य करने पर बोली, "कहता था, 'आज एक पिक्चर देखी।' 'कौन-सी?' मैंने पूछा। उत्तर में हंसकर बोला, 'चाय की मेज़, बेताब नज़रें और घायल दिल'।"

"कुछ भी हो!" वह हंस पड़ा था, "मेरे भाई हैं इंटेलीज़ेंट। देखो, कैसे-कैसे बढ़िया रिमार्क देते हैं।"

"हां-हां, आप खुश होइए कि आपके भाई बड़े इंटेलीजेंट हैं," आशा चिढ़कर बोली, "मैं तो परेशान हूं इन दोनों के मारे।"

"तुम्हें अच्छा नहीं लगता क्या?" उसने अपना चिर-परिचित प्रश्न किया।

"अच्छा क्यों नहीं लगता!"

और वह अपना क्रोध स्थिर न रख पाई। रमेश अभ्यासवश ही समय पर घर आ गया था।

पर फिर उसे लगा, बेकार ही आया वह! उसे बाहर ही रहना चाहिए था। घर तो जैसे काटने को दौड़ता था।

चाय उसने पी ली, पर वह अतृप्ति, वह अवसाद मिट न सका। पर फिर वह कहीं जा भी न सका। ड्राइंग-रूम में बैठा रहा।

बाहर अंधेरा बढ़ता गया, मन में अवसाद बढ़ता गया। उसे लगा, उसके भीतर कुछ है जो बाहर आने को व्याकुल है। वह फूट पड़ना चाहता है।

अंधकार बढ़ता गया। सब अपने-अपने कामों में लगे रहे और

रमेश बैठा रहा। खाना खाने के लिए उठा और जाकर फिर वहीं बैठ गया...

"भैया, सोना नहीं है आज?" सुशी ने पूछा।

और उसे लगा, अब सो जाना चाहिए। क्या करेगा वह बैठे-बैठे! उठकर घिसटता हुआ-सा वह अपने कमरे में आया। आदत के अनुसार दरवाज़ा उसने बन्द कर लिया और बत्ती जलती ही छोड़ दी। लेटने से पहले तकिया ठीक किया तो उसके नीचे से 'उमर खैयाम की रूबाइयां' झांकने लगी। बरबस ही उसके हाथ बढ़ गए और उसने पुस्तक उठा ली :

"...बगल में मधु मदिरा का पात्र
सरस कविता की पुस्तक हाथ—
और सबके ऊपर तुम, प्राण!
गा रही छेड़ सुरीली तान..."

पुस्तक हाथ से छूट गई। बहुधा इस समय वे, वह और आशा, उमर खैयाम को पढ़ा करते थे, पर आज...उसे लगा, उसका दम घुट जाएगा। उसे यहां नहीं ठहरना चाहिए। यह पुस्तक, यह बिस्तर, यह कमरा—सब उसे काट खाएंगे।

वह उठ बैठा। पुस्तक जल्दी से तकिए के नीचे रख दी और दरवाज़ा खोलकर बाहर निकल आया।

दिनेश और प्रवेश अभी पढ़ रहे थे।

"प्रवेश!" उसने कहा, "आज मेरे लिए भी अपने ही कमरे में एक बिस्तर लगा देना। मैं वहीं सोऊंगा।"

"वेरी गुड!" प्रवेश की आंखों में एक विचित्र-सी मुस्कान थी।

"कमबख्त!" रमेश ने मन-ही-मन दांत पीसे, "हर बात में वही!"

अपने कमरे की बत्ती बुझा, दरवाज़े में ताला लगा जब वह फिर उनके कमरे की ओर आया तो दिनेश और प्रवेश मिलकर बिस्तर बिछा रहे थे।

वह सिगरेट सुलगाने के लिए रुक गया, वे दोनों अन्दर मौज में दरी, खेस, चादर इत्यादि झांड़-झाड़कर बिछाते जा रह थे। और फिर उसने सुना, शायद दिनेश का स्वर था, "लगता नहीं है जी मेरा उजड़े दयार में..."

और फिर उसने सुने दो क़हक़हे—एक प्रवेश का, एक दिनेश का!

उसने सिगरेट फर्श पर पटक, पैर से कुचल दी।

दो–ढाई और आठ

और कांति ने दृढ़ निश्चय कर लिया कि वह इस घर के लिए कोई भी वस्तु नहीं ख़रीदेगी। व्यक्ति कार्य करे तो उसका श्रेय तो मिलना ही चाहिए। यहां जब वह भी नहीं है, तो वह कार्य ही क्यों करे?

पिछली बार भी जब महीने के अन्त में उसने कहा था कि मेरे पास पैसा नहीं है, तो भाभी ने "तुम्हारे पैसे कहां ख़र्च हो जाते हैं?" कुछ इस प्रकार पूछा था कि कांति को लगा, उस पर मिथ्या भाषण का आरोप लगाया जा रहा है।

अब वह क्या जाने, पैसे कहां जाते हैं। वह कोई हिसाब तो रखती नहीं कि निकालकर भाभी के मुख पर दे मारे–लो, अमुक तिथि को इतने खर्च हुए और अमुक को इतने। किसी प्रकार के हिसाब के अभाव में तो यही कहा जा सकता है कि घर में ही खर्च हो गए।

पर इस प्रकार के उत्तर को भाभी कभी भी स्वीकार नहीं करतीं। "देखो, कांति!" वह हमेशा समझाने लगतीं, "ऐसी बात किसी और के सम्मुख मत कह देना। लोग कहेंगे–कैसे लोग हैं ये, छोटी बहन की कमाई भी खा जाते हैं। तुम्हारे भैया ने इसलिए तो तुम्हें नहीं पढ़ाया कि तुम्हारी कमाई के पैसे खाएं। और न ही हम तुमसे नौकरी ही करवाना चाहते हैं, वह तो तुम अपनी इच्छा से कर रही हो।"

"वह तो ठीक है, भाभी!" कांति कहती, "पर भैया के वेतन से तो सारी बातें पूरी नहीं होतीं। तुम देखो न, हर बार तो भैया से ड्राइंग-रूम के पर्दों के लिए कहती थी। पर वे बेचारे क्या करें; कितने

ही महीने हो गए, वे ला नहीं सके। पिछली बार मैं बाज़ार गई तो ले आई। अब इसी तरह से...”

“तुमने उन पर्दों के पैसे नहीं लिए?” भाभी पूछतीं।

और कांति को क्रोध आ जाता—कब लिए हैं पैसे उसने? और वह मांगती ही कब है? वह तो जानती है कि भैया बहुत अमीर नहीं हैं, यदि वह थोड़ी-सी सहायता कर ही देती है तो क्या हुआ।

“कहां लिए हैं पैसे?” वह उत्तर देती।

“तो ले लिया करो रानी!” भाभी बड़े प्यार से कहतीं, “ऐसे अच्छा नहीं लगता। घर में जो चीज़ आए, उसके पैसे घर से ही लेने चाहिए। तुम अपने साथ ले जाने के लिए कुछ विशेष लाओ तो दूसरी बात है।”

कांति को इससे खीझ ही चढ़ती। साथ ले जाने के लिए—ऊंह! जैसे उसका विवाह रचा ही तो हुआ है कि साथ ले जाने के लिए चीज़ें इकट्ठी करे! और उसने कोई चीज़ लाकर पैसे मांगे भी कब हैं। अधिक तो अपने भैया के लिए कुछ कर नहीं सकती। सौ रुपए तो सारा वेतन है उसका। इसमें अधिक वह करे भी क्या। जो भी थोड़ा बहुत-वह कर सकती है, कर देती है। पर भाभी शायद उसके पैसों से कुछ भी लेना नहीं चाहतीं। अरे, वह ज़माना गया, जब लोग पुत्रियों और छोटी बहनों के घर पानी तक नहीं पीते थे। अब तो व्यावहारिक युग आ गया; वैसे आदर्श निभाना अब संभव नहीं है।

और फिर यदि नहीं लेना चाहतीं भाभी कुछ भी उसके पैसों से, तो दे दिया करें पैसे। देतीं भी नहीं और सदा कहती रहती हैं—ले लिया करो। कैसे ले लिया करे? क्या मांगने जाए? मांगने ही होते तो वह कोई चीज़ ही क्यों लाती? पर वह जानती है, यदि वह न लाये तो शायद वे चीज़ें कभी न आएं। पिछले महीने ही तो परदे लाई है; चालीस रुपए खर्च हो गए उन्हीं में। अभी घर में एक अच्छा-सा टी-सेट भी तो नहीं है। कोई आ जाए तो? भैया तो ला नहीं सकता।

पैसे ही नहीं बचते। पर अब वह भी नहीं लाएगी कुछ। इस रोज़-रोज़ की कच-कच से तो अच्छा है, वह कुछ न लाया करे घर के लिए। अपने पूरे के पूरे वेतन को संभालकर रखा करे। भाभी को आवश्यकता पड़े तो उधार देकर ब्याज समेत वापस ले लिया करे। तब भैया-भाभी चाहे मन में जो भी सोचें, कभी यह तो न सुनना पड़ेगा कि पैसे कहां गए।

भाभी को कुछ चीज़ें लेनी थीं, गवर्नमेंट इंपोरियम से! जाने लगीं तो सोचा—अकेली कहां जाएंगी, कांति को भी साथ ले लें। चलने को तो कांति चल पड़ी, पर उसने सोच रखा था कि वह कुछ ख़रीदेगी नहीं। बड़ी बुरी बीमारी है उसको। जब भी बाज़ार जाती है, कुछ-न-कुछ पसंद आ ही जाता है उसे। और फिर कांति स्वयं को रोक नहीं पाती। चीज़ पसंद आई कि उसने ख़रीदी। उसने कई बार अपने को रोकने की चेष्टा की, पर जब तक वह चीज़ ख़रीद नहीं लेती, वह उसकी आंखों में ही घूमती रहती थी। एक विचित्र-सी व्याकुलता का अनुभव करती वह। अन्त में उसे वह वस्तु ख़रीदनी ही पड़ती।

पर आज कांति ने सोच लिया था कि वह कुछ नहीं ख़रीदेगी। वह केवल भाभी के साथ जाएगी। चुपचाप भाभी को सामान ख़रीदते हुए देखेगी और चुपचाप वापस चली आएगी। वह कुछ देखेगी ही नहीं, कुछ पसन्द ही नहीं करेगी तो फिर ख़रीदना कैसा?

उसने अपना हैंड-बैग देखा। एक दस का नोट था और कुछ नए पैसे थे। इतने में तो कोई वस्तु ख़रीदी भी नहीं जा सकती। उसके मन में था कि अब जब बाज़ार जाएगी तो भैया के लिए एक अच्छी-सी टाई और साथ ही एक टाईपिन लाएगी। पिछली बार जब भैया अपने एक मित्र की शादी की पार्टी में जाने लगे थे तो उनके पास एक भी टाई, सूट के साथ मैच करती हुई नहीं निकली थी। उसी दिन कांति ने सोचा था कि वह भैया को टाई भी प्रेज़ेंट करेगी और टाईपिन भी।

पर इन दस रुपयों में तो एक अच्छी-सी टाई भी न आएगी। तो वह और कुछ रुपए ले ले? नहीं। उसने सोचा, कोई आवश्यकता नहीं है भैया को टाई-वाई की। टाई वह ले आये और बाद में वही पैसों की कच-कच! क्या लाभ? नहीं लाएगी यह कुछ भी। यदि भैया को ज़रूरत होगी तो वे स्वयं ले आएंगे या फिर भाभी ला देंगी। वह क्यों अपने पैसे ख़र्च करे!

उसने अपना बैग उठाया और चल पड़ी भाभी के साथ।

उसे लगा, व्यर्थ ही लिया उसने यह बैग और दस रुपए भी। क्या करेगी वह इन रुपयों का, जब कुछ ख़रीदना ही नहीं है। मन में आया, बैग को छोड़ जाए घर में ही। पर फिर खाली-खाली हाथ चलना उसे कुछ अच्छा न लगेगा। व्यक्ति पागल-पागल-सा लगता है खाली हाथ। शरीर के दोनों और झूलते-से हाथ, कांति को सदा ही बड़े विचित्र-से लगते थे। और फिर रुमाल की भी तो आवश्यकता पड़ सकती है बाज़ार में। हाथ में रुमाल ले जाने से तो अच्छा है, बैग ही ले चले। लड़कों के समान जेबें तो हैं नहीं उसकी, कि सारी चीज़ें उनमें ठूंस ले।

इंपोरियम में भीड़ नहीं के बराबर थी। भाभी बिना इधर-उधर देखे, सीधे रेडीमेड कपड़ों के काउंटर पर ही जाकर रुकीं। शायद बच्चों के लिए कपड़े लेने थे। कांति भी चुपचाप साथ खिंची चली गई। वैसे कांति इस काउंटर पर ही जाया करती थी या फिर हॉल के बीचोंबीच सजाई गई शोभा-वस्तुओं पर ही आंखें ठहरती थीं।

आज कांति ने अपनी दृष्टि को विशेष रूप से संयत कर रखा था उसने सोच रखा था, वह कुछ देखेगी ही नहीं। जब देखेगी ही नहीं, तो ख़रीदने का मन कैसे करेगा।

वह चुपचाप भाभी के पीछे खड़ी थी और भाभी बच्चों के लिए विभिन्न कपड़े देख रही थीं—गीता के लिए फ्रॉक, कमल के लिए निकर और जाने क्या-क्या। कांति बुत-सी खड़ी थी।

"यह एक नए डिजाइन की कमीज़ आई है।" सेल्समैन ने एक सुन्दर-सी कमीज़ उठाई—पीली कमीज़, नेवी ब्लू गला, बांहें भी उसी रंग की, कॉलर सुन्दर! कांति के मस्तिष्क में सहसा कमल वही कमीज़ पहनकर आ खड़ा हुआ। उसका मन हुआ, भाभी से यह कमीज़ ले लेने को कहे।

भाभी कमीज़ देख रही थीं, आंखों में प्रसन्नता का प्रकाश लिए। कमीज़ शायद भाभी को भी पसंद आई थी।

"कांति, कैसी लगेगी यह कमल को?"

"बहुत अच्छी! इसे ले लो, भाभी!" कांति ने अपनी सहमति दे दी।

"कितना दाम है इसका?" भाभी ने पूछा।

"साढ़े सात रुपए।" सेल्समैन ने कहा, "दे दूं?"

"नहीं!" भाभी की आंखों की चमक धुंधली पड़ गई, "अभी रहने दीजिए इसे। फिर देखा जाएगा।"

कांति के मन में आया, वह अपने पैसों से ख़रीद ले इस कमीज़ को, कमल को अच्छा लगेगी। पर सहसा उसको अपना निश्चय याद आया—नहीं लेगी वह। भाभी को लेनी हो तो ले ले अपने बेटे के लिए, वह नहीं लेगी।

उसने दृष्टि फेर ली, पर कमीज़ आंखों के सम्मुख नाचती रही—पीली-पीली, नेवी ब्लू गला, सुन्दर कॉलर...उसने सिर झटक दिया, नहीं देखेगी वह कमीज़ को। पर कमीज़ नाचती रही आंखों के सम्मुख।

कांति ने काउंटर की ओर पीठ कर ली। नहीं देखेगी वह कमीज़ को। वह दूसरी ओर ध्यान लगाने की चेष्टा करने लगी—देखूं तो कोई नया डेकोरेशन-पीस आया है। ये इंपोरियम वाले निकम्मे होते हैं एकदम! बस, वही सड़ा-सा पुराना स्टॉक! नई चीज़ तो कोई मंगाते ही नहीं। वह बगुलों की जोड़ी शायद साल भर से यहां है। वह तोता पता

नहीं कब से पड़ा है और यह चन्दन का हाथी, जब से इंपोरियम खुला है, तब से है...और यह महात्मा बुद्ध...यह मूर्ति शायद नई है...देखूं तो. ..और कांति पास आ गई—हां, नई है। हाथीदांत की है। कैसी लगेगी भैया की मेज़ पर? नहीं, ड्राइंग-रूम में कोई अच्छा पीस नहीं है। लाल मेज़पोश पर सफ़ेद मूर्ति मैच करेगी...नहीं, वह जो काला कपड़ा है न, उसके साथ और भी मैच करेगी—हां, काला और सफ़ेद—वंडरफुल!

वह और पास चली गई। उसे लगा महात्मा बुद्ध मुस्करा रहे हैं—उसने मूर्ति उठा ली। कितने की होगी? शायद दो रुपयों की होगी, शायद ढाई की हो—सस्ती ही है दो-ढाई रुपयों में। इतने कम पैसों में सजावट का सामान कहां मिलता है? आजकल तो सजावट की चीज़ों में लूटते हैं ये लोग; कोई ख़रीदने वाला मिल जाना चाहिए। यह मूर्ति अच्छी रहेगी; सस्ती भी है और कलात्मक भी। और आजकल तो महात्मा बुद्ध की मूर्ति हर घर में ही होती है, फैशन-सा हो गया है। एक उन्हीं के घर में नहीं है। वैसे अच्छी भी लगेगी—सफ़ेद हाथीदांत—काले या हरे या पीले, किसी भी मेज़पोश पर अच्छी लगेगी—हां, ठीक तो है...

और वह मूर्ति लिए हुए भाभी के पास आ गई।

भाभी कपड़े ले चुकी थीं। सेल्समैन थोड़ी दूरी पर खड़ा पैक कर रहा था। भाभी इधर-उधर ताक रही थीं, यूं ही।

"भाभी, यह मूर्ति में ले रही हूं," कांति बोली, "ड्राइंग-रूम में कोई भी अच्छा पीस नहीं है। यह अच्छी लगेगी किनारे वाली मेज़ पर।"

"कितने की है?" भाभी ने मूर्ति हाथ में ले ली।

"होगी कोई दो-ढाई की।" कांति बोली।

"ड्राइंग-रूम के लिए?" भाभी ने कुछ देर तक गम्भीर मुद्रा बनाई, "अच्छा, ठीक है। पैसे मैं दे देती हूं।"

"पैसे!" कांति चौंक-सी पड़ी। फिर वही पैसे! चलो, ठीक है, देने दो भाभी को। दे रही हैं तो हरज ही क्या है? बल्कि अच्छा ही है—पर

फिर उसके सम्मुख, भाभी की पीली कमीज़ वापस करते समय की मुद्रा नाच गई, "नहीं, मैं दे देती हूं पैसे।"

"नहीं! तुम क्यों दोगी?" भाभी अपने चिर-परिचित स्वर में बोलीं, "घर के लिए ही तो ले रही हो न! अपने साथ तो नहीं ले जाओगी।"

कांति के मन में खीझ की एक लहर-सी उठी। यह भाभी हर समय वैसी ही बातें करती रहती हैं। ज़रा भी नहीं समझतीं, कहां क्या कहना चाहिए। यहां इंपोरियम में, सेल्समैन के सामने भी मूर्खता शुरू कर दी–पर फिर भी खीझ को उसने दबा दिया। औपचारिक स्वर में बोली, "नहीं, मैं देती हूं।"

"पागल हुई हो!" भाभी ने डांटने की-सी चेष्टा की और अपना बैग खोलकर रुपये निकालने लगीं।

सेल्समैन ने पैकेट रख दिया, "चौदह रुपये पचास नये पैसे!"

"यह कितने की है?" कांति को ध्यान आया, अभी तो उसने मूल्य तक नहीं पूछा है।

"आठ रुपये!"

"आठ रुपये!" कांति चकित थी, उसने दो-ढाई रुपये सोचे थे।

"इतनी महंगी?"

"महंगी कहां, बहन जी?" सेल्समैन बोला, "हाथीदांत की चीज़ है, आठ रुपये कोई ज़्यादा नहीं हैं इसके।"

"खैर!" कांति बोली, "हम ले रहे हैं इसको।" पर कैसा-कैसा तो लग रहा था उसको।

उसने भाभी की ओर देखा, पर भाभी का ध्यान इधर न था। वह पैसे गिन रही थीं।

"हां, कितने?" थोड़ी देर बाद भाभी ने गर्दन उठाई।

"साढ़े चौदह और आठ, साढ़े बाईस!" सेल्समैन रसीद लिखने लगा।

भाभी एक क्षणक के लिए रुक-सी गईं। उनके दांत अनजाने ही अधरों को काट रहे थे। क्षण भर ही अनिश्चित-सी रहीं, फिर वही हो गईं जो थीं।

"यह लीजिए!" उसने काउंटर पर नोट रखते हुए धीरे-से कहा, "दस और पांच, पन्द्रह!"

सेल्समैन ने नोट उठा लिए, एक बार गिने और कांति की ओर देखा।

कांति क्षणभर के लिए स्तंभित-सी रह गई। समझ ही न पाई, क्या करे। उसे अपने हाथों में महात्मा बुद्ध की मूर्ति कुछ विचित्र-सी लगी, फिर झट से उसने बैग खोलकर दस का नोट निकाला, "इसके पैसे इसमें से काट लीजिए!" उसने नोट काउंटर पर रख दिया।

"चलो, कांति!" भाभी ने अपनी अठन्नी उठा, दो पग आगे बढ़कर कहा।

"आई, भाभी!" कांति ने जल्दी से दो रुपये सेल्समैन से वापस ले, बैग में डाले और बैग को बन्द करती हुई भाभी के पीछे-पीछे चल पड़ी।

कहानी का अभाव

मैं बैठा पढ़ रहा था कि जीजी मुक्ता को लेकर आईं। मुक्ता उनकी सहेली है और बहुधा हमारे घर आया-जाया करती है। मेरे साथ भी उसकी अच्छी-खासी जान-पहचान है। पर उस दिन वह कुछ विचित्र-सी अवस्था में थी। मुझे लगा कि शारीरिक रूप से थकी हुई न होने पर भी उसका मन काफी थका हुआ था। चेहरे पर के भाव ही कुछ ऐसे थे। अस्त-व्यस्त थी वह। बाल भी काफी उड़े-उड़े थे। मैंने पहले कभी उसे इस प्रकार उड़े हुए बालों के साथ नहीं देखा था। जहां तक मैं जानता था, फ़ैशनों से वह घृणा करती थी।

"नमस्ते!" मैंने कहा।

"नमस्ते!" उसने कुछ इस प्रकार कहा, जैसे मुझे अब तक देखा ही न था।

अन्य दिनों के समान उसने एकाध औपचारिक बात भी नहीं की। जीजी और वह अपनी बातों में लग गईं और मैं उठकर दूसरे कमरे में चला आया।

कुछ देर बाद जीजी मेरे पास आईं।

"मुक्ता को देखा तुमने?"

"हां।" मैंने कहा, "क्यों?"

"कैसे आगे के बाल माथे पर उड़ाकर आई थी।"

"उड़ गए होंगे हवा से।" मैंने यूं ही कह दिया, "आवश्यक नहीं कि उड़ाकर ही आई हो।"

"कुछ भी हो।" जीजी मुस्कराती हुई बोलीं, "मैंने कहा, आज तो जुल्फें उड़ रही हैं तो जानते हो उसने क्या कहा?"

"क्या कहा?" मेरी उत्सुकता जाग रही थी।

"कहने लगी, 'तुम्हारा भाई क्या सोचता होगा?' 'क्या सोचता होगा' मैंने कहा, तो फिर वह हंसकर बोली, 'सोचने दो कुछ भी। वह तो कहानीकार है न। उससे कहो मेरे बालों पर एक कहानी लिख दे।"

"हुश्!" मैंने मुंह बनाया, "कैसी मूर्खा है! उसके बाल उड़ रहे हैं, तो कहानी लिख दो। इनती-सी बात पर कहीं कहानी लिखी जा सकती है।"

"अरे, लिख दो न!" जीजी हंसी।

"आप भी कमाल करती हैं, जीजी!" मैं बोला, "लिख क्या दूं। न घटना, न प्लॉट और न क्लाइमेक्स। कुछ भी नहीं और कहानी लिख दो। मज़ाक है।"

"बात आई-गई हो गई। मैं इसे भूल-सा गया था कि कुछ ऐसा ही फिर हो गया।

मेरी नई कहानी प्रकाशित हुई थी और घर में उसी की चर्चा हो रही थी। जाने कैसे बात कहानी की सच्चाई पर आ गई और मैंने बताया कि कहानी मेरे एक मित्र के जीवन की सच्ची घटनाओं पर आधारित है।

"दूसरों की कहानी लिखी तो क्या लिखा।" भैया बोले, 'मेरी कहानी लिखो तो जानूं।"

भैया आज पहले के समान गंभीर नहीं थे। पता नहीं मज़ाक कर रहे थे या अपनी इच्छा ही प्रकट कर रहे थे।

"सच, भैया?" मैंने पूछा, "क्या आप कहानी के हीरो बनना पसंद करेंगे?"

"क्यों नहीं!" वे बोले, "कहानी का हीरो बनने में क्या बुराई है!"

और वे हंसे, "हीरो तो हीरो है। चाहे कहानी का हो, चाहे फ़िल्म का।"

"अच्छा। मैं एक कहानी लिखूंगा आप पर।" मैंने कहा, "पर कहीं उलटी-सीधी बात लिख दी तो?"

"आई डोंट माइंड।" वे बोले, "एज़ फ़ॉर एज़ आई एम हीरो, इट इज़ ऑल राइट।"

उस दिन से मैं भैया की गतिविधियों का विशेष रूप से अध्ययन करने लगा। वैसे इसकी आवश्यकता नहीं होनी चाहिए थी। भैया की एक-एक बात मेरी जानी-पहचानी थी। रोज़ सवेरे उठकर छह बजे अपने होटल चले जाना। जाते ही चाय-समोसों, पेड़ों और रसगुल्लों की सुगंध या दुर्गंध। दिन-भर ग्राहकों का आना-जाना और उनकी खच-खच।

रात को दस बजे घर लौटना। दोपहर का खाना भी भैया होटल में खा लेते थे। न कहीं आना, न कहीं जाना। न किसी से दोस्ती, न किसी से बातचीत। न कोई शौक़, न अभिलाषा। सीधा-सपाट चिकनी सड़क-सा जीवन। कहीं कोई उतार-चढ़ाव नहीं।

घर में भी भैया के साथ कोई विशेष बात नहीं थी। जब भी घर में कोई ऐसी बात हो जाती और पिता जी हमें डांटते तो भैया का उदाहरण अवश्य देते, "देखते नहीं तुम लोग! कैसा सीधा है तुम्हारा भाई, जैसे भगवान की गाय। न कुछ उलटा, न सीधा। न ऊपर और न नीचे। जब जैसा कहो, वैसा ही मान लेता है। कभी किसी बात के लिए न की है उसने? अपने को झोंक दिया उसने भट्टे में तुम लोगों के लिए। दिन-भर कोल्हू के बैल की तरह जुता रहता है ताकि चार पैसे घर में लाए और तुम लोग पढ़-लिखकर मनुष्य बन सको। तुम लोग हो कि उससे कुछ सीखते भी नहीं।"

बात थी भी कुछ ऐसी ही। भैया हमारे लिए आदर्श बन गए थे। आठ भाई-बहनों में वे सबसे बड़े थे। पिता जी ने कठिनाई से उन्हें

मैट्रिक तक पढ़ाया था और उसके बाद से ही वे अपना होटल चला रहे थे। पहले तो होटल छोटा-सा था। पर अब अच्छा-खासा चल निकला था। वे चाहते तो कहीं नौकरी कर लेते। आठ घंटे की ड्यूटी के पश्चात् अच्छे कपड़े पहन, बन-संवरकर घूमने-फिरने जा सकते थे। सड़कों पर मटरगश्ती और मित्रों के साथ खुशगप्पियां कर सकते थे। सप्ताह में एक दिन की छुट्टी भी मिल जाती।

जब पिता जी ने आगे पढ़ाने से इनकार कर दिया था, तो भैया ने चाहा भी यही था। उन्हें नौकरी के लिए कहीं जाने को बुलावा भी आया था। परन्तु पिता जी ने उनका बंधा-बंधाया सामान खुलवाकर कहा था, "तुम तो नौकरी कर सौ-डेढ़ सौ रुपए कमाकर अपना जीवन मज़े से बिता सकते हो, पर हमारी सहायता तुम नहीं कर सकोगे। और वैसे भी सौ-डेढ़ सौ रुपयों की कमाई से जीवन सुन्दर नहीं बन सकता।

पीछे तुम्हारे भाई-बहनों की अवस्था क्या होगी। मुझमें इतनी सामर्थ्य नहीं कि मैं इन लोगों को किसी योग्य बना सकूं। हां, यदि तुम भी यहां कुछ कर लो, तो मैं इन्हें खाना-कपड़ा दे सकूंगा। तुम पढ़ाई का खर्च देना, ताकि ये लोग आदमी बन सकें।"

भैया और पिता जी में हम लोगों को लेकर एक समझौता हो गया। भैया ने अपना बलिदान कर देना ही उचित समझा। तब से आज तक बारह वर्ष हो गए हैं। भैया वैसे ही जुते हैं अपने काम में। हम सारे भाई-बहन पढ़-लिख रहे हैं। हमारे जीवन में कोई सोच-फिकर नहीं है।

मैं तब काफी छोटा था, जब की ये बातें हैं। किन्तु छह वर्षों से तो मैं अपनी आंखों से देख रहा था कि भैया का जीवन आदमी का जीवन नहीं है। दिन में सोलह घंटे की ड्यूटी बहुत कठिन काम है। नौकरी करते तो ड्यूटी आठ घंटे की होती है, किन्तु मैट्रिक पास को थोड़े ही कोई सौ-सवा सौ से अधिक देता। पिता जी शायद दो सौ ला

रहे थे। और वे वर्ष भर में अवकाश ग्रहण करने वाले थे। इतने में हमारा परिवार चल नहीं सकता था। अब भैया का जीवन चाहे जैसा भी हो, पर वे तीन सौ रुपए महीने तक कमा लेते थे और हमें रुपयों की बहुत ज़रूरत थी। मंझले भैया इंजीनियरिंग के अन्तिम वर्ष में थे। मैं स्वयं बी. ए. का फाइनल देने वाला था। रुपए तो हमें चाहिए ही थे।

भैया के जीवन में कभी-कभार यदि कोई व्यक्तिक्रम होता तो वह सिनेमा के कारण। बस, महीने में एक-आध बार सिनेमा ही जा पाते थे। वैसे यदि दिन के समय में वे कभी घर पर आ जाते तो हम समझ जाते कि वे बीमार हैं।

लगता था, मानवीय गुण तो उनमें रह ही नहीं गए हैं। न कभी क्रोध, न झुंझलाहट और न खीझ। बस, एक ऐसा साधक जो कभी भी उद्वेलित न हो, ऐसा सागर जिसमें कभी भी ज्वार न आए। एक ऐसी घड़ी, जिसकी सुईं कभी न ठहरे।

सवेरे से शाम तक पक्का कार्यक्रम; कोई व्यक्तिक्रम नहीं। कहीं आना नहीं, जाना नहीं। भैया का शायद कोई मित्र भी नहीं था। कई बार हम लोग मज़ाक भी उड़ाया करते, "भैया, कोई फ्रेंड है आपका?"

"नहीं।" वे कहते।

"अच्छा। कोई गर्ल-फ्रेंड?"

"हुश्!" वे कहते, "असंभव।"

बस, ऐसा ही था उनका जीवन। बहुत दिन हो गए, परन्तु मुझे कहानी लिखने के लिए कोई बिन्दु न मिला।

एक दिन मैंने भैया से कह ही दिया, "भैया, मैं नहीं लिख सकता कहानी आप पर।"

"क्यों?" भैया ने पूछा, "लिख क्यों नहीं सकते? या लिखना ही नहीं चाहते?"

"लिखना तो चाहता हूं, पर कुछ मिल ही नहीं रहा लिखने को।" मैंने कहा।

"अरे, वाह!" भैया बोले, "सारा जीवन पड़ा है तुम्हारे सामने और तुम एक कहानी भी नहीं लिख सकते?"

"अच्छा, भैया!" सहसा मुझे एक बात सूझी, "आपके होटल में लड़कियां आती हैं।"

"नहीं तो। क्यों?"

"लीजिए।" मैंने झुंझलाकर कहा, "वह भी नहीं, तो लिखूं क्या?"

"कुछ भी लिखो।" उन्होंने आग्रह किया।

"अच्छा, भैया! सच्ची बात बतलाइएगा।" मैंने मुस्कराते हुए कहा।

"पूछो।" सरल-सा उत्तर था उनका।

"आपका किसी लड़की से संबंध रहा है?" मैंने कहा।

मैंने सोचा था कि या तो भैया नाराज़ हो जाएंगे और मुझको मार बैठेंगे या फिर धीरे से मुस्कराकर कहेंगे, "बदमाश कहीं के! बड़े भाइयों से ऐसी बातें की जाती हैं।"

दोनों में ही मुझे कुछ मिल जाता लिखने को। वास्तव में मैंने कभी भैया को क्रोधित होते भी नहीं देखा था। आवेग के नाम पर कोई बात मैंने उनमें नहीं देखी थी।

यही कारण था कि हमने उन्हें चिढ़ाने के लिए उनका नाम रखा था, 'आल्वेज़ नॉर्मल'। सदा नम्र। पर कठिनाई थी कि वे कभी चिढ़ते भी नहीं थे।

पर उस समय भैया ने अपेक्षित में से एक भी उत्तर नहीं दिया। उनके मुख पर कुछ-कुछ उदासी-सी छा गई। धीरे से बोले, "नहीं।"

"क्या जीवन है, भैया? मैंने कहा, "कभी प्रेम-पत्र लिखा है आपने?"

"नहीं।"

"कभी प्रेम किया है आपने किसी से?"

"नहीं।"

"घृणा की है किसी से?"

वे कुछ देर चुप रहे, फिर बोले, "नहीं।"

"झगड़ा किया है?"

"नहीं।"

"झूठ बोला है कभी?"

"नहीं।"

मैं चुप हो गया। और भैया भी चले गए।

कुछ दिन और बीत गए, पर मैं कहानी न लिख सका। सच तो यह है कि मैंने लिखने का विचार ही छोड़ दिया था। जिसके जीवन में कहानी न हो कोई, उस पर कहानी लिखी कैसे जाए और अंत में एक दिन मैंने भैया से कह दिया कि मैं कहानी नहीं लिखूंगा।

मुझे लगा, भैया उदास हो गए हैं। यह मेरे लिए नई बात थी। पर उन्होंने कुछ कहा नहीं। केवल पूछा, "क्यों?"

"भैया, देखिए!" मैंने कहा, "सच्ची बात बताऊं आपको। बर्नर्ड शा ने कहा, 'नौ कंफ्लिक्ट नो ड्रामा।' मैं कहता हूं, 'नो कंफ्लिक्ट नो स्टोरी।' जब तक जीवन में कोई विरोध नहीं हो, टकराव नहीं हो, संघर्ष नहीं हो तो कहानी कैसे लिखी जाए?

"तो तुम्हारा मतलब है कि मेरे जीवन में संघर्ष नहीं है?" उन्होंने मेरी आंखों में देखा। उनकी आंखों में मैंने ऐसी चमक पहले कभी नहीं देखी थी। वह चमक कुछ ऐसी ही थी जैसी कि किसी को चुनौती देते समय हुआ करती है।

"सुबह छह बजे से रात के दस बजे तक सोलह घंटे जुता रहता हूं और तुम कहते हो मेरे जीवन में संघर्ष ही नहीं!"

"नहीं, भैया! वह संघर्ष नहीं!" मैं अचकचाकर बोला, "देखिए,

कहानी में कुछ विशेष तत्व होते हैं। उसमें एक चरम सीमा या क्लाइमेक्स होता है।

यह चरम सीमा कैसे मिले, जब तक कहानी में कोई समस्या, कोई कंफ्लिक्ट, कोई उतार-चढ़ाव, कुछ भी न हो। आपका जीवन मशीन होकर रह गया है, सीधा-सपाट!"

"एक मनुष्य के मशीन बनने की कहानी नहीं लिखी जा सकती क्या?" भैया का स्वर साधारण नहीं था। आज वे 'आल्वेज़ नॉर्मल' वाले रूप में नहीं थे।

मुझे आज पहली बार लगा कि भैया के भीतर कुछ उबल रहा है।

"पर, भैया! जब तक घटना न हो, मोड़ न हो, व्यक्तिक्रम न हो", मैंने कहा, "कहानी का प्लॉट कैसे बने और अभी तो आपका विवाह भी नहीं हुआ, नहीं तो भाभी के साथ किसी झगड़े की कहानी बनती।"

"कहानीकार जीवन की व्यथा की तो कहानी लिख सकता है।" भैया ने कहा।

"हां, भैया!" मैं बोला, "पर आपने कभी व्यथा भी तो प्रकट नहीं की। और मेरा विचार है कि आपके मशीनी जीवन में व्यथा के लिए भी अवकाश नहीं है। तो फिर कहानी..."

"यही क्या कम व्यथा है कि अट्ठाईस वर्षों के जीवन में एक भी कहानी नहीं।" भैया ने विचित्र स्वर में उत्तर दिया।

मैंने अनुभव किया कि ऐसा भी हो सकता है कि जीवन में कहानी का अभाव ही बहुत बड़ी व्यथा है। पर मैं उसकी कहानी कैसे लिखूं? किन शब्दों में लिखूं?

मैंने बहुत प्रयत्न किया। बहुत सोचा। पर सब कुछ बेकार गया। कई बार लिखने भी बैठ गया, पर लिखा न गया।

और इस प्रकार कई दिन बीत गए, पर मैं कहानी न लिख सका।

भैया ने भी फिर कुछ नहीं कहा। शायद वे मेरी बात समझ गए थे।

और अब हारकर मैं फिर इस बात को छिपाने लगा हूं कि मैं कहानियां लिखता हूं।

डरता हूं कहीं कोई कहानियों से हीन जीवन बिताने वाला व्यक्ति अपने जीवन की कहानी लिखने को कह बैठे। पता नहीं कितने लोग है, जो मशीनें बनने को बाध्य हुए हैं और जिसके जीवन में एक भी कहानी ने कभी जन्म ही नहीं लिया।

नाबालिग वर

सुषमा को किसी ने बताया तो नहीं था, पर वह सब कुछ समझ रही थी। उससे केवल इतना ही कहा गया था कि पिता जी के कोई मित्र आ रहे हैं। पर वह कोई छोटी बच्ची तो थी नहीं कि इस झूठ को चीरकर उसके तले में छिपे सत्य को नहीं देख सकती। पिता जी के तो कितने ही मित्र आते रहते थे, पर कभी तो घर की ऐसी सफाई नहीं हुई थी, कभी तो सारी वस्तुएं चमकाई न गई थीं। और फिर आने वाले जब पिता जी के मित्र थे तो उसको क्यों अच्छे कपड़े पहन तैयार होने को कहा गया था।

कल जब सुषमा कॉलेज से संध्या समय लौट रही थी तो उसने रसोई में पिता जी के धीरे-धीरे बोलने की आवाज़ सुनी थी। ठिठककर वह बाहर ही रुक गई थी।

"लड़का अच्छा है," पिता जी कह रहे थे, "आजकल के लड़कों के समान नहीं है, बहुत सुशील है। कह रहा था, आप कहते हैं तो आ जाऊंगा, पर स्वीकृति तो मेरे माता-पिता ही दे सकेंगे।"

"अच्छा!" माता जी का प्रसन्न स्वर सुनाई पड़ा था।

"हां।" पिता जी फिर बोले, "सोचो न, इस युग में ऐसा लड़का कहां मिलेगा जो मां-बाप का ख़्याल करे। और शादी-विवाह के संबंध में तो लड़के बहुत उच्छृंखल हो गए हैं। कहते हैं कि हमें शादी करनी है कि मां-बाप को।"

"तब तो लड़का अच्छा है।" माता जी शायद सब्जी में करछुल चला रही थीं, "हमें ऐसा ही लड़का चाहिए।"

सुषमा ने पिता जी के बाहर आने की-सी आवाज़ सुनी। वह भागकर अपने कमरे में चली गई। उस समय उसके हृदय में तूफ़ान-सा मचा हुआ था—कौन है यह जिसकी इतनी प्रशंसा हो रही है? इसमें तो कोई संदेह ही नहीं था कि यह सब कुछ उसी के लिए हो रहा था। अब बी. ए. की परीक्षा में दो ही महीने तो रह गए थे। पिता जी को इसीलिए उसकी चिंता अधिक सता रही थी। वे चाहते थे, परीक्षा देते ही उसके हाथ पीले कर दिए जाएं और शायद वे खोज ही लाए थे किसी को।

पर यदि पिता जी उसी के लिए यह लड़का ठीक कर रहे हैं, तो भूल कर रहे हैं। ऐसा पति उसे नहीं चाहिए, जिसमें ज़रा-सा भी पौरुष न हो, जो अपना विवाह भी मां-बाप से पूछकर करे। यह क्या एक युवक का कथन है—माता-पिता स्वीकृति देंगे! जैसे स्वयं अभी नाबालिग हो या कोई अनपढ़ घरेलू लड़की हो कि अपने मुख से विवाह की स्वीकृति देने के लिए आवाज़ न निकलती हो। इससे तो आज की लड़कियां ही अच्छी। कम-से-कम अपने जीवन से संबंधित बातों का निर्णय तो स्वयं ही करना चाहिए। यह आया है बड़ा पितृभक्त! बाप लाकर गांव की एक भैंस बांध देगा खूंटे से तो उसी को स्वीकार कर लेगा अपनी पत्नी। चलो, ठीक है, ऐसे व्यक्ति के विषय में उसे कुछ नहीं सोचना है...

पर फिर उसे पिता जी पर भी क्रोध आया। यदि उसी के लिए सब कुछ तो उससे छिपाने की आवश्यकता ही क्या है। बच्ची तो है नहीं, वह बीस वर्ष की हो चुकी है, इक्कीसवां चल रहा है और फिर उसके विवाह में उससे आख़िर पूछा क्यों न जाएगा। लड़के को वह पसंद आ भी गई तो क्या, यदि उसी को लड़का पसंद न आए तो? यदि वह 'ना' कर दे तो पिता जी क्या करेंगे?

पहले तो उनको उसी से पूछना चाहिए था। समय के परिवर्तन का तो पिता जी पर ज़रा भी प्रभाव ही नहीं पड़ता। ये अभी अपने विवाह

के समय के समाज में ही जी रहे हैं। अभी तक इन्हें पता ही नहीं कि लोग कहां से कहां चले गए हैं। अब वह समय नहीं रहा, जब उन्होंने पुष्पा जीजी का विवाह उनसे एक बार भी पूछे बिना ही कर दिया था और आज उस बात को बारह वर्ष भी तो बीत चुके हैं। दुनिया कहां से कहां पहुंच गई है।

पुष्पा जीजी केवल छठी कक्षा तक ही पढ़ पाई थीं और वह तो कुछ महीनों में बी. ए. हो जाएगी। पुष्पा जीजी ने कभी घर से बाहर पग नहीं निकाला था और वह दुनिया भर घूम-फिर आई है। पुष्पा जीजी आज चार बच्चों की मां होकर भी अकेली बाज़ार नहीं जा सकतीं और वह किसी समय भी, कहीं भी आ-जा सकती है। कितना बदल गया है युग! और पिता जी अब भी वैसे के वैसे है—जड़ पत्थर!

फिर उसके विचार उस लड़के की ओर भटक गए...वह भी मालूम होता है, उसी युग में जी रहा है, जिसमें पिता जी जीते हैं। 'स्वीकृति तो माता-पिता ही देंगे'—ऊंह! आने तो दो उसको। वह भी पूछेगी—क्यों, स्वयं ही आए हो या बापू की अंगुली पकड़कर? या अम्मा से पूछकर तो आये हो न? वापस जाने पर अम्मा मारेंगी तो नहीं? वह फिर मन-ही-मन हंस पड़ी—क्या-क्या सोच जाती है वह भी।

माता जी ने उसे तैयार होने के लिए दुबारा कहा, तो वह पूछ ही बैठी, "कौन आ रहा है, मां?"

"तुम्हारे पिता जी के ऑफिस में काम करते हैं, बेटी!" मां ने बताया।

"पिता जी के मित्र?" उसने फिर पूछा।

"हां-हां।" माता जी जल्दी में थीं। बोलीं, "तुम तैयार हो जाओ।"

"क्यों आ रहे हैं, मां?" सुषमा ने बड़े ही भोलेपन से पूछा, पर

एक दुष्ट-सी मुस्कान उसके अधरों पर खुल-खेलने के लिए व्याकुल हो रही थी।

"बस आ रहे हैं।" मां ने व्यग्र-सी होते हुए कहा।

"पहले तो कभी नहीं आए, मां?" वह पीछा छोड़ने को तैयार न थी।

"हां-हां, पहले नहीं आए। अब वे अपने घर जा रहे हैं बनारस। इसीलिए तेरे पिता जी ने चाय पर बुलाया है।" और माता जी चली गईं।

ओह, यह बात है!–सुषमा के सामने बातें कुछ स्पष्ट-सी हो चली थीं–तो वह आ रहा है उसे देखने के लिए। यहां से देखने के पश्चात वह बनारस जाएगा, अपने मां-बाप के पास, ताकि उनसे पूछ ले और तब पिता जी को सूचित कर सके। 'अच्छा, तुम भी क्या याद करोगे, बच्चू!'

सुषमा ने उसे मन-ही-मन ललकारा, 'किसी से पाला पड़ा था।' पिता जी भी मुझसे पूछ नहीं रहे न! पूछना तो दूर, सच्ची बात भी नहीं बता रहे। ठीक है–जब सब कुछ ठीक-ठाक हो जाएगा, तो वह इनकार कर देगी! वह जानती थी, घर में कुहराम मच जाएगा, उसे क्या-क्या न कहा जाएगा।

जनमते ही मर जाने की दुहाई दी जाएगी, शायद माता जी ज़हर खाकर मर जाने की धमकी भी दें–पर ये सब पुरानी बातें हैं। उसके पास सबका उत्तर है। माता जी ज़हर खाने की बात कहेंगी, तो वह भी कहेगी–नहीं, आप क्यों मरेंगी, मुझे ही संखिया दे दीजिए। वह भी दिखा देगी कि मां-बाप अपनी ही इच्छा से सब कुछ करना चाहें, तो परिणाम क्या हो सकता है...

विचारों में उसे पता ही न चला कि कब माता जी फिर उसके पास आ गई थीं।

"तू तैयार नहीं हुई अब तक?"

"जाती हूं, मां!" और वह चली गई।

पहले तो उसके मन में आया कि तैयार ही न हो, बल्कि इन कपड़ों को भी उतारकर, धोबी को देने वाले कपड़ों की टोकरी में से निकालकर मैले-कुचैले-से कपड़े पहन ले और बाल भी अच्छी तरह से बिखेर ले—पूरी ताड़का राक्षसी बनकर जाए उसके सम्मुख! फिर सोचा—क्या लाभ, उससे तो अच्छा है कि अच्छी तरह सज-धजकर तैयार हो जाए।

खूब सुंदर बनकर जाए उसके सम्मुख, उस पर बिजलियां गिरा आए। और जब वह हां कर दे तो, 'मैं नाबालिग से विवाह नहीं करूंगी' कहकर वहीं इनकार कर दे।

अपने सौंदर्य और उसके प्रभाव से वह अपरिचित नहीं थी। वे सारे के सारे रिमार्क उसे एक-एक कर याद आने लगे, जो कॉलेज में इधर-उधर से आते-जाते लड़के धीरे-से उछाल दिया करते थे।

सहसा उसने सोचा—क्या पहने वह? ओह! ठीक है—हरी साड़ी पहनेगी वह, हरे ही ब्लाउज़ के साथ! और सहसा उसके गाल लाज से अरुणिम हो उठे...

जब पहली बार वह यही कपड़े पहनकर कॉलेज गई थी तो कोलाहल-सा मच गया था। कंपाउंड में प्रवेश करते ही, कहीं से आवाज़ आई थी, "क़त्लेआम!"

"आज कॉलेज में लाशें गिरेंगी!" किसी दूसरे ने कहा।

"फोर्थ इयर डाई हुआ आज!" एक और स्वर आया था।

उसे बड़ा क्रोध आया था—ये मुस्टंडे इसीलिए खड़े रहते हैं गेट के पास कि आती-जाती लड़कियों पर आवाज़ें कसते रहें।

और फिर जब वह क्लास में गई तो कांत अकेला वहां बैठा था। वह झिझक-सी गई। वह जानती थी, आज बहुत आकर्षक लग रही थी वह। यदि कांत भी कुछ कह बैठे तो? क्लास में और कोई है भी तो नहीं। पर वह जानती थी, कांत ऐसा लड़का नहीं है। वही तो एक

लड़का है कॉलेज में जिसे सभ्य कहा जा सकता है। आज तक किसी लड़की को उससे किसी प्रकार की शिकायत नहीं हुई थी।

वह साहस करके आ गई क्लास में। उसने कांत की ओर देखा—वह उसकी ओर देख रहा था। आज तक उसने कांत की आंखों में ऐसे भाव नहीं देखे थे। वह फिर संकुचित-सी हो गई।

"सुषमा, एक बात कहूं?" कांत ने स्वयं ही पूछा था।

"कहो!" वह बड़ी कठिनाई से कह पाई, पर वह समझ रही थी, वह भी कपड़ों के विषय में कहना चाहता था। "यू आर लुकिंग ग्रण्ड", कांत बोला, "हरे पत्तों में जैसे कोमल गुलाब की कली!" और वह उठकर क्लास से बाहर चला गया। सुषमा कट-सी गई। पर इस उपमा पर उसे क्रोध न आया। अच्छी लगी उसे—भला इसमें क्रुद्ध होने की बात ही क्या थी? उसने सौंदर्य की सुन्दर तथा शिष्ट शब्दों में प्रशंसा ही तो की थी।

उसने तैयार होकर दर्पण पर अंतिम दृष्टि डाली—सचमुच आज फिर वह गुलाब की कली लग रही थी, हरे पत्तों से घिरी हुई। अनजाने ही मुस्कान उसके अधरों पर आ विराजी।

"तैयार हो गई, सुषी?" दरवाज़े पर माता जी खड़ी थीं।

"हां।" वह बोली, "पर मां, पिता जी के मित्र आने वाले हैं तो मुझे क्यों तैयार करवा रही हो? तुम लोग तो ऐसे कर रहे हो जैसे कोई मुझे ही देखने आ रहा हो!"

"चुप! बदतमीज़!" माता जी ने डांटने की चेष्टा की, पर डांट सकीं नहीं। सुषमा भी मुस्कराकर रह गई।

"अच्छा!" माता जी बोलीं, "थोड़ी देर में तुझे बुलाऊंगी मैं।"

ओह, सुषमा ने सोचा, तो वे महाशय आ चुके हैं। अच्छा, कैसा होगा नाबालिग वर? वह सोचने लगी—बुद्धू-सा होगा अवश्य या भोला-सा। ज़रूर छोटा-सा बच्चा लगेगा देखने में। जिसका मस्तिष्क परिपक्व न हो, इच्छा दृढ़ न हो—उसके मुख पर परिपक्वता और

मेधा के चिह्न कैसे हो सकते हैं? ज़रूर बुद्धू-सा ही होगा! सुषमा को सारा-का-सारा मामला मज़ाक-सा लग रहा था। किसी भी बात को गंभीरतापूर्वक सोच ही न पा रही थी।

"सुषी!" माता जी की आवाज़ आई।

"आई, मां!" और वह चंचल बच्चियों के समान फुदकती-सी रसोई में चली गई।

"कॉफी दे आ पिता जी को।" माता जी ने कहा।

उसे लगा, उसकी सहजता और मुस्कान उसका साथ न दे सकेंगी। एक प्रकार का संकोच-सा छा गया उस पर। क्या हुआ यदि वह पढ़ी-लिखी आधुनिका है? क्या हुआ यदि वह अतिथि नाबालिग वर है? क्या हुआ यदि वह इनकार करने की ठान चुकी है? आख़िर तो वह उसे देखने के लिए ही आया है!

और ठीक लजीली लड़कियों के समान ही ठिठकती-ठिठकती, सिहरती-सिहरती-सी दरवाज़े तक आई और अन्त में रुक ही गई। पग उठ ही नहीं रहे थे।

"आओ, सुषी! आ जाओ!" पिता जी ने कहा।

और वह बंधी-बंधी-सी घिसटती हुई भीतर चली गई। मेज़ पर ट्रे रखकर मुड़ी ही थी कि नज़र उस नाबालिग पर पड़ी। वह ठहर न सकी—भागती हुई-सी बाहर आ गई। हांफ-सी रही थी, जाने क्यों। जाकर अपने बिस्तर पर गिर पड़ी।

उसका मुख सुषमा की आंखों में फिर रहा था—नाबालिग तो नहीं लगता, भोला भी नहीं, बुद्धू भी नहीं। मेच्योर्ड है! गोरा रंग, क्लीन शेव। मोटे फ्रेम की ऐनक, तीखी नाक। 'सुन्दर है! सुन्दर है!' कोई स्वर उसके मन में बार-बार गूंज रहा था। 'सुन्दर हो न हो, आकर्षक है—जैसे मेधा स्वयं बोल रही हो आंखों से! पर देखने से क्या हुआ? है तो बुद्धू ही न! बाप की अंगुली पकड़कर चलने वाला। छोड़ो, जिसके पास अपनी इच्छा-शक्ति, विल-पॉवर ही नहीं, वह पुरुष कैसा! छोड़ो...'

जाने वह कब तक वैसे ही पड़ी रही। चेतना तब लौटी, जब बाहर पिता जी का स्वर सुनाई पड़ा। वे शायद छोड़ने जा रहे थे उसे।

क्या बातें हुई होगी उनमें? सहसा प्रश्न उसके मस्तिष्क में उठा। कौन बताएगा उसे? कौन बताएगा? पिता जी से वह पूछ नहीं सकती थी, माता जी बताएंगी नहीं। तब? तब क्या? उसे बड़ा क्रोध आया स्वयं पर। बड़ी निडर, आधुनिका, पढ़ी-लिखी और जाने क्या-क्या बनती है; इतना तो साहस नहीं है कि जाकर पिता जी से कुछ पूछ ही सके। तो क्या करे? क्या धैर्य?

उस दिन के पश्चात सुषमा रोज़ एक बार पिता जी की मेज़ की तलाशी ले जाया करती थी। जितने भी पत्र आते थे, सब चोरी-छिपे पढ़ जाया करती थी। कई बार उसने मन को समझाया भी—क्या लाभ? उसे तो विवाह करना नहीं है उस नाबालिग वर से, फिर क्यों यह उत्सुकता ही थी? वह रोज़ एक बार पिता जी की डाक देख ही जाती।

एक बार मन में प्रश्न उठा भी, कहीं वह 'इनकार' की बात सोचकर पिता जी के प्रति अन्याय तो नहीं कर रही है। वैसे तो लड़का अच्छा है, देखने में सुन्दर भी है, कमा भी रहा ही होगा—पर क्या करना है सुन्दरता और कमाई को—उसने सोचा—उसे पति चाहिए, जो बालिग हो, पुरुष हो, दृढ़ हो! बाप की अंगुली पकड़कर चलने वाले बच्चे को वह पति-रूप में स्वीकार नहीं कर सकती, कभी नहीं!

सुषमा को देर हो गई थी। उस दिन कॉलेज से ही सुधा खींचकर ले गई थी उसे। उसके पिता जी दिल्ली से कुछ साड़ियां लाये थे। वे ही दिखाना चाहती थी सुधा उसे। सुषमा ने कितनी बार कहा भी था सुधा से कि जल्दी जाने दे। पर उसने आने ही न दिया।

अब तो कुछ-कुछ अंधकार भी उतर आया था। सुषमा जानती थी, इस प्रकार देर होने से पिता जी कितने क्रोधित होते हैं। जान ही तो

नहीं छोड़ते, बोले ही जाते हैं। कुछ मज़ा ही नहीं आया सुधा के घर जाने का—सुषमा सोच रही थी। वहां भी भय लगा ही रहा था पिता जी का। एक क्षण के लिए भी तो आश्वस्त नहीं हो पाई थी। लाभ ही क्या? पर अब तो देर हो ही चुकी थी। सुधा को बुरा-भला कहने का कोई लाभ न था। सुषमा मन-ही-मन मना रही थी कि पिता जी अभी न लौटे हों, उन्हें कहीं विलम्ब हो जाए या नहीं तो घर में ही कोई अतिथि आ जाए...पर वह जानती थी, ऐसा नहीं होगा।

घर पहुंचते ही सुषमा धक्-सी रह गई—पिता जी की साइकिल बरामदे में खड़ी थी। तो आ गए पिता जी? वह संभल गई। धीरे-धीरे बिना शब्द उत्पन्न किए वह अपने कमरे तक पहुंच जाना चाहती थी। पर वह गई नहीं। स्वयं ही रुक गई रसोई के पास। अंदर माता जी और पिता जी दोनों ही थे। सुषमा पिता जी का स्वर पहचानती थी। जब कभी वे इस प्रकार स्वर दबाकर बोलते थे तो अवश्य ही कोई रहस्य वाली बात होती थी।

सुषमा दरवाज़े के एकदम पास आ गई।

"सुषी कहां है?" पिता जी पूछ रहे थे।

"अभी आई नहीं है कॉलेज से!" यह माता जी का स्वर था।

सुषमा ने सोचा, जल्दी से भागकर चली जाए अपने कमरे में...पर पिता जी इस प्रकार क्यों बोल रहे हैं?

"ठीक है।" पिता जी का स्वर बहुत दबा हुआ था, पर वे आश्वस्त थे, "बनारस से पत्र आया है।"

"ऐं? क्या लिखा है?" माता जी के स्वर के साथ सुषमा की उत्सुकता भी जाग उठी थी।

"उसके पिता नहीं मानते।" पर इस बार स्वर में उदासी नहीं थी। "सौरभ ने मनाया नहीं।" माता जी का प्रश्न था।

"यदि वे मान भी जाएं तो अब हम रिश्ता नहीं करेंगे।" पिता जी का स्वर दृढ़ था।

"चलो, जान छूटी।" सुषमा सोच रही थी।

"क्यों?" माता जी ने पूछा।

"मैंने समझा था लड़का सुशील है, आज्ञाकारी है," पिता जी रुक-रुक कर कह रहे थे, "इसलिए जब वह रिश्ते के लिए 'हां' करके गया था तो मैं प्रसन्न था। पर इसने वहां जाकर क्या किया है, जानती हो?"

"क्या किया है?"

क्या किया होगा–सुषमा ने सोचा–बाप से कहा होगा कि एक लड़की देखी है मैंने, शादी कर लूं? और बाप ने मना कर दिया होगा. ..आज्ञाकारी पुत्र...हूं!

"बाप ने कहीं और वचन दिया हुआ है," पिता जी कह रहे थे, "बेटा मुझे वचन दे गया है। बाप अपने वचन पर अटल है, बेटा भी अड़ गया है अपनी बात पर। अपने पिता से लड़ाई की है उसने और घर छोड़कर अब किसी होटल में ठहरा हुआ है, 'मैं अब भी अटल हूं अपने वचन पर।' बड़ा आया वचन वाला!" पिता जी के स्वर में तिरस्कार था, "हमें नहीं चाहिए ऐसा लड़का! बेहूदा!"

"सुषमा को लगा, उसके भीतर कहीं प्रसन्नता का शीतल स्रोत-सा फूटा है। उसे लगा वह प्रसन्न थी, बहुत प्रसन्न! वह दौड़ती हुई अपने कमरे में आई–सममुच यह तो नाबालिग नहीं है। यह तो पुरुष है, दृढ़ पुरुष, पौरुषपूर्ण। क्या समझा था मैंने–उसने सोचा–और क्या है वह। वह पुरुष ही क्या जो तनकर खड़ा न हो सके संसार के सम्मुख। वह वरेगी, इसी पुरुष को वरेगी। पर पिता जी? ...पिता जी जो नहीं मान रहे... और सुषमा के बीच का शीतल-स्रोत ताप का उत्स बन गया। उसे लगा, वह जल रही है। भीतर ही भीतर। उसके लिए सौरभ ने विद्रोह किया था पिता से, वह भी विद्रोह करेगी, नहीं मानेगी पिता जी की बात।

उसे तो ऐसा ही पुरुष चाहिए जो अपनी जीवन-संगिनी के लिए

पिता से क्या, भगवान से भी लड़ सके। जो झुके नहीं, चाहे टूट ही जाए!

सुषमा दौड़कर पढ़ने की मेज़ पर आई। पत्र लिखे वह उसे? हां, वह पत्र लिखेगी उसे। अपनी स्वीकृति देगी। वह उसी को वरेगी, जो उसे पाने के लिए लड़ सकता है...पर पता? किस पते पर लिखे?

उसे लगा, उस पर निराशा-सी छा रही है। तो क्या वह कुछ नहीं कर सकती? बिल्कुल असमर्थ है, अशक्त है? कुछ नहीं कर सकती? कर सकती हूं। कर क्यों नहीं सकती?—वह तड़प उठी—मैं प्रतीक्षा करूंगी। आओगे तो तुम भी यहां लौटकर। नौकरी तो नहीं छोड़ दी तुमने। मैं स्वयं तुमसे मिलूंगी, अवश्य मिलूंगी...

पर पिता जी को पता चला तो? पिता जी? उसे भय नहीं है पिता जी का, नहीं डरती वह पिता जी से! एकदम नहीं डरती...और उसे लगा, भय उसमें कतई नहीं है।

लोगों के बच्चे

प्रवीण तंग आ गया था सुनते-सुनते। कितनी बार कहा भी, पर मां सुनती ही नहीं। अब भला वह किस-किस ओर ध्यान दे? एक तो पढ़ाई, फिर घर के छोटे-मोटे काम और अब वह मां का काम भी ले ले अपने हाथ में, यह तो सम्भव नहीं उसके लिए और यदि उस ओर ध्यान न दे तो फिर मां की बातें!

कल ही तो चूल्हे पर पड़ी-पड़ी दाल जलने लगी थी, पर उसका उस ओर ध्यान ही नहीं गया था। सीधी-सी बात तो यह थी, जो काम उसने कभी किया नहीं था, उस ओर ध्यान कैसे जाता। अब वह अपनी पढ़ाई करे कि देखे चूल्हे पर दाल जल रही है या पक रही है! पर मां को समझाना कठिन था। स्त्रियों की तो शायद यह जन्मजात प्रवृत्ति होती है। मां ने घर के अंतिम छोर से दाल के जलने की गंध सूंघ ली और प्रवीण बगल के कमरे में बैठा हुआ भी कुछ न जान पाया।

मां ने दाल उतारने के पश्चात्, दाल जलने का क्रोध प्रवीण पर उतारा, "पास बैठे रहते हो, इतना भी नहीं देख सकते कि चूल्हे पर क्या पक-सड़ रहा है।"

"मुझे पता नहीं चला, मां!" प्रवीण ने सहज भाव से कहा।

"तुम्हें पता नहीं चला," मां का क्रोध बढ़ा, "और मुझे दो कोस पर गंध आ गई!"

"इसका कारण है, मां!" प्रवीण ने समझाना चाहा।

"क्या कारण है रे, ज़रा मैं भी तो सुनूं।" मां बोली, "तेरी नाक तेरे पास नहीं है क्या?"

"नहीं, मां!" प्रवीण ज़रा खीझ उठा, "मेरा ध्यान पढ़ाई में था। मां, तुम्हारा तो काम ही है खाना पकाना, इसलिए तुम्हें मालूम हो जाता है।"

"हां, मां का काम है खाना पकाना और तुम्हारा काम है मां को दुःख देना। यह भी नहीं होता कि ज़रा-सी सहायता ही कर दें। मैं ही सब जगह दौड़ी फिरूं। आख़िर क्या फायदा है ऐसे जवान बेटों का?"

"मां, अजीब हो तुम भी।" प्रवीण के स्वर में भी आवेश था, "क्या रोज़-रोज़ ताने देती हो। जो मेरा काम है, वह तो कर ही देता हूं। अब खाने-पकाने का काम भी मैं ही करूं? लड़कियों के काम मुझसे नहीं होते।"

"हां-हां!" मां का स्वर और तेज़ हो गया, "पकाना लड़कियों का काम है और खाना लड़कों को। लोगों के लड़के मां की मदद नहीं करते? जिनके घरों में लड़कियां नहीं होतीं, वहां लड़के ही तो सब काम करते हैं।"

"फिर लोगों की बात!" प्रवीण को सदा ही क्रोध आ जाता था लोगों के उदाहरण से। "लोग चोरियां करते हैं, डाके मारते हैं, हत्याएं करते हैं। लोगों की क्या बात है? तुम्हारा बेटा भी लोगों जैसे काम करे तो उसे घर से निकाल दो तुम।"

"हां, लोगों की बुराइयां तो दिखती हैं," मां लड़ाई का अंत करने के ढंग में बोली, "उनके गुण भी देखा करो न!"

बात समाप्त हो गई, पर यह एक दिन की तो बात नहीं। रोज़ ही तो किसी-न-किसी बहाने मां से झड़प हो जाती। प्रवीण बहुत चेष्टा करता समझाने की, पर मां समझती ही नहीं।

पर कभी-कभी प्रवीण सोचता—ठीक ही तो कहती है मां! बेचारी

कब तक काम करेगी! भगवान भी अजीब है—लड़के तीन दिए, लड़की एक भी नहीं। अब कोई तो चाहिए सहायता के लिए। बड़े दोनों भाई तो काम पर चले जाते, घर में प्रवीण ही होता और मां उसी से कह बैठती काम करने के लिए। कभी-कभी वह कोई काम कर भी दिया करता आख़िर तो मां बेचारी बूढ़ी है, क्या हुआ अगर कह देती है ऐसे काम करने के लिए।

पिछली बार घर में किसी का खाना था तो पिता जी पचास तरह की वस्तुएं बनाने के लिए कह गए थे। घर में कोई नौकर भी तो नहीं, अकेली मां है काम वाली। आख़िर कहां तक करे? प्रवीण की भी परीक्षा थी, सप्ताह भर में। आई. एस. सी. का टेस्ट था, कोई साधारण परीक्षा तो थी नहीं कि छोड़-छाड़कर मां के साथ लग जाता। परीक्षा का भय छोड़कर वह मां की सहायता करता भी, तो क्या करता? वह रसोइया थोड़े ही था! फिर भी कुछ-न-कुछ तो करता ही रहा। कुछ काट दिया, कुछ पीस दिया, कभी पूरियां तल दीं, कभी पानी ही ला दिया—पचास काम होते हैं रसोई के। उस दिन उसका दिन ही समाप्त हो गया।

और जब अतिथि खा-पीकर चले गए तो मां थकी-टूटी चारपाई पर पड़ रही।

"थक गई, मां!" उसने पूछा।

"थकूंगी नहीं तो क्या होगा?" मां ने करवट बदली, "काम करने वाले को पता चलता है। इनको तो रोज़ ही भोज देने की पड़ी रहती है।"

"अरे, मां!" प्रवीण हंसा, "मैं भी तो लगा रहा तुम्हारे साथ। मेरी तो अगले सप्ताह परीक्षा है, तुमको कौन-सी परीक्षा देनी है!"

"तो मैं क्या करूं, बेटा!" मां का स्वर कोमल हो गया, "मैं कब चाहती हूं कि तुमको कष्ट दूं। अब बूढ़ा शरीर है, काम नहीं करता। मजबूर हूं और क्या!"

"एक काम करो, मां!" प्रवीण बोला, "भैया का विवाह कर दो, सारे काम आसान हो जाएंगे।"

और मां को यह बात पसंद आयी। उसने उसी दिन भैया के सामने प्रस्ताव भी रख दिया। भैया ने इनकार किया तो मां ने अपना दुखड़ा रोना प्रारम्भ कर दिया, मुझसे नहीं होता चूल्हे-चौके का बखेड़ा। अब ब्याह नहीं करना है तो होटल में खा लिया करो।"

फिर तो घर में खूब कोलाहल मचा। मां ऐसे पीछे पड़ी, जैसे कल ही बहू ले आएगी। भैया शादी के नाम से ऐसे घबराते थे जैसे शादी-शादी न हो, फांसी हो। प्रवीण ने कई बार सोचा—ठीक ही कहते हैं भैया। डेढ़ सौ रुपये ही तो मिलते हैं उन्हें, कैसे कर ले शादी। पत्नी आएगी तो संतान भी होगी ही। कई प्रकार के खर्च बढ़ जाएंगे, वे कहां से लाएंगे इतना? वे अपना ही काम चलाएं, घर में पैसे न दें तो और मुसीबत!

भैया के घर में पैसे ने देने के विचार से प्रवीण चौंक उठा। भैया यदि कल ही विवाह करके अलग हो जाएं या घर में पैसे देना बन्द कर दें तो उसकी पढ़ाई कैसे होगी? पिता जी के वेतन से तो घर का किराया और राशन भर ही तो आता है। उन्होंने तो कितनी बार संकेत भी किया था कि प्रवीण अब पढ़ाई छोड़कर कहीं काम-धाम खोजे। पर भैया ही अड़े हुए थे कि कम-से-कम एक भाई तो पढ़-लिखकर आदमी बने।

इसी विचार से प्रवीण ने फिर कभी मां को बहू का स्मरण नहीं दिलाया था, नहीं तो घर में फिर महाभारत छिड़ जाती।

लेकिन घर भाभी न आए, तो रसाई का काम! और फिर मां के ताने!

उस दिन दोपहर ही से मां कहीं गई हुई थी, पड़ोसियों के घर। प्रवीण ने सोचा था, चार बजे चाय के समय तक लौट आएगी मां। पर बातों का क्या, समाप्त होने में नहीं आतीं। मां पांच बजाकर ही

आयी और प्रवीण को चाय के अभाव में घर पर ही बैठे रहना पड़ा। कहीं जा नहीं सका वह।

पहले तो बैठा सोच रहा था कि मां आएगी तो चाय बनवाएगा और पीकर जल्दी से चला जाएगा, किन्तु मां को देखकर उबल पड़ा, "तुमको मालूम नहीं मां कि चार बजे चाय का समय होता है। कहां चली जाती हो रोज़-रोज़?"

मां को भी आते ही ऐसी बात सुनकर बुरा लगा, "कहां चली जाती हूं रोज़-रोज़? स्वयं चाहे दिनभर शक्ल न दिखाओ, मैं पलभर को चली जाऊं तो दिल घबराने लगता है सबका। तुम लोग तो चाहते ही हो, मैं कहीं जाऊं ही नहीं। घर में ही मरी रहूं।"

"अरे, मां, तुम भी..." प्रवीण कुछ नरम पड़ा, "जाओ न बाबा, जहां मन हो जाओ, पर चाय के समय तो आ जाया करो।"

पर मां का क्रोध उतरा नहीं, "मुई चाय न हुई, क्या हो गया। मैं चली गई थी तो क्या रसोई भी ले गई थी साथ? चाय भी घर में थी, चीनी भी, दूध भी था, पानी की कोई कमी है क्या?"

"सब कुछ तो था, मां!" प्रवीण बोला, "पर तुम जो नहीं थीं। बनाता कौन?"

"लो और सुनो!" मां चारपाई पर बैठती हुई बोली, "लोगों के बच्चे चाय बना-बनाकर लोगों को पिलाते हैं और मेरे बच्चों से अपने लिए भी नहीं बनती।"

"कौन बनाता है चाय लोगों के लिए?" प्रवीण खीझ उठा।

"तुम्हारे दोस्त ही हैं और कौन? सुनीत के घर गई थी। मां उसकी मेरे पास बैठी रही और वह चाय बनाकर ले आया।"

"लोगों की बात छोड़ो तुम, मुझसे नहीं होता लड़कियों का काम। लोग करते हैं तो करें।"

और प्रवीण का क्रोध मां से हट सुनीत पर चला गया। यह कमबख्त भी अजीब है। पहले भी वह सुनीत के कारण मां से कितनी

बातें सुन चुका है। सुनीत है भी तो पूरा रसोइया। खाने-पकाने का सारा काम जानता है। पिकनिक में साथ चलता है तो बहुत मज़ा आता है। किसी को काम नहीं करना पड़ता। सब कुछ वही कर देता है चटपट। प्रवीण मज़ाक भी करता है उससे, "जिस दिन होटल खोलूंगा, उस दिन तुमको अपना हैड-कुक बना लूंगा।"

पर वही सुनीत जब घर में काम करता तो प्रवीण को अच्छा न लगता। उसी के कारण प्रवीण को भी रसोई का काम करना पड़ता। जब कभी इनकार करता, मां सुनीत का उदाहरण देने लगती, "एक वह है सुनीत, जो पढ़ता भी है, बाज़ार का काम भी करता है। घर में कोई आ जाए, मां जा बैठती हैं और वह सारा नाश्ता तैयार कर लाता है। एक तुम लोग हो कि बस! कल मैं बीमार पड़ जाऊं तो होटल से ही आएंगी रोटियां।" और ऐसे समय में सदा ही प्रवीण सोचता—यदि कहीं सुनीत आस-पास होता तो वह अवश्य उसे पीट बैठता।

दूसरे दिन संध्या समय मां नाश्ते के लिए मट्ठियां तल रही थी कि सुनीत की मां आ गई। मां से इतना धैर्य भी नहीं हुआ कि कढ़ाई में डाली हुई मट्ठियां निकाल ही ले। सब कुछ प्रवीण पर छोड़कर भाग ही गई, "बेटा प्रवीण, इन मट्ठियों को निकाल ले और चाय के दो कप ले आ।"

प्रवीण के जी में आया, इनकार कर दे। पर दूसरे ही क्षण उसने सोचा, आयी भी है तो सुनीत की मां। इनकार करूंगा तो मां अभी भाषण आरम्भ कर देगी सुनीत की प्रशंसा में। इससे तो अच्छा है, वह इतना-सा काम कर ही दे।

मट्ठियां उसने निकाल ही लीं, चाय के कप बनाए और दे भी आया। पर उसने मन में सोच लिया कि अब सुनीत को डांटना ही पड़ेगा। उसी बदतमीज के लिए यह सब करना पड़ता है।

दूसरे दिन सुनीत जब कॉलेज में मिला तो प्रवीण को आश्चर्य हुआ,

क्योंकि बात सुनीत ने ही आरम्भ कर दी थी, "अरे, यार, कल तुमने मेरी माता जी को मट्ठियां तलकर खिलाईं!"

"तेरे ही तो कारण सब कुछ करना पड़ता है!" प्रवीण ने दांत पीसे।

"मेरे कारण क्यों? तुमने ही तो कल उनको चाय पिलाकर मेरी जान को मुसीबत कर दी!"

"क्या हुआ?" प्रवीण की उत्सुकता जागी।

"होता क्या, आज सवेरे सारा नाश्ता तैयार किया। कुछ पढ़ भी नहीं सका।"

"क्यों किया?"

"करता कैसे नहीं?" सुनीत बोला, "इनकार किया तो भाषण का डोज मिला। माता जी कहने लगीं, 'लोगों के बच्चे यह करते हैं, वह करते हैं।' मैंने सोचा 'इससे तो अच्छा है बना ही डालो।"

"और जानते हो, मुझे क्यों करना पड़ता है?" प्रवीण बोला, "क्योंकि तुम करते हो। तुमने ही तो चाय पिला-पिलाकर मेरी माता जी की आदत बिगाड़ दी है। मैं न करूं तो तुम्हारा उदाहरण दिया जाता है और लोगों के बच्चों की विरुदावलियां गायी जाती हैं।"

"अच्छा, यह बात!" सुनीत हंस पड़ा, "तो एक समझौता करो—अब जब तुम्हारी माता जी आएं तो मैं कुछ नहीं करूंगा और मेरी माता जी आएं तो तुम कुछ नहीं करोगे।"

"ठीक।"

समझौता पक्का हो गया।

रविवार की छुट्टी थी और प्रवीण सवेरे से ही पढ़ रहा था। अभी वह सोच ही रहा था कि आज 'धातुओं' का अध्याय समाप्त करके ही उठेगा।

सुनीत की मां को आए आधा घंटा हो गया था। मां वहीं बैठी हुई

थी। बातें छोड़कर कैसे उठती? उठती नहीं तो चाय कैसे बनाती? पर अतिथि को चाय पिलानी भी तो आवश्यक थी।

"बेटा प्रवीण, ज़रा चूल्हे पर चाय का पानी तो रख दे!" मां ने आवाज़ को लंबी करते हुए कहा।

आवाज़ सुनते ही प्रवीण को सुनीत के साथ किया हुआ वायदा याद हो आया। उसने जी कड़ा करके वहीं से कह दिया, "अपने आप रख लो, मां मैं पढ़ रहा हूं।"

"मां ने फिर कुछ नहीं कहा। वह जानता था, यदि और कोई समय होता तो अवश्य ही उसे डांट पड़ती और लोगों के उदाहरण सुनने पड़ते। पर शायद बाहरी व्यक्ति के सम्मुख मां ने कुछ कहना उचित नहीं समझा। वह भन्ना अवश्य ही रही होगी, वह प्रवीण जानता था।

वह ज़्यादा देर बच नहीं सका। सुनीत की मां के जाते ही मां उसके सिर हो गई, "क्या करूं मैं, मेरे बेटे एक से एक बढ़कर हैं। बड़े से कहती हूं ब्याह कर ले तो वह नहीं मानता। एक यह छोटकू, इससे ज़रा-सी चाय नहीं बनती। भाड़ में गई पढ़ाई! पढ़कर मां-बाप की सेवा नहीं की तो क्या फायदा? लोगों के बच्चे..."

प्रवीण अपने को रोक न सका। बोला, "लोगों की क्या बात करती हो, मां? मैं पढ़ता भी हूं और तुम्हारे काम भी करता हूं। लोगों के बच्चे पढ़ाई में भी साढ़े बाईस हैं और काम की तो बात ही नहीं।"

"हां, एक तू निकला है विद्वान-पंडित।" मां ने डांट दी, "वह सुनीत है, पढ़ाई में भी तुझसे अच्छा है और मां के सारे काम भी करता है।"

"अब सुनीत चाय पिलाए तो कहना!" प्रवीण हंसा।

"अच्छा, देखूंगी।" मां ने उसकी चुनौती स्वीकार कर ली।

उसी दिन मां सुनीत के घर हो भी आई। प्रवीण बहुत उत्सुक था

जानने के लिए कि वहां क्या हुआ। सुनीत ने कोई काम किया कि नहीं? पर पूछता कैसे? और पूछे बिना जानता कैसे? मां ने स्वयं कुछ नहीं बताया। कितनी बार मन में बात आई, कि हो सकता है सुनीत की मां ने कुछ कहा ही न हो। पर यदि कहा हो तो क्या सुनीत ने काम किया होगा? अंत में उसने यही सोचा कि सुनीत ने कुछ नहीं किया होगा।

दूसरे दिन प्रवीण कॉलेज जाने लगा तो उसे लगा कि उसे प्यास लगी हुई है। वह रसोई में गया और बोला, "मां, पानी!"

"पानी का बच्चा!" मां अकस्मात ही उबल पड़ी। वह डर गया कि मां कहीं बेलन ही न चला बैठे! मां कह रही थी, "दिखता नहीं है तुझे, रसोई में बूट पहनकर घुसा आ रहा है। सब कुछ भ्रष्ट करने पर ही लगे रहते हैं। लोगों के बच्चों को देखो, तो बिना समझाए ही सब कुछ समझ जाते हैं और एक मेरे बच्चे हैं कि..." इस बार लोगों की बातें सुनकर प्रवीण को क्रोध नहीं आया। चुहल सूझी उसे, "किन लोगों के बच्चों की बातें कर रही हो, मां? आजकल तो कोई भी इन बातों का विचार नहीं करता।"

"करता कैसे नहीं!" मां का क्रोध बढ़ा, "कल ही तो गई थी मैं तेरे सुनीत के घर। उसकी मां ने उसे रसोई से कुछ बना लाने को कहा तो उसने स्वयं कह दिया, 'मैं नहीं जाऊंगा मां रसोई में, मैंने बूट पहन रखे हैं।' विचार कैसे नहीं करता कोई?"

बुरे फंसे! प्रवीण ने सोचा—सुनीत ने शायद काम न करने का यह बहाना किया होगा और मां इसमें भी उसके गुणों को ही देख रही है। उसे लगा, सुनीत से अब दूसरा समझौता भी करना पड़ेगा कि वह आदर्शवादी बातें न किया करे। पर फिर भी वह प्रसन्न था कि सुनीत ने समझौते के अनुसार कल चाय नहीं बनाई थी।

कॉलेज पहुंचते ही उसने सुनीत को जा पकड़ा। बिना किसी भूमिका

के ही बोला, "कल चाय नहीं बनाई तुमने मेरी माता जी के जाने पर, मैंने भी नहीं बनाई थी।"

"हां," सुनीत हंसा, "जब माता जी ने कहा कि कुछ बना लाओ तो मैं कह दिया कि मैंने बूट पहने हुए हैं।"

"वह तो ठीक है, यार!" प्रवीण उतना प्रसन्न न रह सका, "पर आज फिर मुझे लोगों के बच्चों की प्रशंसा ही सुनने को मिली। आज मैं बूटों समेत रसोई में घुस गया तो फटकार और साथ-ही-साथ तुम्हारा उदाहरण भी दिया गया।"

"अच्छा!" सुनीत ने ठहाका लगाया, "या तो बड़ी मुसीबत है। मेरी माता जी के जाने पर तुमने चाय बनाने से इनकार करते हुए पढ़ने का बहाना किया था शायद?"

"हां।"

सुनीत फिर हंस पड़ा।

"क्या हुआ?" प्रवीण ने उत्सुकतापूर्वक पूछा।

"मज़ा आ गया!" सुनीत की हंसी रुक नहीं रही थी, "मैं कल पिक्चर जा रहा था। मां को पता चला तो बहुत क्रुद्ध हुईं, कहने लगीं, 'लोगों के बच्चों को काम कहो तब भी वे पढ़ाई छोड़कर नहीं उठते और मेरे बच्चे..." उसने वाक्य अधूरा ही छोड़ दिया।

"हत्तेरी लोगों की!" प्रवीण ने दांत पीसे।

और दोनों एक बार फिर ठठाकर हंस पड़े।

गाड़ीवान

पिता जी का पत्र पढ़कर खुशी तो हुई, किन्तु आश्चर्य भी कम नहीं हुआ। अभी केवल दो ही महीने तो हुए थे मुझे घर से आए। तब मुझे गिरीश भैया के विवाह की गंध भी नहीं मिली थी घर में। आज पिता जी का पत्र आया, '28 अगस्त को विवाह निश्चित हुआ है, शीघ्र चले आओ।' मैं समझ नहीं पा रहा था कि इतनी शीघ्रता से सारे कार्य हो कैसे गए?

मेरे भीतर खीझ उत्पन्न हुई, यह भी कोई मज़ाक है! अभी-अभी दो महीने घर पर बिताकर आया था, अब फिर चले आओ, जैसे एम. ए. की पढ़ाई का कोई मूल्य ही न हो! फिर होस्टल को छोड़कर जाना भी तो आसान नहीं। कितने ही अधिकारियों से अनुमति लेनी पड़ती है, कितनों को सूचना देना पड़ती है। मुझे क्रोध-सा आया पिता जी पर। गिरीश भैया पर भी क्रोध आ रहा था। भला यह भी कोई ढंग है विवाह कराने का?

किससे हो रहा है विवाह? पिता जी ने कुछ लिखा नहीं था और मेरे जानने में कहीं बातचीत चल नहीं रही थी जो मैं किसी निष्कर्ष पर पहुंच सकता। इतनी शीघ्र हो जाने का अर्थ है कि सब कुछ गिरीश भैया की इच्छा से ही हुआ है। जब मेरा ध्यान गिरीश भैया की इच्छा पर रुका तो मुझे घर पर व्यतीत की गई उन छुट्टियों की कितनी ही बातें याद आईं।

गिरीश भैया अपने घर में ही नहीं, परिचित परिवारों में भी

अपनी बातों के लिए प्रसिद्ध थे। वास्तव में बातें करने की कला आती थी उन्हें। बातें क्या करते थे, मीठी चुटकियां लेते थे। उनकी प्रत्येक बात में वाक्यार्थ के अतिरिक्त एक अर्थ और भी होता था। यही कारण था कि स्वभाव में कुछ-कुछ उद्दंडता भी आ गई थी। स्पष्ट बात मुंह पर कह मारते थे, पर श्रोता को क्रुद्ध होते मैंने कभी नहीं देखा, चाहे बात कितनी ही कटु-क्यों न हो। वे स्वयं इसे 'मक्खन लगाकर छुरी मारना' कहा करते थे। बातें करते हुए कुछ इस प्रकार ज़रा-सा हंस देते कि सुनने वाला समझ ही न सकता था कि वे सच बोल रहे हैं या मज़ाक कर रहे हैं। इसीलिए कभी-कभी उनकी बातों को गंभीरतापूर्वक नहीं भी लिया जाता था। यह सब कुछ मैं पहले भी जानता था, पर इन छुट्टियों में मैंने कुछ नई बातें भी देखी थीं।

जिस मकान में हम रहते हैं, वह बहुत बड़ा है। उसमें कितने ही हिस्से बने हुए हैं। वास्तव में वह मकान किराया वसूल करने के विचार से ही बनवाया गया था। हम जिस निचले भाग में रहते हैं, उसी के ठीक ऊपर वाले भाग में इस बार एक नया परिवार आया था। इस विषय में मेरी जानकारी सीमित थी, क्योंकि मैंने कभी भी जानने की चेष्टा नहीं की थी।

उस दिन रविवार था। मैं, गिरीश भैया और परेश भैया बैठे ताश खेल रहे थे। हम तीनों ही गम्भीरतापूर्वक खेल में लगे हुए थे। बात यह थी कि गर्मी के मारे काम कुछ हो नहीं रहा था। ऐसी स्थिति में समय बरबाद करने की भावना मन से हटाने के लिए हम सारी शक्ति ताश खेलने में ही लगा रहे थे; ताकि संतोष रहे कि हम बेकार नहीं हैं। सहसा गिरीश भैया ने पत्ते फेंक दिए।

"क्यों?" परेश भैया ने उनकी ओर देखा।

"अब खेलने को मन नहीं करता।"

"तो क्या करोगे और?" परेश भैया ने कहा।

"गाना गाऊं?" जाने क्यों गिरीश भैया के अधरों पर दृष्टतापूर्ण मुस्कान आ गई।

मेरे ख़्याल से संगीत और गिरीश भैया में पैदाइशी वैर था। मैंने बहुधा उनके मुख से सुना था कि वे सब कुछ कर सकते हैं, पर गा नहीं सकते।

बात भी सच थी। जब कभी वे गाते, तो यही कहना पड़ता था कि मत गाइए और इस बात से अनभिज्ञ वे भी नहीं थे। कोई कितना ही अनुरोध क्यों न करे, कितना ही ज़ोर क्यों न लगाए, पर वे गाते कभी नहीं थे और यह कैसी विचित्र बात कि स्वयं ही गाने का प्रस्ताव कर रहे थे। पर परेश भैया ने कोई आश्चर्य नहीं दिखाया और "गाओ!" कहकर वे भी हंस पड़े। गिरीश भैया ने गाना नहीं, चीखना आरंभ कर दिया—

"अपनी हर आह इक तूफ़ान है
ऊपर वाला जानकर अनजान है..."

गाने में कोई विशेषता नहीं थी। विशेषता उत्पन्न करने की चेष्टा भी वे नहीं कर रहे थे। पर उनकी एक अंगुली बड़ी भावपूर्ण मुद्रा में ऊपर उठ गई थी। मैंने आश्चर्य से देखा, अंगुली सीधी न उठकर एक विशेष कोण पर झुकी हुई थी। शायद यह ऊपर वाले एक विशेष कमरे की ओर संकेत था।

परेश और गिरीश भैया दोनों ही हंसने लगे, गाने का कार्यक्रम आगे न बढ़ सका।

मैं समझ नहीं पाया कि बात क्या है, पर इतना जान गया कि कुछ न कुछ है तो अवश्य।

"क्या बात है, भैया?" मैंने पूछा।

"बता दूं, गिरीश?" परेश भैया बोले। मुझे लगा, भेद गिरीश भैया का ही है, तभी तो उनसे पूछा जा रहा है।

"बता दो!" गिरीश भैया अब भी मुस्करा रहे थे।

"बात यह है," परेश भैया बोले, "कि गिरीश ऊपर वाले के पास पुकार भेजता है और ऊपर वाला है कि सुनता ही नहीं।"

"गिरीश भैया कब से भक्त हो गए?" मैं आश्चर्य से बोला।

"नहीं समझे?" परेश भैया बोले।

"नहीं!" मैंनें सिर हिलाया।

और फिर परेश भैया ने खुलकर बताया कि ऊपर वाले भाग में रहने वाले परिवार में एक लड़की थी–शान्ति! गिरीश भैया उसी के पास पुकार भेजते रहते थे। वह ज़्यादातर किनारे वाले कमरे में पढ़ती थी, इसीलिए गिरीश भैया जब भी ये पंक्तियां गाते, उस कमरे की ओर उंगली का संकेत अवश्य कर देते थे, ताकि कोई भ्रम भी न रहे।

धीरे-धीरे मुझे और भी बातों का पता चला। भैया उसे शान्ति कहकर तो पुकार नहीं सकते थे, क्योंकि भेद प्रकट हो जाने का भय था, इसलिए उसे विषय में जब भी चर्चा करनी होती तो शान्ति का अंग्रेज़ी अनुवाद 'पीस' कर देते थे।

भैया की प्रकृति तो मैं अच्छी तरह जानता था, किन्तु वे किस सीमा तक जा सकते हैं, यह मैंने उसी दिन देखा।

हमारे ऊपर वाले खन्ना साहब आए हुए थे। कमरे में गिरीश भैया के अतिरिक्त मैं, परेश भैया और पिता जी भी थे। बातें अधिकतर विश्व-युद्ध को लेकर ही चल रही थीं। यदि तीसरा विश्व-युद्ध छिड़ गया तो मानवता की क्या दुर्गति होगी, यह सोचकर हम कांप-कांप उठते थे। यही कारण था कि कमरे का वातावरण काफी गर्म हो गया था। बातें अधिकतर पिता जी और खन्ना साहब में ही हो रही थीं। परेश भैया कभी-कभार दो-चार शब्द बोल लेते थे और मैं तथा गिरीश भैया मौन ही थे।

सहसा गिरीश भैया प्रथम बार बोले, "आई लव 'पीस' (मैं शान्ति चाहता हूं)।"

मैंने देखा, उनके अधरों पर मुस्कान थी। पिता जी और खन्ना साहब ने इस वाक्य को अपनी बातों का ही एक अंग समझा था, पर मैं और परेश भैया वास्तविक अर्थ समझकर अपनी हंसी को रोकने की चेष्टा कर रहे थे। खन्ना साहब उसी मूड में बोल रहे थे, "यह, माई डियर, यू मस्ट हैव पीस इन यूअर लाइफ (हां, बेटे, तुम्हें ज़िंदगी में शांति चाहिए ही)।" गिरीश भैया ने परेश भैया को आंख मारी। मेरी हंसी थी कि रुक ही नहीं रही थी। अन्त में, मैं उठकर बाहर चला आया।

यह सब देख-सुनकर भी पहले मैंने बात की गंभीरता का अनुभव नहीं किया था, क्योंकि गिरीश भैया ऐसी कोई-न-कोई फुलझड़ी रोज़ ही छोड़ा करते थे। बाद में मुझे परेश भैया से मालूम हुआ कि इस बार की यह फुलझड़ी कुछ मतलब भी रखती थी। गिरीश भैया वास्तव में शान्ति की ओर आकर्षित थे। यही नहीं, वे उससे विवाह करने को भी तैयार थे।

किन्तु एक बाधा थी। खन्ना साहब हमारी बिरादरी के नहीं थे और पिता जी के समान पुराने विचारों वाला व्यक्ति बिरादरी से बाहर शादी करने पर किसी प्रकार भी तैयार न होता। हम तीनों भाइयों में इस विषय को लेकर काफी सोच-विचार हुआ था और अन्त में परेश भैया ने पिता जी को मनाने का उत्तरदायित्व अपने कंधों पर ले भी लिया था।

आज यह पत्र आया है गिरीश भैया के विवाह का। अन्य किसी सूचना के अभाव में मैं यह सोच सकता था कि भैया की बात मान ली गई होगी, तभी तो सब कुछ इतनी जल्दी हो गया! नहीं तो पिता जी का ढंग दूसरा ही है। उस ढंग के अनुसार तो बात पक्की करने में छह महीने लग जाते। पहले लड़की वाले, लड़के के पिता से बात करें। पिता विचार करें, फिर लड़की वाले देखने आएं और लड़के वाले लड़की को देखने जाएं। बात पक्की होने पर दहेज की समस्या। पिता जी अपने

किसी पुत्र के विवाह में दस हज़ार से कम लेने को तैयार नहीं थे। परेश भैया की शादी में तो उन्होंने बारह हज़ार गिनवा लिए थे।

अब यदि गिरीश भैया का विवाह शांति से हो रहा था, तो यह परेश भैया की बहुत बड़ी जीत थी। परेश भैया हमारे परिवार के सबसे बड़े और शायद प्रथम क्रांतिकारी थे। उन्होंने अपने विवाह में काफी कोलाहल किया था कि दहेज नहीं लिया जाए, पर पिता जी के सामने चली नहीं थी।

अपने विवाह के पश्चात उन्होंने प्रतिज्ञा की थी कि वे अब मूर्ति-भंजक रूप धारण करेंगे और इस परिवार में से सारी कुरीतियों को उखाड़ फेंकेंगे, सारी जड़-परम्पराओं का खंडन कर देंगे। इसीलिए उन्होंने सर्वप्रथम गिरीश भैया की शादी बिरादरी से बाहर कराने का बीड़ा उठाया था। उनका विचार था कि बिरादरी से बाहर विवाह करने पर पिता जी दहेज के लिए भी ज़िद नहीं कर सकेंगे। पर मुझे उनकी शक्ति पर विश्वास नहीं था।

पिछली बार जब अपने अविश्वास की बात मैंने भैया से कही थी तो वे उबल पड़े थे, "क्यों सोचते हो ऐसा तुम?"

"इसलिए भैया, कि पिता जी मानेंगे नहीं।"

पर मैंने देखा, भैया काफी बदले हुए थे। उनमें आत्मविश्वास पहले से अधिक आ गया था। दृढ़ता भी थी और साथ ही साथ वे बातों को राजनीतिक नेताओं के समान उपमाओं और रूपकों के द्वारा स्पष्ट करना भी सीख गए थे।

"पिता जी मानेंगे कैसे नहीं?" भैया बोले, "देश बदल रहा है, समाज बदल रहा है, पिता जी कैसे नहीं बदलेंगे? तुम देख नहीं रहे, अब युग कितना आगे निकल गया है? इस जेट-जहाज़ के युग में हम पुरानी गाड़ी पर पुरानी गति से तो नहीं चल सकते! हमारे समाज की गाड़ी भी बदल गई है, उसकी मशीन बदल गई है, उसके पुर्ज़े बदल गए हैं, तो चाल कैसे पुरानी रहेगी?"

आपने अपने विवाह में क्यों नहीं कहा था यह सब?" मैंने उन्हें चिढ़ाने की चेष्टा की।

"मैं उस समय छोटा था और फिर अपने विवाह में स्वयं मैं कैसे लड़ता?" वे थोड़ा रुककर बोले, "और यह तुम कैसे कह सकते हो कि अपने विवाह में मैंने कुछ कहा ही नहीं था? हां, अपनी बात मनवा नहीं सका था।"

"इस बार आप मनवा लेंगे?" मैंने जैसे अपना अविश्वास प्रकट किया।

"क्यों नहीं?" भैया दृढ़ थे, "इस बार मेरी नहीं, गिरीश की शादी है। मैं खुलकर बोल सकता हूं। तुम नोट कर लो, हमारे समाज की मशीन बदल गई है, अब गाड़ी नई है। गिरीश उसी नए समाज का अंग होने के कारण नई गाड़ी का अंग है और यह नई गाड़ी अब न तो पुरानी गति से चलेगी और न ही पुराने रास्तों पर चलेगी।" मैं भैया की दृढ़ता के सम्मुख ठहर न सका। यही कारण था कि उनकी बात मैंने स्वीकार कर ली और मज़ाक में ही गिरीश भैया का नाम 'नई गाड़ी' रख दिया। कई दिनों तक हम सब उन्हें इसी नाम से पुकारते रहे।

आज मैं सोच रहा था कि परेश भैया की वह दृढ़ता खोखली नहीं थी। उन्होंने वास्तव में पिता जी को मना लिया होगा, तभी तो गिरीश भैया का विवाह बिरादरी से बाहर हो रहा था। सहसा मुझे लगा कि यदि मुझे गिरीश भैया के विवाह में पहुंचना है तो आज ही से जाने का प्रबंध करना पड़ेगा। तैयारियों में दो-तीन दिन लग ही जाएंगे।

मैं जाने की तैयारियां भी करता रहा और साथ ही साथ कल्पनाओं के ताने-बाने भी बुनता रहा। एक बात मैंने सोच रखी थी कि मैं गिरीश भैया को अब 'नई गाड़ी' नहीं, 'सफल नई गाड़ी' कहूंगा तथा नई भाभी को भी 'भाभी' के स्थान पर 'पीस (शांति) भाभी' कहकर ही पुकारूंगा।

दो दिन पश्चात जब मैं घर पहुंचा, तो मेरी कल्पनाओं के ताने-बाने बिखर गए। पहली ही बात से मुझे ज़ोर का झटका लगा। गिरीश भैया का विवाह ऊपर वाली लड़की शान्ति खन्ना से नहीं हो रहा था। यह विवाह कहीं अपनी ही बिरादरी में हो रहा था। परेश भैया ने बहुत प्रयत्न किया था, किन्तु पिता जी किसी प्रकार भी मानने को तैयार नहीं थे।

भैया को प्रत्येक पग पर झुकना पड़ा था और उन्होंने बार-बार झुककर समझौता किया था। यह विवाह पिता जी की ही इच्छा से हो रहा था और सबसे बड़ी बात थी कि दहेज भी लिया जा रहा था।

परेश भैया की बात तो मैं जानता था, पर मुझे आश्चर्य हुआ कि गिरीश भैया कैसे मान गए! वे परेश भैया के समान न तो घोषणाएं करते थे, न भविष्यवाणियां; पर मैं जानता था, वे बहुत अधिक दृढ़ थे। हंसते रहते थे, प्रत्येक बात को मज़ाक में टालते थे, पर रहते थे अपनी बात पर।

इस बार जिस रूप में मैंने उन्हें देखा, उससे पता चला कि शान्ति के प्रति उनका अनुरोध कितना गंभीर था। लगता था जैसे टूट गए हों। जैसे दूध में एक बूंद विष के पड़ जाने से सारा-सा-सारा दूध विषैला हो गया हो।

बातें अब भी वे करते थे, हंसते भी थे, पर हंसी बड़ी रूखी-सी थी, कटुता लिए हुए। बातें अब भी थीं, पर रसपूर्ण नहीं, व्यंग्यपूर्ण। मुझे लगा कि उनके भीतर विष का स्रोत उबल रहा है और उसी विष को उगल-उगलकर वे दूसरों को जलाने के प्रयत्न में लगे हुए हैं, मानो अपनी असफलता का प्रतिशोध ले रहे हों। और तो और, अब वे परेश भैया पर भी छींटे कसने में संकोच नहीं करते थे।

"भैया! आपने पिता जी से कहा क्यों नहीं, अपनी इच्छा के विषय में?" मैं अंत में गिरीश भैया से पूछ ही बैठा।

"ज़रा संकोच कर गया और क्या?" वे बहुत उदास होकर बोले,

"मैंने उसकी विशेष आवश्यकता भी नहीं समझी, क्योंकि मुझे विश्वास था कि परेश भैया इस नई गाड़ी को पुरानी राह पर नहीं चलने देंगे।" उनके अधरों पर फिर विष-बुझी मुस्कराहट थी।

"पिता जी नहीं माने," मैं तनिक आवेश में बोला, "तो आपने विद्रोह क्यों नहीं किया? स्वयं विवाह क्यों नहीं कर लिया? घर छोड़कर चले क्यों नहीं गए कहीं? आप बड़े निर्बल निकले, भैया!"

"तुम देर से आए, रमेश!" धीरे-से बोले, "मुझे तुम्हारी आवश्यकता पहले थी।"

"मेरी क्या अवश्यकता थी?" मैंने पूछा।

"परेश भैया की बात मानने से पिता जी ने जब इनकार कर दिया तो मैंने भी विद्रोह की ही बात सोची थी। लेकिन जानते हो संस्कार की जड़ें बहुत गहरी हैं। अकेले साहस नहीं पड़ा। तुम होते तो शायद मैं कुछ न कुछ कर ही बैठता।"

"मैं नहीं था तो क्या हुआ?" मेरा आवेश समाप्त नहीं हुआ था, "परेश भैया थे। वे तो सुधारवादी हैं, समाज को बदलने के स्वप्न देखते हैं।"

"उन्होंने ही तो सब कुछ समाप्त कर दिया।" गिरीश भैया बहुत धीरे से बोले, "जब पिता जी नहीं माने तो परेश भैया ने पिता जी का पक्ष लेकर उलटा मुझे ही समझाना आरंभ कर दिया कि मैं अपनी ज़िद छोड़ दूं। जानते हो, उन्होंने मुझे क्या वचन दिया था?"

"क्या?" मैंने पूछा।

"उन्होंने कहा था, गिरीश! यदि तुम पिता जी की इच्छा से बिरादरी में ही विवाह कर लो तो मैं वचन देता हूं, अन्य कोई भी कुरीति नहीं होने दूंगा। न दहेज लिया जाएगा, न कुछ और मांगा जाएगा, न विवाह में शराब ही पी-पिलाई जाएगी।"

"पिता जी ने मान लिया यह सब?" मैंने पूछा।

"कहां मानते हैं?" गिरीश भैया के स्वर में चीत्कार छिपा था।

"परेश भैया यह भी न मनवा सके। अब कहते हैं दहेज उतना ही लिया जाएगा, जितना विवाह में हमारा व्यय होगा।"

मैं गिरीश भैया की अवस्था समझ रहा था। जब लड़की चुनने में ही उनकी इच्छा के अनुसार काम नहीं किया गया, तो वे और किसी भी बात में हस्तक्षेप क्यों करें? वे सब कुछ देख रहे थे, भीतर-ही-भीतर जल रहे थे, किन्तु तटस्थ थे, कुछ कहते नहीं थे।

परेश भैया से भी मेरी बातें हुईं। मैंने देखा, वे आशावादी राजनीतिक नेताओं के समान अब भी आशापूर्ण थे। वे गिरीश भैया के समान हारे-थके हुए-से नहीं लगे। वे अपने ढंग से अब भी काम में लगे हुए थे।

मेरे पूछने पर उन्होंने अपनी हार नहीं मानी। वे फिर अपनी गाड़ी के रूपक पर उतर आए। कहने लगे, "तुम लोग जो चाहते हो, वही मैं भी चाहता हूं। मैं भी इन कुरीतियों को समाप्त करना चाहता हूं। मैंने तुमसे 'नई गाड़ी' की बात कही थी। पर अब मैं सोचता हूं कि सारी-की-सारी गाड़ी सर्वथा नई नहीं हो सकती। कुछ पुर्जे पुराने रखने की पड़ेंगे, नहीं तो गाड़ी चलेगी नहीं।"

"आपका तात्पर्य क्या है?" मैंने स्पष्ट बात सुननी चाही।

"देखो!" भैया बोले, "सारी बुराइयां तो एक साथ समाप्त नहीं सकतीं। गिरीश को दुःख हुआ है, मैं जानता हूं; पर इतना क्या कम है कि पिता जी दहेज में दस-बारह हज़ार रुपए न लेकर उतने ही रुपए ले रहे हैं जितने विवाह में खर्च होंगे। विवाह की खुशी में पी जाने वाली शराब में भी हज़ार-पन्द्रह सौ रुपए बरबाद नहीं होंगे। बोलो, यह क्या कम है?"

मुझे स्वीकार करना पड़ा कि यह कम नहीं है। हमें इसी से संतुष्ट हो जाना चाहिए।

फिर सप्ताह भर किसी से कोई बात न हो सकी। घर में कोलाहल-सा

मचा हुआ था। लड़के की शादी में वास्तव में कार्य तो कुछ अधिक नहीं होता, किन्तु अतिथि इतने आ गए थे कि घर में तिल धरने को भी स्थान नहीं रहा था। पिता जी ने शायद ही किसी रिश्तेदार को छोड़ा होगा। सारे-के-सारे नाते-रिश्तेदार बुलाए गए थे। दूर-दूर से लोग आए थे और यह मुझे दूसरे ही दिन मालूम हो गया था कि उन सारे अतिथियों को आने-जाने का किराया पिता जी ही दे रहे थे। मुझे लगा, ये सब खर्च बढ़ाने के ही ढंग हैं।

इस खर्च का भेद तब खुला, जब हम गिरीश भैया की ससुराल पहुंचे। वहां पिता जी ने परेश भैया के साथ अपने समझौते के अनुसार गिरीश भैया के ससुर के सम्मुख दस हज़ार की मांग रख दी। यह दस हज़ार पिता जी के हिसाब से विवाह खर्च भर ही था, जिसमें चार हज़ार रुपया अतिथियों के आने-जाने का किराया और एक हज़ार रुपया शराब का भी था।

सारी बातें जानकर मैंने गिरीश भैया की आंखों में देखा। उनमें तीव्र वेदना जड़-सी होकर बैठ गई थी। वे कुछ बोले नहीं, केवल तनिक-सा मुस्कराए। मुझे लगा, उनकी मुस्कान में छिपा हुआ विष बहुत तीव्र हो उठा है।

मैंने परेश भैया से अनेक बार बातचीत करनी चाही, किन्तु अवसर ही न मिला। वास्तव में मैं देखना चाहता था कि वे अब अपनी 'नई गाड़ी' को किस रूप में देख रहे हैं। पर उस धमा-चौकड़ी में एक मिनट के लिए भी एकांत पा जाना कठिन था।

विवाह की रीतियां होती रहीं और समय बीतता गया। मिलनी हुई, समधी मिले, कन्या ने वर के गले में माला डाल दी, फेरे हुए और एक अनजान लड़की हमारी नई भाभी बन गई। ऐसे समय में किसी को एक मिनट का भी अवकाश नहीं था और समय था कि दौड़ता जा रहा था। दूसरे दिन विदाई का अवसर भी आ गया।

विदाई की तैयारियां हो रही थीं और पिता जी दहेज का सामान

बंधवा रहे थे। सहसा मैंने देखा, उनकी आंखों में लाल डोरे खिंचने लगे। स्पष्ट ही उन्हें दहेज का सामान अपर्याप्त-सा लगा था। वास्तविक बात का कुछ-कुछ आभास मुझे पहले ही मिल चुका था। गिरीश भैया के ससुर का कहना था कि दस हज़ार नकद देकर अधिक सामान दहेज में देने की सामर्थ्य उनमें नहीं है और पिता जी का विचार था कि इतना कम सामान देकर उनका अपमान किया गया है। फिर भी पिता जी मौन ही रहे, यद्यपि उनकी आंखों में डोरे लाल ही रहे।

बारात विदा हो गई थी और इधर की रीतियां आरम्भ हो गई थीं। वर और कन्या गृह-प्रवेश कर रहे थे। गृह-प्रवेश के समय ससुर की ओर से बहू को कुछ दिया जाता था। थी तो मात्र रीति ही, इसलिए बहुधा ससुर घर की चाबियां ही बहू को दे डालते और इस प्रकार उनका अधिकार अपने घर में स्वीकार कर लेते।

जब ससुर की बारी कुछ देने की आई तो माता जी ने चाबियों का गुच्छा पिता जी के हाथ में दिया, "बहू को दे दीजिए।"

सहसा पिता जी की आंखों में डोरे सुर्ख हो उठे। बोले, "क्यों दूं चाबियों का गुच्छा इसे? क्या लेकर आई है यह? फटे-पुराने कपड़े और थोड़ा-सा कचरा!"

मैंने देखा, सुनने वाले सन्न थे। स्पष्ट ही, ऐसे समय में ऐसे कटु वाक्यों की अपेक्षा किसी व्यक्ति से नहीं की जा सकती थी। मेरे तो सिर से पैर तक सारे शरीर में ज्वाला-सी धधक रही थी। मैंने देखा, नई भाभी, जो अब तक कपड़ों में लदी हुई एक गठरी-सी लग रही थी, जिसने एक बार भी गर्दन तक सीधी नहीं की थी, कुछ तन गई थी, सीधी हो गई थी। मुझे लगा भाभी कुछ कहेगी, पर कुछ कहा नहीं भाभी ने। केवल एक बार देखकर ही रह गई। कहती क्या, कहने की स्थिति में ही नहीं थी वह।

मेरी आंखें परेश भैया को ढूंढ़ रही थीं—बड़े क्रांतिकारी बनते हैं!

समाज-सुधारक हैं! घर तो सुधारा नहीं जाता और विश्व भर का ठेका लिए घूमते हैं। यदि और कुछ नहीं कर सकते तो भाभी के इस अपमान का विरोध तो कर ही सकते हैं! पहले वह कुछ भी रही हो, कैसी भी रही हो, किसी की भी बेटी रही हो, अब तो हमारी थी। पिता जी का सारे अतिथियों के सम्मुख इस प्रकार कहना उचित था क्या?

मैं भी परेश भैया को खोजता हुआ वहां से हट आया। भैया मुझे एक कमरे में चुपचाप बैठे हुए मिले। मैं जिस क्रोध में भरा हुआ आया था, वह न रह सका। भैया वैसे नहीं थे, जैसे हुआ करते थे। उनका आशावादी रूप मेरे सम्मुख नहीं था। वे तो गिरीश भैया से भी अधिक थके-हारे, टूटे हुए-से दीख रहे थे। उनके मुख पर विषाद का ऐसा घनघोर अंधकार मैंने पहले नहीं देखा था।

पर आ तो मैं चुका था। बोला, "पिता जी की बातें सुनीं आपने?"

भैया ने मेरी ओर देखा। उनकी आंखों की वेदना देखकर मैं सहम गया। लगा, भैया को कुछ कहने का अधिकारी मैं नहीं हूं। मैं चुप खड़ा रह गया।

"सुनी हैं!" भैया धीरे से बोले, "तुम शायद मुझसे पूछने आए हो कि मैंने पिता जी को रोका क्यों नहीं?"

"हां, भैया!" मैं बोला। स्वर मेरा भी डूबा हुआ था। "मैं आपको दोष नहीं देता, भैया! पर आपसे इतना पूछना चाहूंगा कि आपकी आशावादी वृत्ति अब क्या कहती है?"

भैया कुछ देर तक चुप रहे। अंत में धीरे से बोले, "मैं अब क्या कहूं, रमेश! जो मैंने कहा, एक बात भी तो पूरी नहीं कर सका। मैंने नई गाड़ी की बात कही थी तुमसे। मैं मज़ाक नहीं करता, गंभीरता से पूछता हूं, हम पिता जी से भिन्न हैं कि नहीं, हमारी गाड़ी नई है कि नहीं?"

मैं भैया का प्रश्न समझ न सका और ज़रा-सा क्रोध भी आया कि ऐसी स्थिति में भी भैया अपने रूपक छोड़ने को तैयार नहीं हैं; पर क्रोध व्यर्थ था।

"हां!" मैंने संक्षिप्त उत्तर दिया।

"पर रमेश!" भैया का स्वर और भी उदास हो गया, "यह मैं आज जान पाया हूं कि हमारा गाड़ीवान नया नहीं है, वह तो पुराना ही है।"

"हां, भैया!" मैं और कुछ न कह सकता।

"मेरी बात समझते हो न?" मैंने देखा, भैया शायद मुस्कराने की चेष्टा कर रहे थे और इसी प्रयत्न में उनकी आंखों में अश्रु चमक आए थे।

सहारा

उसे लगा जैसे शिराएं फट जाएंगी, खिंचती जो जा रही थीं क्षण-क्षण। पर वह करता भी क्या? अपने वश की तो बात थी नहीं। आंखों के सम्मुख बार-बार एक परकटे पक्षी का चित्र आ जाता था, जो थोड़ी-सी शक्ति संगृहीत करके उड़ने का प्रयास करता है, पर परों के अभाव में फिर भूमि पर आ गिरता है। जितनी शक्ति से पक्षी उड़ान भरता, उतने ही वेग से पृथ्वी पर गिर पड़ता और उतनी ही अधिक चोट लगती थी उसे।

उसने चेष्टा की कि वह सोचना छोड़ दे। पर वह ऐच्छिक चिंतन तो था नहीं कि इच्छा करते ही चिंता उसका साथ छोड़ देती और मानसिक व्यथा मिट जाती। अब तो चिंता जैसे उसके जीवन के साथ एकरूप-सी हो चुकी थी, सांसों में बस गई थी। उसे लगा, उसके लिए जितना आवश्यक जीवन था, उतनी ही महत्वपूर्ण चिंता भी थी।

सहसा उसे लगा, स्वयं ही तो उसने पाल रखी हैं सारी चिंताएं। स्वयं ही तो उसने संघर्ष को जन्म दिया है। यदि वह भी अपने अन्य भाइयों के समान जीवन के साथ समझौता कर लेता, जो कुछ उसे मिल रहा था, उसी में संतुष्ट हो जाता, तो क्या पिता जी उससे ऐसी बात कहते?

ठीक ही तो कह रहे थे पिता जी, उनके घर से कोई तो अपने शहर से बाहर नहीं गया था पढ़ने। उसके दोनों बड़े भाइयों ने अपने ही छोटे-से शहर में बी. ए. किया था और वहीं नौकरियों पर भी लग

गए थे। तो वह ही क्यों जाना चाहता है बाहर? उसकी आंखों के सम्मुख पिता जी के साथ बातचीत का दृश्य घूम-सा गया।

उसने इलाहाबाद विश्वविद्यालय से प्रवेश-पत्र मंगवाया था। वह उसी दिन डाक द्वारा पहुंचा था और पिता जी के हाथों में था।

'इधर आओ, प्रवाल!' पिता जी ने उसे बुलाया था।

'जी!' और वह सब कुछ समझ गया था, उनके स्वर से ही।

'यह क्या है?' उन्होंने पूछा था।

'एम. ए. के लिए प्रवेश-पत्र।

'अपने ही शहर में है क्या?' पिता जी ने प्रश्न का उत्तर जानते हुए भी पूछा था।

'नहीं, पिता जी!' उसने अपने स्वर को अधिक-से-अधिक कोमल बनाने की चेष्टा की, 'इलाहाबाद जाना होगा।'

उसे लगा, पिता जी एकदम क्रुद्ध हो उठे थे, पर शायद उन्होंने क्रोध दिखाना उचित नहीं समझा था। अपने स्वर में, सायास नम्रता लाते हुए उन्होंने कहा था, बेटा, तुम जानते हो कि हमारी स्थिति ऐसी नहीं है कि हम तुमको पढ़ने के लिए इलाहाबाद भेज सकें, नहीं तो क्या मैं नहीं चाहता कि मेरा बेटा अधिक पढ़कर ऊंचे-से-ऊंचा अफसर बन जाए।

जब हम तुम्हें बाहर भेज नहीं सकते तो फिर ये सब,' और उन्होंने प्रवेश-पत्र की ओर संकेत किया, 'मंगवाने से क्या लाभ?'

'पर पिता जी, मैं पढ़ना चाहता हूं।' वह बड़ी कठिनाई से कह पाया था।

'मैं जानता हूं, बेटा!' पिता जी बोले, 'कि तुम पढ़ना ही चाहते हो और यह भी समझता हूं कि पढ़ाई बहुत लाभदायक है, पर अपनी स्थिति भी देखनी है हमें। तुम यहां रहकर जितना भी पढ़ सकते हो पढ़ो, मुझे कोई आपत्ति नहीं है, पर यदि बाहर जाना चाहते हो तो सुन लो, प्रति मास मनी ऑर्डर करने की शक्ति हममें नहीं है।'

प्रवाल समझ गया कि यह पिता जी का संकेत नहीं, स्पष्ट निर्देश था और उसकी अवज्ञा कर, घर में रहना बड़ा कठिन था।

और फिर उसी दिन से अन्य लोगों की बातों का ढंग भी बदल गया। भाभी, जो सदा ही उसको पढ़ने का बढ़ावा देती रहती थीं, अब पिता जी की ही बात मान लेने के लिए कह रही थीं।

'पर, भाभी!' वह बोला, 'मैं एम. ए. नहीं करूंगा तो मेरी सारी महत्त्वाकांक्षाओं का क्या होगा?'

'वह तो ठीक है, प्रवाल!' भाभी ने समझाने की चेष्टा की, 'पर अपनी शक्ति को देखकर ही तो महत्त्वाकांक्षाओं को पालना चाहिए। ऊंची उछाल में गिरने का भी तो भय रहता ही है।'

पर प्रवाल इन बातों पर ध्यान नहीं देना चाहता था। उसे भय था, कहीं इस चिंतन-पद्धति का उस पर भी प्रभाव न पड़ जाए। यदि कहीं वह भी वैसा ही हो गया तो उसकी सारी महत्त्वाकांक्षाओं का दम घुट जाएगा और उसे जीवन में वही बनना पड़ेगा, जो वह नहीं बनना चाहता—एक क्लर्क!

नहीं! उसने मन-ही-मन बहुत ज़ोर से कहा—वह इन लोगों की बात नहीं मानेगा। उसे कुछ-न-कुछ करना ही पड़ेगा। वह और लोगों की तरह जीवन के इस विशाल सागर में खो जाना नहीं चाहता। वह अपना विशिष्ट स्थान बनाएगा, चाहे कुछ भी हो जाए।

पर दूसरे ही क्षण, विचारों की धारा दूसरी ओर मुड़ गई। ऊंचा उठने के लिए, विशिष्ट बनने के लिए जो मार्ग उसने चुना था, उसका प्रथम सोपान था—एम. ए.। यदि वह एम. ए. कर नहीं पाया, तो क्या होगा? एम. ए. करेगा कैसे? आय उसकी कोई थी नहीं और एम. ए. के लिए तो दो वर्षों का खर्च चाहिए। पर इच्छा थी कि जीती ही जा रही थी।

अंतिम प्रयत्न यही हो सकता था कि वह फरियाद लेकर भैया के पास जाता, शायद भैया कोई राह निकाल देते। उसे ठीक पता नहीं

था, पर फिर भी विचार था, कि भैया दो सौ रुपए तक अवश्य कमा लेते थे। यदि छोटे भैया सौ भी कमाते हों और पिता जी को डेढ़ सौ मिलते हों तो उनके परिवार की आय साढ़े चार सौ के लगभग हो जाती थी। तो क्या साढ़े चार सौ रुपए मासिक आय वाला परिवार एक व्यक्ति को भी पढ़ाने की क्षमता नहीं रखता? वह जानता था खर्च भी बहुत है, पर उसके कितने ही मित्र थे, जिनके घरों में इससे कम आय पर भी सारे काम होते थे।

भैया अवश्य ही कुछ-न-कुछ कर सकेंगे—उसने सोचा। पर दूसरी कठिनाई यह थी कि भैया से उसने इस विषय में कभी बातचीत ही नहीं की थी। इतने वर्ष हो गए थे उसे पढ़ते हुए, किन्तु एक बार भी उसने भैया से किसी विषय पर राय नहीं ली थी। एक बार भाभी ने संकेत भी किया था इस ओर।

उस समय उसने बी. ए. में एडमिशन लिया था। आवेदन-पत्र देकर लौटा ही था कि भाभी मिलीं, 'फॉर्म भरकर दे आए, प्रवाल?'

'हां, भाभी!'

'करनी तो तुमको अपने मन की ही है', भाभी बोलीं, 'पर लाला, बड़ों से भी तो कुछ बातचीत कर लेनी चाहिए, इससे उनका महत्व स्थायी रहता है। अपने भैया से तुमने इस विषय में बात भी नहीं की। वे इतना भी नहीं जानते कि तुमने बी. ए. में कौन-कौन से विषय लिए हैं।'

उसे लगा कि वास्तव में उससे भूल हो गई है। यदि वह भैया से विषयों के चुनाव के विषय में ही बातचीत कर लेता तो क्या हर्ज था। उसे बड़ों के महत्व के विषय में भाभी की बात एकदम सत्य प्रतीत हुई। यदि वह भैया से पूछ ही लेता तो भैया उसे उसकी पसंद के विषय लेने से रोकते तो नहीं ही—हां, उन्हें लगता कि वह उनके मत का भी कुछ मूल्य समझता है। पर अब तो कुछ भी नहीं हो सकता था।

वैसे ही प्रत्येक बार हुआ था। कभी-कभी तो वह चाहकर भी

किसी विषय में भैया से बात नहीं कर सका था। वास्तव में भैया से उसका संबंध ही कुछ ऐसा रहा था। कभी भी वह उनसे खुल नहीं पाया था। शायद ही कभी आवश्यक बातों के अतिरिक्त एक-आध बात भी उनसे हुई हो।

आज किस प्रकार वह जाकर भैया से कह सकता था कि वह दो वर्षों तक उसका बोझ उठाए रहें। पर और कोई रास्ता भी तो नहीं था। उसने निश्चय कर लिया कि वह अवश्य ही संध्या के समय भैया से इस विषय में बातें करेगा।

भैया दफ्तर से आए तो काफी थके हुए थे। साइकिल भी कहीं छोड़ आए थे, पैदल ही घर पहुंते थे। आते ही वे चारपाई पर लेट गए। दफ्तर काफी दूर था। यदि सारा रास्ता पैदल ही चलकर आए थे, तो थक जाना कोई बड़ी बात नहीं थी।

'साइकिल को क्या हुआ आपकी?' भाभी ने पूछा।

'जाते हुए ही पंक्चर हो गई थी। उसे मैं यहीं बनने के लिए दे गया था।' भैया धीरे से बोले।

'गए भी पैदल थे?' भाभी के स्वर में आश्चर्य था।

'हां।' भैया बोले।

'ठीक समय पर पहुंच गए थे?'

'नहीं, विलंब हो गया था।'

'बस पर क्यों नहीं चले गए थे?'

'बस पर जाने के लिए पैसे चाहिए, मेम साहब!' भैया ने अधरों पर बड़ी कड़वी-सी मुस्कान थी।

और प्रवाल ने उसी क्षण, भैया से अपनी पढ़ाई के विषय में बात करने का विचार छोड़ दिया। उसने देख ही लिया था, भैया दोनों ओर चलकर ही गए थे। ऐसा उन्होंने शौक से तो नहीं किया था। उनकी आर्थिक स्थिति बस के खर्च की भी अनुमति नहीं देती थी। ऐसी अवस्था में वह कैसे उनसे कहता कि वे दो वर्षों तक उसका बोझ

अपने कंधों पर लिए रहें। यदि वह उनसे कह ही दे और वे कुछ सहायता देने के लिए तैयार भी हो जाएं तो पीछे उनकी क्या स्थिति होगी? नहीं, वह नहीं कहेगा उनसे कुछ भी।

स्थिति सारी की सारी प्रवाल के सम्मुख थी। आशा की कोई क्षीण-सी रेखा भी दीख नहीं रही थी। फिर भी जाने क्यों, प्रवाल अनुभव कर रहा था कि उसकी आकांक्षाएं दुर्बल नहीं हुईं। उस पर अवसाद नहीं छाया, बल्कि एक प्रकार का आत्मविश्वास उत्पन्न हुआ था उसमें। उसे लगा, उसके भीतर एक प्रकार का बल उत्पन्न हो गया था, जो उसे झुकने नहीं देता था, टूटने नहीं देता था। कुछ था उसके भीतर, जो जिये जा रहा था।

दूसरे ही क्षण मस्तिष्क में एक विचार उत्पन्न हुआ—क्या वह स्वयं कुछ नहीं कर सकता? स्वयं वह कुछ नहीं कमा सकता? कितने ही लोग तो काम भी करते हैं और पढ़ते भी हैं। क्या वह उनमें से एक नहीं बन सकता? जिनके पास कोई सहारा नहीं है, क्या वे आगे नहीं बढ़ते? यदि उसके परिवार से कोई उसको सहारा देने के लिए तैयार नहीं है तो क्या वह अपने पैरों पर खड़ा नहीं हो सकता?

और उसे लगा, यह विचार उसके मस्तिष्क में बहुत पूर्व आ जाना चाहिए था। दूसरे ही क्षण उसने किसी से सहायता लेने का विचार ही त्याग दिया। जो कुछ भी करना है, वह स्वयं ही कर लेगा। वह बहुत हल्का हो गया। अब तक तो यूं ही दुर्बल बना हुआ था।

प्रवेश-पत्र उसने भरकर भेज दिया। चाहा तो था उसने कि सब कुछ चुपचाप ही हो जाए, पर किसी प्रकार पिता जी के कान में भनक पड़ ही गई।

'भेज दिया?' उनके स्वर में जिज्ञासा के अतिरिक्त भी बहुत कुछ था।

'जी!' प्रवाल सहम-सा गया।

'तुम्हें मैंने मना किया था न!' पिता जी खुलकर सम्मुख आ गए,

'मैं कितनी बार कहूं कि हम तुम्हारी पढ़ाई का खर्च नहीं दे सकते। अच्छा हो कि ये सारे विचार छोड़कर अब तुम कुछ कमाओ।'

'पिता जी, सारा खर्च तो मैं नहीं कहता,' प्रवाल के गले में कुछ अटक-सा रहा था, 'कुछ मैं स्वयं ही कर लूंगा और थोड़ा-सा सहारा आप दे दीजिएगा। वैसे इस समय मेरे पास अपनी छात्र-वृत्ति के चार सौ रुपए हैं।'

'मैंने कह दिया न कि मैं एक पैसा भी नहीं दे सकता।' पिता का स्वर उग्र हो उठा था।

जाने कैसे प्रवाल के गले में अटकने वाली वस्तु पिघल गई। उसे पिता जी का भय भी दूर होता-सा लगा। पिता जी के सम्मुख वह सदा ही घबरा जाता था। इतना बड़ा होकर भी वह पिता जी के क्रोध के सम्मुख ठहर ही नहीं पाता था। पर अब उसे लगा, वह कुछ और ही हो गया है, जैसे सारे बंधन ही उसने तोड़ डाले हों। आत्मविश्वास जैसे जागा नहीं, तड़प उठा हो उसके भीतर। उसे लगा, संघर्ष से शक्ति जागती है, बाधाओं से टकराकर व्यक्ति दृढ़ होता है। सहारे की आशा का अन्तिम तंतु टूट जाने पर वह और भी दृढ़ हो उठा था।

'मत दीजिए एक पैसा भी आप!' वह बिना किसी संकोच के कह गया, 'मैं कोई-न-कोई प्रबंध कर ही लूंगा।

पिता जी उससे इस प्रकार के उत्तर की अपेक्षा नहीं कर रहे थे। और यह तो वैसे ही उनके लिए असह्य था कि उनका पुत्र उनकी अवज्ञा कर अपने निश्चय पर स्थिर रहे। उन्होंने विकराल रूप धारण कर लिया। प्रवाल को वैसी डांट कभी भी नहीं मिली थी, उस डांट में न केवल आज्ञाकारी न होने का दोष उस पर आरोपित किया गया था, वरन् उसे निकम्मा घोषित कर, बहुत शीघ्र उसका मस्तिष्क ठिकाने आ जाने की भविष्यवाणी भी की गई थी।

डांट जितनी अधिक पड़ती गई, प्रवाल उतना दृढ़ ही नहीं, कठोर बनता गया। भला क्या अधिकार था पिता जी को उसे डांटने का!

अब तो उसने यहां तक कह दिया था कि वह घर से एक पैसा भी नहीं लेगा। और दूसरे ही क्षण उसके सम्मुख एक नया प्रवाल आ उपस्थिति हुआ। प्रवाल, जो पढ़ता था; प्रवाल, जो ट्यूशन पढ़ाता था; प्रवाल, जो पत्र-पत्रिकाओं में लिखता था; प्रवाल, जो दिनभर काम करता था; प्रवाल, जो थकता नहीं था और प्रवाल, जो अंत में सफल होकर संसार के सम्मुख आया था।

उसे लगा, पिता जी की डांट ने उसे मार्ग दिखाया है और वे सारे मोह के बन्धन तोड़ दिए हैं, जिन्होंने उसे दुर्बल बना रखा था। बिना किसी आश्वासन के ही वह निश्चिंत था कि वह अपने खर्च के अनुसार कमा ही लेगा।

एक बात का अनुभव उसने और किया। वह मन-ही-मन पिता जी से अधिक भैया से विमुख हो बैठा था। पिता जी का स्वभाव वह जानता था। वे तो प्रत्येक बात में निराश पक्ष को ही देखते रहते थे और प्रत्येक नए कार्य में उनका निषेध था। भैया भी तो जानते थे इन बातों को, तो फिर क्यों नहीं आए वे उसे सहारा देने। उसने भैया से कहा तो नहीं था, पर अनजाने ही उसके मन में यह इच्छा बैठ गई थी कि भैया उसके मूक आह्वान का उत्तर दें और उसकी सहायता के लिए आएं।

दूसरे ही दिन से प्रवाल ने समाचार-पत्रों में नौकरी के लिए सिचुएशन वैकेन्ट का कॉलम देखना आरंभ कर दिया। विज्ञापन पढ़ते समय दो बातें उसे ध्यान में रहतीं, एक तो वह नौकरी इलाहाबाद में ही हो और फिर ऐसी हो कि वह अपनी पढ़ाई भी कर सके। उसने इलाहाबाद के अपने एक-दो मित्रों को ट्यूशन इत्यादि का प्रबंध करने के लिए भी लिख दिया।

दिन-प्रतिदिन प्रवाल तनता जा रहा था। उसके मन में बैठ गया कि उसे इस परिवार से अपने सारे संबंध तोड़ लेने हैं। ठीक तो है, जो परिवार सामर्थ्य रखते हुए भी उसकी पढ़ाई का बोझ उठाना अस्वीकार

करता है वह क्यों रखे कोई भी संबंध उसके साथ। उसे लगा, उसके हृदय में किसी के लिए भी ममत्व की कोई भावना नहीं है। अपना यह रूप उसने पहली बार ही देखा था।

उसे पहली बार पता चला था कि वह इतना अधिक कठोर है। वह अपने कई मित्रों की कहानियां जानता था, जिनका अपने परिवार से ज़रा-सा भी पृथक् होने को मन नहीं मानता था। किसी को किसी की याद आती थी तो किसी को किसी की। पर उसे लगा, वह बिना किसी हिचक के सबको छोड़ सकता है। इन संबंध-तंतुओं को तोड़ने में कभी भी वह दुर्बलता का अनुभव नहीं करेगा।

इन विचारों ने उसके व्यवहार को भी परिवर्तित कर दिया था। किसी की ज़रा-सी भी तीखी बात उसे सह्य न थी। प्रत्येक क्षण तलवार उठाए, लड़ने को तैयार-सा फिरता था। कोई बात हुई नहीं कि उबल पड़ा, 'जा तो रहा ही हूं घर छोड़कर। क्या मेरा दो-चार दिन भी रहना नहीं देखा जाता?'

और फिर विश्वविद्यालय से उसके प्रवेश की स्वीकृति आ गई। साथ ही साथ इलाहाबाद से उसके मित्र का पत्र भी आ गया कि यदि प्रवाल इलाहाबाद चला आए, तो सत्तर-अस्सी रुपयों की ट्यूशन का प्रबंध वह कर देगा।

प्रवाल को लगा, अब जैसे उसके मार्ग में कोई अड़चन ही नहीं रह गई थी। अपने बल का अनुभव कर मन में एक प्रकार की प्रसन्नता-सी भर गई और उसने अपने प्रस्थान के विषय में घर में घोषणा कर दी और किसी के विचार से तो उसे रुचि थी नहीं, पर पिता जी की इस विषय में प्रतिक्रिया वह जानना चाहता था। वह जानता था, पिता जी सहज ही इस बात को स्वीकार नहीं करेंगे।

पिता जी ने उसके जाने के विषय में सुना। उन्होंने कुछ कहा नहीं, मौन धारण कर लिया। प्रवाल जानता था यह उनके क्रोध की चरम सीमा है। जब कभी भी वे अत्यन्त क्रोधित हो जाते थे, तो मौन धारण

कर लेते थे। यह उनका सबसे बड़ा विरोध था। परिवार में सब लोग उनकी डांट आदि सुनकर उतने भयभीत नहीं होते थे, जितना उनके मौन से डरते थे। पर प्रवाल पर इस मौन का भी कोई प्रभाव नहीं पड़ा, उसे स्वयं आश्चर्य हुआ यह जानकर। वह परिवार वालों के प्रति एकदम निर्मम ही नहीं, कुछ उद्दंड भी हो गया है। कभी-कभी सोचता तो उसे स्वयं आश्चर्य होता कि वह किस प्रकार, किसी भी प्रकार के सहारे की आशा के अभाव में भी इतना दृढ़ता से खड़ा है और अपने निश्चय पर अटल है। यदि कहीं परिवार वालों ने उसे तनिक-सा भी सहारा दिया होता तो जाने कितनी शक्ति आ जाती उसमें, अपने सपनों को साकार करने के लिए।

जाने के एक दिन पूर्व उसने अपना सारा सामान बांध डाला। उसे लगा, वह अनुभूति-शून्य-सा हो गया है। जीवन का इतना बड़ा कांड वह सहज ही कर डाल रहा था। वह जीवन में प्रथम बार अपने परिवार से पृथक् होकर उनसे दूर, अकेला रहने जा रहा था। पर उसके हृदय में किसी भी प्रकार के भावों की लहरें नहीं उठ रही थीं, जैसे वह दैनिक कार्यों जैसा कोई सहज-सा ही कार्य कर रहा हो।

सहसा उसने सोचा, कहीं परिवार से रूठकर जाने के कारण तो ऐसा नहीं है। कहीं ऐसा तो नहीं कि वह क्रोध में ही, अपने अवसाद को छिपा बैठा हो। पर यह विचार टिका नहीं। दूसरे ही क्षण उसने सोचा, यदि वह रूठकर जा रहा है तब तो उसे परिवार से पृथक् होने की प्रसन्नता होनी चाहिए। पर वह किसी प्रकार की प्रसन्नता का भी तो अनुभव नहीं कर रहा था। यह कैसी चेतना-शून्य-सी स्थिति है!

अन्त में उसने इन उलटे-सीधे विचारों से पीछा छुड़ाने के लिए उठकर टहलना आरंभ कर दिया। टहलते-टहलते वह सोच रहा था कि कुछ छूट तो नहीं गया। कहीं ऐसा न हो कि वह कोई छोटी-सी वस्तु अनावश्यक समझकर छोड़ जाए और उसी की आवश्यकता आ पड़े।

वह अभी सामान उलट ही रहा था कि भैया आकर उसके पास

खड़े हो गए। देखते ही वह समझ गया कि भैया उससे कुछ कहना चाहते हैं, पर शायद निश्चय नहीं कर पाए थे कि कहें कैसे? वह समझ नहीं पा रहा था कि भैया इस समय क्या कहना चाहते हैं। हो सकता है उसके जाने के विषय में ही कुछ कहना चाहते हों। हो सकता है कोई और बात हो। कुछ भी हो, उसने सोचा, वह भी पूछेगा नहीं। कहना होगा तो भैया स्वयं कहेंगे और वह सामान उलटता-पलटता रहा।

भैया कुछ देर तक खड़े उसे देखते रहे, फिर धीरे से बोले, 'तो तुम कल जा रहे हो?'

'जी!' प्रवाल प्रश्न का तात्पर्य समझ नहीं पा रहा था।

'ठीक हो गया सब कुछ?' भैया ने फिर पूछा।

ओह! प्रवाल ने सोचा, अब आप आए हैं मुझे समझाने। पिता जी की तो कुछ चली ही नहीं, अब आपको भेजा है। सहारा देने तो आप आ नहीं सके, अब जब मैं स्वयं ही उठ खड़ा हुआ हूं तो आप धक्का मारकर गिराने आए हैं। वह भी कर देखिए। खैर, कह लीजिए जो कुछ कहना; करूंगा तो वही, जो मेरा मन चाहेगा।

'तुम्हारे पास कितने पैसे हैं अभी?' भैया ने पूरी बात जाननी चाही।

'चार सौ रुपए हैं।'

'कुछ तो यात्रा में खर्च हो जाएंगे', भैया बोले, 'कुछ प्रवेश लेने में चले जाएंगे। शेष कब तक चलेंगे?' भैया का स्वर सहानुभूतिपूर्ण था। उनमें कोई भी विरोधी तत्व प्रवाल को नहीं लगा।

'जब तक चलेंगे, चलाऊंगा ही।' प्रवाल के स्वर में रुखाई बहुत अधिक मुखरित हो उठी थी।

'यह महीना निकल जाएगा किसी प्रकार?' भैया ने फिर पूछा।

'मैं पूरे दो वर्ष निकालने की बात सोच रहा हूं, भैया! और आप एक महीने की पूछ रहे हैं।'

'प्रवाल!' भैया अब बैठ गए थे, 'तुम भी समझते हो और मैं भी जानता हूं कि इन चार सौ में ऐसा नहीं हो सकता। कल्पना की बात और होती है और सत्य कुछ और ही होता है।' वे तनिक-सा रुककर बोले, 'वैसे मैं कहने आया था कि चिंता की कोई विशेष बात नहीं है। यह न हो कि तुम रुपयों की चिंता में ही घुलते रहो और पढ़ाई न कर सको। तुम यदि यह महीना निकाल सको, तो मेरा विचार है अगले महीने से मैं किसी न किसी प्रकार तुम्हें थोड़ा-सा सहारा दे सकूंगा। आई विल सेन्ड यू सम मनी।'

प्रवाल ने भैया से इसी बात की आशा बहुत पहले की थी। उसे लगा, भैया ने उसका मूक आह्वान सुना अवश्य था, किन्तु उत्तर देने बहुत देर से आए थे। और चाहे देर से आए हों, पर आए तो थे, यही क्या कम था। उसे लगा, व्यर्थ ही वह भैया से क्रुद्ध था। भैया भी तो अपना उत्तरदायित्व समझते हैं। पिता जी के विरोध के कारण वे खुलकर उसकी सहायता कर तो नहीं सकते थे। और उनकी आर्थिक स्थिति...प्रवाल के सम्मुख, भैया के पैदल आने, थककर चारपाई पर गिर जाने की घटना घूम गई।

प्रवाल के भीतर ही भीतर कुछ पिघल गया। उसे लगा, उसके भीतर जो वस्तु अब तक जमकर जड़ हो चुकी थी, वही धीरे-धीरे ठोस से तरल में परिवर्तित हो रही है और उठ-उठकर उसके कंठ, नाक और आंखों में उपस्थित हो रही है।

अब तक तो वह अपने को बहुत दृढ़, कठोर, चेतना-शून्य और जाने क्या-क्या समझ रहा था; पर भैया के थोड़े से सहारे ने उसे बहुत दुर्बल और भावुक-सा बना दिया था। बड़ी कठिनाई से उसने भैया के सम्मुख अपने स्वर को संयत रखा और आंखों में जलकणों के चमक उठने से भी रोकता रहा; पर भैया के जाते ही एकाध बूंद गिर पड़ी।

भैया के जाते ही एक अवसाद-सा उस पर घिर आया। आज उसे पहली बार लगा कि वह अपने परिवार से बिछुड़कर पृथक् रहने के

लिए जा रहा है, वह अपना घर छोड़ रहा है, अपने संगी-साथी छोड़ रहा है और सहसा उसे मां का विचार आया। इन दिनों पिता जी के विरोध के कारण वह मां को भी भुला बैठा था। भला मां क्या सोचती होगी? कैसा लगता होगा उन्हें? और उसकी आंखों के सम्मुख कितने ही बीते दृश्य घूम गए...

उस दिन वह अंग्रेज़ी फ़िल्म 'द टेन कमान्डमेन्ट्स' देखने चला गया था। फ़िल्म लम्बी है, यह वह जानता था; पर इतनी लम्बी है, यह नहीं जानता था। फ़िल्म जब समाप्त हुई ता देखा, रात के साढ़े ग्यारह बजे थे। भागता हुआ घर आया तो पौने बारह बज चुके थे। दूर से ही उसने देखा, मां सीढ़ियों पर बैठी दीवार का सहारा लिए ऊंघ गई थीं। वह भीतर ही भीतर कांप-सा उठा। धीरे-धीरे सीढ़ियां चढ़ने लगा, पर मां की आंखें खुल ही गईं। मां ने एक बार उसे देखा, वह सकुशल लौट आया है। मां की आंखों से आशंका की परछाइयां मिट गईं और वह बिना कुछ कहे ही उठकर भीतर चली गईं।

और सहसा प्रवाल को लगा, उसने मां के प्रति अन्याय किया है। मां के प्रति ही नहीं, दूसरों के प्रति भी।

भैया फिर लौट आए थे। जाने इस बार किसलिए आए थे। कुछ और कहना चाहते हैं क्या, प्रवाल सोच रहा था। पर भैया ने कुछ कहा नहीं, आकर चुपचाप खड़े हो गए। एक बार घूमकर उन्होंने पीछे की ओर देखा, कोई आ तो नहीं रहा! फिर धीरे से उन्होंने जेब में हाथ डाला और कुछ निकाला। प्रवाल ने देखा, दस-दस के नोट थे। भैया ने नोट उसकी ओर बढ़ा दिए, 'रखो! यात्रा में काम आएंगे।'

और भैया बिना एक मिनट भी ठहरे, वापस चले गए।

प्रवाल ने गिने, तीस रुपए थे। उसे लगा इनकी बहुत आवश्यकता थी उसे। और वैसे भ अब वे कुछ-न-कुछ तो भेजेंगे ही उसे। वह तो चला था बिना किसी की सहायता लिए; पर क्या वह खर्च भर को कमा सकता था? पत्र-पत्रिकाओं की बात उसने सोची थी, पर क्या

प्रत्येक व्यक्ति पत्रिकाओं में लिख सकता है? और यदि लिखे भी तो क्या इतने पैसे मिल जाते हैं कि महीने का खर्च चल सके? ट्यूशनों का क्या भरोसा—हो सकता है ट्यूशनें मिलती ही नहीं। अंजान व्यक्ति को कोई ट्यूटर भी तो नहीं रखना चाहता।

उसे लगा, वह तो यूं ही आंखें मूंदे हुए खाई में कूदने जा रहा था। यदि वह विश्वविद्यालय में प्रवेश पा भी लेता, तो क्या था। बाद में पैसे न रहने पर उसे सब कुछ छोड़ना पड़ता। उससे क्या लाभ? भैया यदि सहारा न देते, तो क्या होता? वह कांप-सा उठा।

मम्मी, पापा और बेबी

चलने लगी तो साधना ने पीछे से चोटी पकड़कर घसीट लिया, 'देख, ढाई बजे ठीक आ जाना। देर की तो तेरी खैर नहीं।'

साधना की यह आदत कभी-कभी बड़ी बुरी लगती है मुझे, जब देखो तब पीछे से चोटी पकड़कर घसीट लेती है। पर कभी-कभी प्यार भी आता है उस पर। उस समय तो ज़रा-सा गुस्सा ही आया, 'आगे तो इतनी देर करा दी, अब ढाई बजे बुला रही है। एक तो बज ही गया है। यदि कोई आने नहीं दे तो?'

'देख, मेरी लाडो!' साधना ने प्यार जताया, 'टिकटें मैंने ख़रीद ली हैं। अब यदि तू नहीं आई तो समझ, पांच रुपए गए पानी में। अकेली तो मैं भी नहीं जाऊंगी देखने।'

'अच्छा, बाबा! आ जाऊंगी।' मैंने हाथ लहराया, 'बॉय-बॉय!'

जल्दी-जल्दी पग बढ़ाते हुए मैंने एक बार फिर घड़ी देखी, एक बजकर पांच मिनट हो चुके थे। बारह बजे हमारी कक्षाएं समाप्त हो गई थीं और मुझे किसी भी अवस्था में सवा बारह तक घर पहुंच जाना चाहिए था। पर इस कमबख्त साधना ने देर करा दी। घसीटकर ले गई यूनिवर्सिटी रेस्तरां में, 'कॉफी पिएंगे!' बड़ी आई कॉफी वाली! और अब टिकटें भी ख़रीद रखी हैं 'उर्वशी' की।

एक तो रात को तबीयत भी ख़राब हो गई थी। सवेरे मम्मी आने ही नहीं दे रही थीं। ज़िद करके आई तो इतनी देर हो गई और...और आज तो पापा ऑफिस भी नहीं गए थे। मम्मी और पापा, दोनों से ही

भुगतान होगा। और...घर पहुंची तो देखते ही समझ गई कि मम्मी का मूड बिगड़ा हुआ है। वह तो मैं जानती ही थी। मम्मी की तो आदत ही है, बस ज़रा देर हुई तो मुंह फूलकर गुब्बारा हो गया। कभी-कभी जब मम्मी ऐसे ही रूठकर मुंह फुला लेतीं और पापा मूड में होते तो बड़ा मज़ा आता। पापा मम्मी को सुनाकर मुझसे कहते, 'बेटा लाडो! बड़े मच्छर हो गए हैं हमारे घर में।'

'कहां, पापा?' मैं समझते हुए भी न समझने का अभिनय करती। इनके काटे देख तेरी मम्मी की क्या हालत हुई है।'

'क्या हुआ है, पापा?' मैं पूछती।

'देखती नहीं लाडो!' पापा मम्मी को तिरछी आंखों से देखते, 'मच्छरों ने काट-काटकर तेरी मम्मी का मुंह सुजा दिया है। यहां तो मच्छरों ने काट-काटकर मुख लाल कर दिया और लोग कहते हैं, वर्मा साहब की पत्नी घी पी-पीकर लाल सुर्ख हो रही हैं।'

'बहुत हुआ, बस कीजिए अब!' मम्मी झल्लाकर रसोई में चली जातीं और पापा ठठाकर हंस पड़ते। पर इस समय तो मुझे केवल मम्मी के क्रोध का ही ध्यान था। मुझे देखते ही बोलीं, 'कहां रह गई थी तू?'

'मम्मी, बस नहीं मिली। बस-स्टैंड पर खड़े-खड़े थक गई मैं तो।' मैंने पुस्तकें मेज़ पर पटककर कुर्सी पर गिरते हुए, थकावट का प्रदर्शन किया।

मम्मी ने कुछ कहा नहीं, वे भनभनाती हुई चली गईं और मैं सोचती रह गई कि काश! मम्मी की भी कोई सहेली उन्हें चोटी से पकड़, घसीटकर कॉफी पीने को बाध्य करती तो वे मुझसे नाराज़ नहीं होतीं! पर मैं जानती थी, उनकी कोई भी ऐसी सहेली नहीं थी। पापा ने कभी ऐसा किया हो तो मुझे पता नहीं।

मम्मी के जाते ही, चुपके से उठकर मैं पापा को भी देख आई। वे नाराज़ नहीं लगते थे, बल्कि अच्छे-खासे मूड में थे।

पाइप पीते हुए समाचार-पत्र पढ़ रहे थे और आप-ही-आप मुस्कराते भी जा रहे थे। यह उनकी विशेष मुद्रा थी। जब कभी उन्हें मैं इस प्रकार स्वयं ही मुस्कान पीते हुए देखती तो समझ जाती कि मम्मी से उनकी झड़प हो चुकी है और उन्होंने मम्मी को खूब चिढ़ाया है।

तो मम्मी मुझसे नहीं, पापा से ही नाराज़ थीं। पर फिर भी नाराज़ तो वे थीं ही—और मुझे ढाई बजे साधना के घर पहुंचना था...

खाना खाकर मम्मी तो अपने कमरे में चली गईं और पापा खाने की मेज़ पर ही समाचार पत्र पढ़ते-पढ़ते पाइप पीते रहे। मैंने घड़ी देखी, सवा दो बज रहे थे।

अब बस से तो कठिन ही था, स्कूटर रिक्शा लेकर साधना के घर पहुंच सकती थी। और यदि समय पर नहीं पहुंची तो? मेरे मन में सहसा प्रश्न उठा—और उत्तर में मुझे अपनी चोटी पीछे से खिंचती-सी लगी...

'पापा!' मैंने बहुत धीरे से कहा।

पापा ने दृष्टि ऊपर उठाई। मैंने देखा, वे अब भी पाइप के धुएं के साथ-साथ मुस्कान पी रहे थे।

'मैं उर्वशी देखने जाऊं, पापा?' मेरा स्वर और भी धीमा हो गया।

'बेटा!' पापा ने पाइप मुंह से निकाल ली, 'अभी रात को ही तो डॉक्टर बुलाया था और अभी दोपहर को उर्वशी सूझ रही है। फिर तबीयत को कुछ हो गया तो?'

पर मैंने देखा, यह स्वर बाधापूर्ण नहीं था, चुहल थी उसमें।

'पापा! कुछ नहीं होगा तबीयत को।' मैं जाने कैसे कह गई, 'वह तो...वह तो बहल जाएगी इससे।'

'अच्छा!' पापा अट्ठहास कर उठे, 'तो उर्वशी न देखने से ही तबीयत ख़राब हो गई थी मेरी बेटे की।'

'नहीं, पापा, वह तो...' मैंने जाने क्या कहना चाहा।

'पर, बेटे!' पापा बोले, 'क्या डॉक्टर ने बताया है कि भरी दोपहरी में उर्वशी देखने जाओ!'

'नहीं, पापा!' मैंने सच्चाई प्रकट कर दी, 'बात यह है कि साधना ने टिकटें ख़रीद ली हैं। नहीं जाने से पांच रुपए व्यर्थ चले जाएंगे।'

'तो मम्मी से पूछो अपनी।' मैं देख रही थी, पापा रोक नहीं रहे थे, पर स्पष्ट अनुमति भी नहीं दे रहे थे।

'मम्मी ने तो जाने के लिए कह दिया है।' मैंने बड़ी कठिनाई से थूक गले के नीचे उतारा।

'तो ठीक है!' पापा की दृष्टि फिर समाचार-पत्र की पंक्तियों पर दौड़ने लगी, 'जब मम्मी ने कह ही दिया है तो हमसे पूछने की ज़रूरत ही क्या है।

अरे, हम होते कौन हैं रोकने वाले!' और पापा के अधरों की मुस्कान अधिक मुखर हो उठी। ठीक समय पर साधना के घर पहुंच तो मैं गई, पर उस झूठ का क्या करती जो बोलते ही अवसाद बनकर मन को घेर बैठा था। साधना प्रसन्न थी कि मैं ठीक समय पर पहुंच गई हूं और मैं अपने हृदय की तीव्र धड़कनों की गणना कर रही थी।

मुझे पिक्चर में ज़रा-सा भी मज़ा नहीं आया। वास्तव में मैं ठीक तरह से कुछ देख ही न पाई थी। और जो कुछ देखा भी था, वह उस समय भूल गई जब पिक्चर के अंत में साधना मुझे घसीटकर चाट की दुकान पर ले गई। दिल्ली की लड़कियों को बड़ी बीमारी है चाट खाने की। जहां चाट की दुकान देखी, खड़ी हो गईं। मुझे फुटपाथ पर खड़े-खड़े खाना एकदम अच्छा नहीं लगता, पर साधना का विरोध मैं कर नहीं सकती।

'जल्दी चल ना, साधना!' मैंने बड़े प्यार से कहा कि कहीं वह नाराज़ न हो जाए, 'देर हो गई तो मम्मी कहेंगी, जा, चली जा वापस, जहां अब तक थी।'

‘तू चिंता मत कर,’ साधना ने मुझे समझाने का-सा अभिनय किया, ‘जब कभी ऐसी बात हो, मेरे घर आ जाया कर। और आज यदि तेरी मम्मी यह कहें तो आ जाना मेरे पास, हम ‘उर्वशी’ का दूसरा शो भी देख लेंगे।’

मैं उसकी बात पर हंस न सकी और न ही चाट का स्वाद ही ले सकी। मुझे तो मम्मी का डर लगा हुआ था, कहीं जाते ही झाड़-बुहार हुई तो...

पर घर पहुंचते ही मुझे पता चला कि बाज़ी पलट गई है। पापा के हाथ में समाचार-पत्र नहीं था, न ही मुंह में पाइप और न अधरों पर मुस्कान ही थी। वे काफी झल्लाए बैठे थे।

‘लो, आ गई तुम्हारी लाडो! संभालो अपनी बेटी को!’ और सहसा उनका स्वर बदल गया, ‘कितनी बार कहा सयानी लड़की को देर-अंधेर बाहर मत जाने दिया करो, पर ये तो चाहती ही हैं कि जो कुछ मैं कहूं, उसका उलटा ही हो।’

‘क्या हो गया,’ मम्मी जाने क्यों मेरे पक्ष में बोल उठीं, ‘ज़रा-सा बाहर चली गई तो? अब दूध-पीती बच्ची तो है नहीं, अपना भला-बुरा समझती है।’

‘आख़िर तुम्हारी ही तो बेटी है न!’ पापा ने प्रत्यक्ष आक्रमण किया, ‘तुम्हारे गुण नहीं तो क्या मेरे गुण होंगे उसमें। सयानी हो गई है इसीलिए तो कहता हूं कि मत जाने दिया करो अकेली देर-अंधेर बाहर।’

‘हां-हां, मेरी ही बेटी सही,’ मम्मी हारने को तैयार नहीं थीं, ‘मैं जो अच्छा समझूंगी, वही करूंगी। हम बूढ़े होने को आए, अभी तक बाज़ार से अकेले ज़रा सब्जी भी नहीं ला सकते। ज़रा-सा काम हो तो लोगों की खुशामद करो। मैं अपनी बेटी को वैसी नहीं रहने दूंगी। अब ज़माना वह नहीं रहा जब लड़कियां गठरी के समान होती थीं, जहां चाहो उठाकर रख दो।’

'अरे तुमसे आशा ही क्या हो सकती है।' पापा भन्नाकर दूसरे कमरे में चले गए।

पापा दूसरे दिन सुबह तक नाराज़ थे। मम्मी प्रसन्न थीं मुझसे। जाने वास्तव में ही प्रसन्न थीं या पापा का विरोध कर उन्हें चिढ़ा रही थीं। सवेरे जब मैं यूनिवर्सिटी जाने लगी तो मम्मी ने बड़े प्यार से विदा किया मुझे।

यूनिवर्सिटी में सबसे पहले मैं साधना से ही मिली।

'घर से निकाल तो नहीं दिया मम्मी ने?'

'नहीं! मम्मी तो बहुत खुश है मुझसे!'

'सच्ची!'

'तेरी कसम!'

'बड़ी प्यारी है तू!' और साधना ने घसीटकर ममतामयी मां के समान मेरे माथे को चूम लिया।

मैं शरमा-सी गई। साधना बड़ी 'वो' है। न समय देखती है, न स्थान। भरी कक्षा में चूम लेती है। आख़िर बहुत सारे लड़के भी तो हैं, वे क्या सोचते होंगे!

ऐसे ही एक बार पहले भी साधना ने मुझे जकड़कर चूम लिया था, तो कहीं पास से ही एक स्वर आया था, 'कठिनाई यह है कि लड़कियां लड़कों का प्रत्येक कार्य स्वयं ही कर लेना चाहती हैं।'

मैं लज्जा से लाल हो गई थी, पर क्रोध भी बड़ा आया था मुझे। घूमकर देखना चाहती थी कि कौन बदतमीज़ है यह। पर साधना ने देखने नहीं दिया। जकड़ रखा था उसने मुझे। कमबख्त ने स्वयं भी तो नहीं देखा।

मैंने बड़ी कठिनाई से छुड़ाया स्वयं को। अभी छूटी ही थी कि सुधा आकर लिपट गई मुझसे, 'मरी! कहां रह गई थी तू! कब से खोज रही हूं।'

'पर क्यों खोज रही है?'

'देख! बात यह है,' सुधा बोली, 'आज कक्षाओं के समाप्त होने पर डिबेट है। उसमें बोलना है तुझको।'

'मैं नहीं बोलती डिबेट-विबेट में।' मैंने पीछा छुड़ाया।

'बोलेगी कैसे नहीं तू!' सुधा बड़े अधिकार से बोली, 'अगर नहीं बोलेगी तो मैं तुझसे कभी नहीं बोलूंगी।'

'चुप!' मैंने उसके मुंह पर हाथ रख दिया, 'मुंह से शब्द निकालते हुए तू ज़रा भी नहीं सोचती है, सुधी! कैसे बोलूंगी मैं?'

'पर बोलेगी क्यों नहीं?'

'बाबा! छुट्टी के बाद मैं ठहर नहीं सकती। देर होने से मम्मी और पापा दोनों ही गुस्सा होते हैं और पापा तो कल संध्या से ही नाराज़ हैं।'

'तू इसे कह, साधना!' सुधा बोली, 'तू मुझसे ज़रा भी प्यार करती है तो इसे मना।'

साधना ने मेरी ओर देखा, 'तू बोलेगी, मेरी लाडो!' और वह उठकर चली गई।

अब मैं क्या करती! पापा का भय भी था और इन दोनों की ज़बरदस्ती भी। रुक ही गई मैं। डिबेट में बोली भी। प्रथम पुरस्कार भी जीता। पर मज़ा नहीं आया। आता भी कैसे? भीतर-ही-भीतर मन तो कांप रहा था।

घर पहुंची तो मेरा हाथ कांप रहा था, साथ-ही-साथ कप भी कांप रहा था जो मैंने पकड़ रखा था।

मम्मी मिलीं। सवेरे के समान प्रसन्न नहीं थीं वे।

'फिर देर कर दी तूने आज! आख़िर अपने बाप की ही बेटी है न! जो कहो उसी का उलटा करना है।'

'मम्मी, बात यह...'

'बात क्या है? रह कहां गई थी तू, यह बता?'

'मम्मी! देखो, यह प्राइज़ है डिबेट में।' मैंने बड़े साहस से कप वाला हाथ आगे बढ़ाया।

मम्मी के मुख की तनी रेखाएं क्षणभर में ही ढीली पड़कर स्निग्ध हो गईं, ' डिबेट थी आज? क्या फर्स्ट आई तू?'

'हां, मम्मी!' मैंने सिर हिलाया।

'तेरे पापा गुस्सा हो रहे थे, पर आ तू!' और मम्मी एक हाथ में कप लिए, दूसरे हाथ से मुझे घसीटती हुई, पापा के पास जा पहुंचीं।

मैंने देखा, पापा का मूड अच्छा नहीं था। वे नाराज़ थे। शायद वे कुछ कहते, पर मम्मी ने कहने ही दिया, 'देखो जी! सवेरे से मेरी बेटी को बुरा-भला कह रहे थे। देखो, मेरी बेटी कप जीतकर लाई है डिबेट में।'

पापा ने मेरी ओर देखा। उनका हाथ जेब में गया और पाइप बाहर निकल आया। उनके चेहरे की रेखाएं बदल रही थीं, 'क्यों नहीं जीतेगी कप? आख़िर मेरी ही तो बेटी है। तुम्हारे गुण लेती तो आलू के बोरे के समान घर में पड़ी होती। किसी पुरुष से बात भी करनी पड़ती तो शर्म से लाल मिर्च हो जाती।'

मम्मी चिढ़ गईं, 'हां-हां, तुम्हारी ही तो बेटी है। मेरी होती तो घर में बैठती। दिन-दिनभर आवारागर्दी नहीं करती। अभी तो खुश हो, मेरी बेटी, मेरी बेटी! कल जब दुनिया वर्मा साहब की बेटी को छोकरों के समान घूमते देख आंखें तरेरेगी तो मुंह भी न दिखा पाओगे...'

और मम्मी क्रोध में कप सोफ़े पर फेंककर चली गईं।

'फिर जाहिल औरतों वाली बात!' पापा ने बुरा-सा मुंह बनाया, 'देखेंगे हमारी बेटी को कैसे कोई कुछ कहता है?'

और उन्होंने बड़े प्यार से कप को उठाकर उस पर स्निग्ध-सी दृष्टि डाली और मेरी पीठ थपथपा दी।

दुहराव

राधा सवेरे से ही कुछ उलझी-उलझी-सी थी आज।

सवेरे जब वह पूजा के कमरे में पाठ करने बैठी, तो उसे कोई जल्दी नहीं थी। पूजा समाप्त कर उसके उठकर बाहर आने की कोई प्रतीक्षा नहीं कर रहा था। उसके देर करने पर अब कोई झल्लाने वाला नहीं था। फिर जल्दी किस बात की?

पहले जब पूजा करने बैठती थी, तो मन में हड़बड़ी लगी ही रहती थी। पूजा का काम एक प्रकार का अटकाव था। उसके पश्चात् उसे पचासों काम और करने होते थे। पर पूजा करने से पहले और कोई काम कैसे करती! इसलिए पूजा एक प्रकार की जल्दी में समाप्त होती। कई वर्षों से यही क्रम था। कोई आज की ही बात तो थी नहीं।

पूजा में वह एक बार ध्यान लगाती, तो गीता की चीख सुनाई पड़ती। उससे निपटती, तो रीता को किसी चीज़ की ज़रूरत होती। उससे पीछा छुड़ाती तो नीता...ये ही क्या कम थीं...ऊपर से इनके पिता!

आज पूजा के कमरे से निकलकर राधा लॉन में चली गई। घास भली लग रही थी। फूलों के गमलों में पानी नहीं दिया गया था अब तक। वह अक्सर झल्लाया करती थी माली पर। पर झल्लाने का क्या लाभ! वह स्वयं ही पानी क्यों नहीं दे देती!

मन भी थोड़ा बहल जाएगा। उसे ही और कौन-सा बड़ा काम करना है। कोई-न-कोई काम तो उसे भी अब अपने हाथ में लेना

चाहिए, नहीं तो इस तरह समय कैसे कटेगा? जीवन का कोई न कोई ढर्रा बनाना ही पड़ेगा।

छब्बीस वर्ष पहले जब वह इस घर की बहू बनकर आई थी, तब भी वह ऐसे ही खाली थी। कोई काम नहीं था उसके लिए। जो थोड़ा-बहुत था, उसके लिए नौकर-चाकर थे।

रीता, गीता तथा नीता के पिता तब इनमें से किसी के भी पिता नहीं थे। तब वे ऐसे भरे जिस्म वाले, गंजी खोपड़ी वाले, रोबदार पुरी साहब भी नहीं थे। तब तो वे पतले-दुबले, छरहरे शरीर के थे—हंसमुख और सुन्दर।

पुरी साहब नहीं थे—रतन लाल थे। बल्कि केवल रतन। और वह स्वयं भी कितनी भिन्न थी आज से। सोलह-सतरह वर्षों की पतली-दुबली लड़की थी, जो अपनी ही किसी बात को गंभीरतापूर्वक नहीं लेती थी। मायके में नौकर भी उसकी बात को बच्चों की बात के समान हंसकर टाल देते थे। यहां जब नौकरों ने उसे मेम साहब के रूप में स्वीकार किया और उसकी बात को इतना महत्व दिया जाने लगा, तो उसे स्वयं ही हंसी आने लगी थी।

दिन भर क्या करे? कभी पढ़ती, कभी लॉन में जा बैठती, कभी एक खिड़की पर खड़ी होती और कभी दूसरी पर। फिर उसने धीरे-धीरे पुरी साहब का हर काम नौकरों से छुड़ाकर अपने हाथों में ले लिया था। पुरी साहब की हर ज़रूरत वह स्वयं पूरी करने लगी। शुरू में उन्होंने कहा भी कि वह क्यों यह झंझट करती है। नौकरों को करने दिया करे। पर वह नहीं मानी। सबेरे उठकर पति के लिए बेड़-टी तैयार करवाती। उनके ब्रश पर पेस्ट लगाकर उनके हाथ में पकड़ाती। उनके कपड़े और तौलिया गुसलखाने में टांग देती। अन्दर पहनने के मरदाने कपड़े छूते उसे रोमांच-सा होने लगता। उनके शेव का सामान धोते-धोते रूमानी बातों में डूब जाती।

उनके जूते साफ़ करवाती...दोपहर के बाद सोकर उठती, तो पुरी

साहब के आने से पहले ही आलस झाड़-पोंछकर अलग कर देती। हाथ-मुंह धोकर ड्रेसिंग टेबुल पर आ बैठती। बाल संवारती। जूड़े में फूलों की वेणी लगाती। कपड़े बदलती। और जब शाम को पुरी साहब आते, तो वह एकदम फ्रेश होकर उनका स्वागत करती।

पुरी साहब एक-आध मज़ाक करते। उसके सौंदर्य की बात कह देते या कपड़ों की...और वह अपने-आपमें संकुचित-सी होती हुई एक विशेष प्रकार के आनन्द को भोगती रहती।

वे घूमने चले जाते, तो वह रात के खाने की ओर ध्यान देती। वे खाना खाकर पढ़ते रहते और वह बेडरूम का शृंगार कर डालती। यह काम उसने कभी भी नौकरों से नहीं करवाया था। उसे लगता, वह उसका अपना निजी काम है। वह एक विशेष प्रयोजन से कमरे को तैयार कर रही है। पति-पत्नी के अतिरिक्त किसी तीसरे व्यक्ति को इसका पता भी नहीं होना चाहिए।

और तब तक पुरी साहब ने उसकी गोद में गीता डाल दी। राधा के लिए बहुत सारे काम एक साथ ही जुट गए। उसका अपना स्वतंत्र संसार बन गया था। वह उसी में व्यस्त हो उठी। फिर रीता आई और तब नीता। एक का काम करती, तो दूसरी तैयार। दूसरी का करती, तो तीसरी को किसी-न-किसी चीज़ की ज़रूरत हो उठती।

राधा को इनसे तनिक भी अवकाश नहीं था। जीवन एक विशिष्ट ढर्रे पर चल निकला था जिसमें कोई नवीनता नहीं रह गई थी। उसे लगता रोज़मर्रा के तो काम पूरे नहीं होते...कोई नई बात कैसे हो? फिर ये बच्चे...लड़के होते, तो नौकरों का भरोसा कर लेती। पर लड़कियों को नौकरों पर वह नहीं छोड़ सकती थी। वह किसी पर भी विश्वास नहीं कर सकती थी। वैसे भी अपने बच्चों का पालन-पोषण वह स्वयं ही करना चाहती थी।

वह कभी-कभी इन सबसे ऊब उठती। कब ये बड़ी हों और उनकी जान छूटे।

पुरी साहब अपने दफ्तर में लीन होते गए और राधा अपनी लड़कियों में डूबती गई। पुरी साहब ज़्यादा-से-ज़्यादा कमाने की धुन में थे, ताकि उनके बच्चों को आराम मिले और राधा उन पैसों को उचित रूप से खर्च कर बच्चों को आराम देने में लगी हुई थी।

लड़कियां बड़ी हुईं, उनके काम भी बढ़ते गए। उनकी पढ़ाइयां, उनके कपड़े, उनकी सहेलियां। राधा की ज़िम्मेदारियां बढ़ती गईं।

राधा को लगता, उसके पास न अपने लिए कोई समय है, न पुरी साहब के लिए। उसका सारा समय इन तीन लड़कियों के लिए ही था। वह पुरी साहब से भी एकदम कट गई थी और अब और कोई रिश्ता भी तो नहीं था उन दोनों का। राधा उन तीन लड़कियों की मां थी और ये पिता। उनका अपना सीधा संबंध तो कई वर्षों से समाप्त हो चुका था। दोनों उन लड़कियों के लिए ही जी रहे थे।

कई बार राधा ऊब उठती थी। सोचती, कब उसे अपने लिए कुछ समय मिले। यह तभी सम्भव था, जब वह इन तीनों का विवाह कर उन्हें अपने-अपने घर भेज देती और सहसा ही राधा उनकी शादी के लिए उतावली हो उठी।

पुरी साहब लड़कियों की शादी के लिए किसी प्रकार की जल्दी में नहीं थे। पर ये लड़कियां राधा के सिर का बोझ बनती जा रही थीं। उसे लगता, लड़कियां दिन-प्रतिदिन बड़ी होती जा रही हैं। इनका कुछ होना चाहिए।

और लड़कियों के लिए वर खोजने का काम भी राधा ने अपने सिर ले लिया। वह जानती थी, पुरी साहब को न इस काम की कोई जल्दी है और न उनके पास इसके लिए समय ही है। राधा ने गीता के लिए लड़का ऐसी लगन से खोजा, जैसे प्लेटफार्म पर बीवी-बच्चों को बैठाकर आया हुआ कोई व्यक्ति अपने लिए एक मकान खोजता है।

राधा ने गीता के लिए वर ढूंढ़ निकाला। पुरी साहब को लड़का खास पसंद नहीं आया, पर कोई ऐसा बुरा भी नहीं था कि शादी से

इनकार कर देते। और राधा ने गीता को डोली में बैठाकर ही चैन की सांस ली।

पर गीता को ससुराल भेजकर राधा को शान्ति नहीं मिली। जैसा कि उसने सोचा था, कर्तव्य पूर्ण करने का एक विशिष्ट संतोष उसे अवश्य मिला। पर इस संतोष ने शेष दोनों लड़कियों—रीता और गीता—के प्रति उसकी कर्तव्य-भावना को और अधिक उग्र कर दिया। थोड़ा-थोड़ा-सा ही अन्तर है।

उनमें—उसने सोचा। और ज़्यादा पढ़-लिखकर भी क्या करेंगी। चूल्हा ही तो झोंकना है दूसरे घरों में जाकर। औरत का पढ़ा-लिखा होना किस काम का! हां, ज़रा अनपढ़ न कहलाए।

अब जब वह अपनी तीनों बेटियों का विवाह कर चुकी है, उसका कर्तव्य पूरा हो चुका है। घर कैसा भाएं-भाएं कर रहा है। लड़कियों के सारे काम उसके जिम्मे थे और लड़कियां अब अपने-अपने घर चली गई थीं। पुरी साहब से उसका अपना सीधा संबंध, स्पन्दन के अभाव में जाने कब से जड़ हो गया था।

घर कैसा खाली-खाली हो गया है। उसका मन उलझ-उलझकर वापस लौट रहा है...

जब वह बहू बनकर आई थी, तब भी ऐसा ही था यह घर। बस, दो ही प्राणी थे—वह और पुरी साहब। पर तब ऐसा उदास नहीं था वह घर। थकावट-सी नहीं थी यहां।

अब फिर वे दोनों ही हैं यहां जैसे छब्बीस साल पहले थे। बच्चे आए, बड़े हुए और चले गए। ये फिर वैसे के वैसे रह गए हैं दोनों। दोनों—वह और पुरी साहब। उन दोनों ने मिलकर एक संसार बनाया था। उसे पूर्णता तक पहुंचाया और वे मुक्त हो गए। पर इस मुक्ति ने उन्हें एकदम खाली और अकेला कर दिया। अपने इस अकेलेपन का क्या करे राधा।

उसे इस प्रकार जीने की आदत नहीं है। ये पहाड़-से दिन कैसे कटेंगे...वह एकदम उदास हो गई। ...अभी तो बयालीस वर्षों की है। जाने कितने वर्ष और जीना है। पर वह जीवन कैसा होगा? अब तो जीवन जैसे इस बिन्दु पर आकर रुक गया है। इतने सारे वर्षों में इतना काम करने की आदत डाल ली है उसने। ज़िम्मेदारियां ढोना उसका स्वभाव बन गया है। फिर जीवन की यह रिक्तता। उसकी इस कार्य-शक्ति का क्या होगा?

पुरी साहब के दफ्तर चले जाने पर कोई काम नहीं रह गया था राधा को। 'अब क्या? अब क्या?' की भीतरी जिज्ञासाएं उसे कोंच रही थीं। अंजाने ही वह पुरी साहब के लौटने की प्रतीक्षा करने लगी। ऐसे ही वह उनकी प्रतीक्षा तब किया करती थी—छब्बीस वर्ष पूर्व।

और उसका मन लौटकर पीछे जाने लगा।

वह उठकर नए-पुराने कई पत्र बटोर लाई और उनके उत्तर लिखने बैठ गई। पत्र लिखकर वह फिर खाली हो गई थी।

नौकर ने खाने के लिए पूछा, तो उसने ठहरने के लिए कह दिया। पर ठहरने का मतलब? शायद वह पुरी साहब का इंतज़ार कर रही है। पर वे तो लंच पर घर नहीं आते। आज कितने वर्षों के बाद उसके जी में इतनी उत्कट इच्छा उठी थी कि पुरी साहब लंच के लिए घर आएं। वे दोनों इकट्ठे खाना खाएं। वह अकेली खाना नहीं खा सकती...

दोपहर को भी कोई काम नहीं था। पढ़ने की कितनी कोशिश की, पर पढ़ नहीं पाई। कितनी ही किताबें शुरू कीं और रख दीं। मन नहीं लग रहा था...

दोपहर ढलते-ढलते बिस्तर पर पड़े-पड़े वह बुरी तरह उकता गई थी। उठकर कुछ करने के विचार से ड्रेसिंग टेबुल पर जा बैठी। आज बहुत दिनों के बाद वह ढंग से तैयार हुई थी।

और उसका मन लौट-लौटकर वापस जा रहा था।

शाम को जब पुरी साहब आए, तो वे काफी हलके मूड में थे। जब दोनों चाय पीने बैठे, तो वे स्वयं ही हलके-हलके मुस्कराते रहे और फिर कुछ ऐसी नज़रों से उन्होंने राधा को देखा कि राधा झेंप-सी गई। अचानक ही वह अपने शरीर के प्रति अचेत हो गई। उसने गरदन झुकाकर अपने वस्त्रों को देख-दाख लिया। कहीं कुछ अटपटा तो नहीं। आंचल ठीक-ठाक करके अपने को ढंक-ढंका लिया।

"तो फिर हम दोनों ही रह गए घर में।" पुरी साहब हंसकर बोले।

राधा कुछ नहीं बोली। वह 'फिर' शब्द पर अटक गई थी। तो क्या पुरी साहब भी वही महसूस कर रहे हैं, जो वह कर रही है। असल रिश्ता तो इन्हीं दोनों का था। बच्चे बीच में आ गए थे। बड़े होकर अपने-अपने घर चले गए और फिर वे दोनों रह गए हैं। फिर...

राधा का मन उलझ-उलझकर वापस लौट रहा था। छब्बीस वर्ष पहले...

चाय के बाद पुरी साहब टहलने चले गए।

उन्होंने राधा से भी चलने को कहा था, पर राधा स्वयं को तैयार नहीं कर सकी। कई वर्षों से वह पुरी सहाब के साथ अकेली कहीं नहीं गई थी। बाहर क्या, वह घर में भी कई वर्षों से उनके साथ अकेली नहीं रही थी।

पुरी साहब ने उसे घूमने चलने के लिए कहा, तो उसे अचानक लगा, उसके भीतर की घर-बारी प्रौढ़ नारी कहीं छिप गई है। उसे संकोच-सा हुआ। कोई दोनों को अकेले घूमते देखेगा तो? यह भावना तो बहुत पुरानी थी। बीच में कहीं ओझल हो गई थी। आज फिर वह कहां से जाग उठी थी।

उसका मन फिर-फिर वापस लौट रहा था।

उसे लगा, वह कई वर्षों के पश्चात् अचानक ही न केवल पुरी साहब की उपस्थिति के प्रति सचेत हो गई थी, बल्कि अपने संबंध के प्रति भी सजग हो उठी थी। यह संकोच और लज्जा फिर कहां से लौट आए थे। उसका मन बार-बार लौट रहा था।

आज रात का खाना भी राधा ने विशेष समारोह के साथ तैयार करवाया था। ऐसे ही शादी के बाद शुरू के दिनों में तैयार करवाती थी। उसकी सहेलियों ने उसे सिखाया था, 'हाउ टु विन योर हसबैंड बाई स्टामक'।

पुरी साहब मेज़ पर आए, तो अंजाने ही पूछ बैठे, "क्यों भाई, आज यह दावत किस खुशी में है?"

वह कुछ बोली नहीं, सचेत-भर हो गई। उसे लगा वह स्वयं अपने मन से पूछ रही है कि ऐसा उसने क्यों किया। पर जो उत्तर आता है उसे वह नकार देना चाहती है। अतः उस उत्तर को अनसुना कर रही है। नहीं, ऐसा नहीं...

और उसका मन पीछे लौट रहा है।

खाना खाकर पुरी साहब पढ़ने के कमरे में चले गए और राधा के पग अंजाने ही बेडरूम की ओर बढ़ गए। उसने अन्दर से चिटकनी चढ़ाई और झाड़-पोंछकर बिस्तर तैयार किया।

शाम को माली ने नया गुलदस्ता बनाकर ड्राइंग रूम में रखा था। राधा वह भी उठा लाई। कोने की मेज़ पर रखे पुराने वेस में उसने सारे फूल सजा दिए। नरगिस के फूल! कमरे में एक भीनी-सी गंध भर गई।

अन्त में राधा ने एक परीक्षक दृष्टि डाली। कमरा एकदम तैयार था। कई वर्ष पहले यह कमरा ऐसा ही लगता था। बीच में तो एकदम बदल ही गया था।

चिटकनी खोलकर राधा बाहर आई। बरामदे में रखे गमले में से तोड़कर गुलाब की एक सुंदर-सी कली बड़े जतन से उसने अपने जूड़े में लगाई। अब वह एकदम तैयार थी। पर शायद कली लगाते समय बालों की एक-आध लट इधर-उधर हो गई थी। उसने हाथ से छूकर देखा, हां! कुछ गड़बड़ तो थी।

वह आकर ड्रेसिंग टेबुल पर बैठ गई और शीशे में स्वयं को देखकर अचानक ही चौंक गई। उसे लगा, उसका जो रूप सबेरे से उसके मन में उभर रहा था और जिसे दिन भर वह नकारती रही थी, वही अब शीशे में उतरकर उसके सामने आ खड़ा हुआ है।

वह एकटक शीशे में अपने-आपको देखती रही। उसका चेहरा एकदम तप उठा। उसे लगा, अब वह स्वयं को नहीं देख सकती।

सहसा उसका हाथ उठा और उसने अपने जूड़े से गुलाब की कली नोच ली। आवेश में बेहोश-सी चलती हुई खिड़की तक आई और उसके हाथ ने वह कली बाहर अंधेरे में उछाल दी।

उसके बाद स्थिर कदमों से चलती हुई बिस्तर तक आई। बेडकवर हटाया और बिस्तर पर औंधी पड़कर उसने अपना चेहरा अपनी हथेलियों से ढंक लिया।

वापसी

सरला चार पाई पर पड़ी देखती रही।

राजन सिगरेट पर सिगरेट फूंकता रहा था। यह उसमें उठती बेचैनी की निशानी थी।

आज काफी थक गई थी सरला। दफ्तर में जिस दिन भी अधिक काम होता, उसका कचूमर निकल जाता था और थकावट की हालत में उसे बोलने की इच्छा एक दम नहीं होती थी।

थककर तो वह आई थी। राजन दिन भर घर में पड़ा रहा था। उसी को चाहिए था, कोई बात करता। बच्चे अभी स्कूल से आए नहीं थे। उनके आने के बाद कोई खास बात हो नहीं पाती थी।

पर राजन कुछ नहीं बोला। उसने नई सिगरेट सुलगाई थी।

सरला के मन में क्रोध का एक भभका उठा। जी में आया कि उसे फटकार दे। इतनी सिगरेटें क्यों पीता है वह? पर दूसरे ही क्षण यह विचार मन से निकाल दिया। वह उसे सिगरेट के विषय में कुछ कहेगी तो उत्तर में राजन कोई बड़ी बात कह देगा। झगड़ा बढ़ेगा और वह उठकर घर से चल देगा। फिर जाने रात को कब आए। न दवाई खाएगा, न इंजेक्शन लगवाएगा। बाहर गया तो शराब भी पी सकता हे। फिर कहीं तबीयत बिगड़ गई तो?

इससे तो अच्छा है, वह चुप ही रहे। सिगरेट पी रहा है तो पीने दे। डॉक्टर ने कहा, उसे इमोशनली डिस्टर्ब नहीं होना चाहिए।

"क्यों, तबीयत कैसी है?" सरला ने पूछ लिया।

"मेरी तबीयत को क्या हुआ?" राजन गुर्राकर उठ खड़ा हुआ, जैसे सरला के शब्दों की प्रतीक्षा में रहा हो। उसने सिगरेट फेंककर पैरों से कुचल दी, "तुम बीमारों की तरह मेरा हाल-चाल क्यों पूछती हो? तुम्हें कितनी बार कहा है कि मैं बीमार नहीं हूं।"

सरला चुपचाप पड़ी उसे देखती रही। कुछ बोली नहीं। जानती थी थकी हुई ऑफ़िस से लौटी है। बोली तो कोई कड़ी बात कह देगी। व्यर्थ ही बात बढ़ेगी। राजन खड़ा उसे देखता रहा और फिर वापस जाकर चुपचाप चारपाई पर पड़ रहा। इतने में ही जैसे थक गया था। ऐसे हांफ रहा था, जैसे कोई ऊंची चढ़ाई चढ़ने के बाद सुस्ता रहा हो। उसके क्रोध का उबाल धीरे-धीरे बैठता जा रहा था।

सरला के मन-ही-मन में बहुत कुछ घटता जा रहा था। उसके जी में आया कि कहे, यदि बीमार नहीं हो तो मुर्दों की तरह घर में क्यों पड़े रहते हो? जाओ बाहर की दुनिया में, मर्दों की तरह काम करो। बीमार पति का बोझ तो मैं फिर भी उठा सकती हूं, पर स्वस्थ पुरुष दिन भर घर में पड़ा रहे और मैं अपने लिए, अपने बच्चों के लिए भी कमाऊं और तुम्हारा भाड़ जैसा पेट भी भरूं। उस पर तुम्हारी रईसी के लिए खर्च जुटाऊं, यह मुझसे नहीं होगा।

महीनों हो गए थे राजन को पड़े-पड़े और दवाइयां खाते-खाते। डॉक्टरों का ख़्याल था कि वह पागलपन की सीमाओं को छूकर लौटा है। पर अब वह खतरे से बाहर था। तभी तो सरला भविष्य के आसरे ज़िंदगी को खींचे लिए जा रही थी। यह उसी का दम था कि घर के चारों प्राणी अब तक जीवित थे। नहीं तो भूख से न भी मरे होते तो राजन के दौरों ने उनके प्राण ले लिए होते। जब कभी उस पर दौरा पड़ता तो वह किसी की हत्या करने को तैयार हो उठता या फिर स्वयं ही जीने से इनकार कर देता।

अभी कल ही तो वह लिब्रियम, एस्केज़िन तथा अन्य ढेर सारी दवाइयां चुपचाप निगल गया था। सरला एकदम डर गई थी। इतनी

सारी गोलियां खाकर वह बचेगा कैसे? और वह अस्पताल जाने से भी इनकार कर रहा था।

पर वह उसे घसीटकर ले ही गई। गोलियां खाने के पश्चात् वह कुछ शांत भी हो गया था। ये गोलियां डॉक्टर ने मानसिक संतुलन बनाए रखने के लिए दी थीं पर इतनी अधिक मात्रा में तो वे एकदम विष थीं। थोड़ी-सी हुज्जत के बाद वह चुपचाप साथ चल पड़ा था।

डॉक्टर सरला की बात सुनकर हैरान रह गया था। इतनी सारी गोलियां खाकर कोई जीवित कैसे रह सकता है?

"आपने गोलियां क्यों खाईं?"

"मुझे कुछ नहीं होता, डॉक्टर!" और राजन निश्चिंत-सा कोई गीत गुनगुनाता रहा।

"पर आपने खाई क्यों?"

"क्योंकि मैं जीना नहीं चाहता।" राजन बड़े निर्विकार भाव से बोला, "आइ हैव नो चार्म इन लाइफ।"

डॉक्टर ने कुछ नहीं कहा। नुस्खे में परिवर्तन भर कर दिया। एस्केज़िन की गोलियों का डोज़ दुगुना कर दिया और इन्जेक्शन रोज़ कर दिए।

जब तक राजन को अन्दर ले जाकर उसके पेट की गोलियां को उगलवाया जाता रहा तब तक डॉक्टर सरला को समझाता रहा, "इनमें जीवन की इच्छा समाप्त हो गई है। उसे जगाइए। जब तक भीतर से जीने की अच्छा नहीं उठेगी, दवाइयां कुछ नहीं कर सकतीं। आप उन्हें प्रेम दीजिए। उनके साथ केवल प्रेम और विश्वास की बात होनी चाहिए।"

"वह तो ठीक है, डॉक्टर।" सरला बोली, "पर आख़िर मैं भी इंसान हूं। कभी-कभी खीझ भी उठती हूं। क्या करूं?"

"खीझने से काम नहीं चलेगा।" डॉक्टर ने कहा, "और जैसे ही इनमें बेचैनी उठे, इंजेक्शन ज़रूर लगवाइए।"

घर आते हुए सरला अपने आपको कोसती आई थी। वह क्यों इतनी कठोर बनी थी अपने पति के प्रति? वह भी और सारी औरतों के समान दबकर, झुककर क्यों नहीं रह सकती? बराबरी का दावा करते-करते वह अपने पति से ही हाथ धो बैठती तो? घर के झगड़ों के कारण राजन क्या से क्या हो गया था। कितनी मुश्किल से वह इस अवस्था तक पहुंच पाया था, नहीं तो वह एकदम पागल हो चुका था...

रात भर सरला, राजन के सिर और पैरों की मालिश करती रही थी। मीठी-मीठी बातें करती रही थीं। अच्छा खाना खिलाया, दूध पिलाया, फल खिलाए। स्वयं अपने हाथों से उसने सिगरेट सुलगाई। और तब राजन अपनी जड़ता से जरा बाहर निकला था। सबेरे जब वह दफ्तर गई तो वह काफी अच्छे मूड में था।

उसने देखा, राजन काफी हांफ चुका था। उसके चेहरे पर पसीने की बूंदें झलक आई थीं। जब भी वह भीतर-ही-भीतर अपने आपसे लड़ता था, ऐसा ही दीखता था।

सरला देखती रही। शायद वह अपनी बेचैनी से लड़ रहा था।

राजन चारपाई से उठा। सरला के पास आकर खड़ा हो गया।

"सरला, मैं फिर बेचैन हो रहा हूं। कहीं कुछ कर न बैठूं। तुम मुझे इंजेक्शन लगवा दो।"

सरला का मन प्यार से आप्लावित हो उठा। बेचारा कितना संभालता है अपने-आपको। पर बीमारी का क्या करे?

इंजेक्शन लगने के बाद राजन एकदम शांत हो गया। घर आया तो उसे नींद आ रही थी। इंजेक्शन से नींद आती है—सरला जानती थी और राजन जब भी यह इंजेक्शन लगवा लेता था, बारह-चौदह घंटे शांति से बीत जाते थे।

राजन में यह परिवर्तन बहुत शुभ लगा सरला को। आज तक तो वह दवाइयां खाने से इनकार करता रहा है, क्योंकि वह ठीक होना

नहीं चाहता था। जब उसे जीने की कोई इच्छा नहीं थी तो वह ठीक होने की ही कामना क्यों करता?

दूसरे दिन रात को खाना खाकर राजन ज़िद पकड़ बैठा कि वह रात के शो में पिक्चर देखने जाएगा। इस तरह के दौरे उसे पहले भी पड़ते थे। सरला जानती थी—इस समय बाहर जाना उसके लिए खतरनाक था।

रात को बाहर जाकर खासकर, पिक्चर देखकर, उसका मन घर लौटने को नहीं होता था। ऐसे अवसर पर वह हर बार भटक जाता था। और शराब पीकर जब वह घर लौटता, तो उसकी तबीयत और भी बिगड़ जाती। दौरे बढ़ जाते और डॉक्टर के चक्कर और दवाइयों के डोज़ भी।

पर राजन अड़ गया था। वह रोकती कैसे?

"कल चलेंगे पिक्चर।" सरला ने उसे बहलाने की कोशिश की, "इस समय गए तो तुम्हारी नींद ख़राब होगी और तबीयत बिगड़ जाएगी।"

राजन का मुख विकृत हो गया, "जब कुछ कहता हूं तो बहाने बनाने लगती हो। फिर क्यों चाहती हो कि मैं जिऊं। जीवित रहकर क्या करना है, यदि कोई इच्छा ही पूरी नहीं होती।"

सरला एकदम नर्म पड़ गई, "ऐसी तो कोई बात नहीं है। मैंने तो यूं ही कह दिया था कि कहीं तुम्हारी नींद ख़राब न हो। मेरा तो अपना भी मन कर रहा है। कई दिनों से ढंग की कोई पिक्चर नहीं देखी।"

राजन खुश हो गया। सरला न केवल उसे रोक नहीं रही थी, स्वयं उसके साथ चल रही थी। उसे स्वयं पर शरम आने लगी—वह यह क्यों समझता है कि सरला उसकी बात नहीं मानेगी।

सरला ने सोचा—वह साथ जाएगी तो पिक्चर के बाद राजन को

घर तो वापस ले ही आएगी। पिक्चर में उतनी बुराई नहीं थी, ज़्यादा खतरा तो शराब से ही था।

खाना खाकर दोनों निकले। टहलते-टहलते कनॉट प्लेस आ गए। कनॉट प्लेस खाली पड़ा था। सात बजे ही दुकानें बंद हो गई थीं। अब या तो रेस्टरां खुले थे या पिक्चर हॉल। कहीं-कहीं इक्का-दुक्का पान वाला बैठा था। दोनों ने एक-एक कोका-कोला पी और ओडियन की ओर बढ़ गए।

"सरला!" राजन रुक गया, "यदि हम घर लौट चलें तो कैसा रहे?"

सरला समझ नहीं पाई कि राजन क्या चाहता है।

"दिन-भर घर में पड़े रहने से तबीयत ज़रा घबरा गई थी, इसलिए ज़िद कर बैठा।" राजन उसे समझा रहा था, "बाहर खुले में जरा घूमने से मन संभल गया है। तुम ठीक कह रही थीं कि व्यर्थ ही नींद ख़राब होगी।"

राजन में जीवन के चिह्नों के साथ जीवन की इच्छा भी जागने लगी थी। डॉक्टर ने कह दिया था कि दवाइयों से जो काम हो सकता था, वह हो चुका है, शेष काम अब सरला का है। वह चाहे तो उसे फिर से सामान्य व्यक्ति बना सकती है।

"सरला जी! अब आप चाहें तो उनसे अपने पैरों पर खड़ा होने का आग्रह भी कर सकती हैं। इससे उनमें आत्मविश्वास जागेगा, जो जीवन का चिह्न है।" डॉक्टर ने कहा था।

सरला ने स्वयं भी देखा था कि राजन अब स्वयं छोटे-मोटे काम करने लगा है। उसे अपने हाथों काम कर खुशी भी होती थी।

राजन अब अपने दफ्तर जाने लगा तो सरला संतुष्ट हो गई। अब वह ठीक हो गया था। जब काम से भागता था, तभी जीवन से भागता था। अब उसके मन ने जीने की नियति स्वीकार कर ली थी।

बीमारी के दिनों में राजन पर बहुत खर्च हो गया था। सरला ने उसकी प्रत्येक इच्छा पूरी की थी, इसलिए उसे काफी खुला खर्च करने की आदत पड़ गई थी। अब भी वह उसी प्रकार खर्च करता जा रहा था। तब जो खर्च हुआ था, वह सरला ने मजबूर होकर किया था। अब वह बात नहीं थी। तो अपनी आय का अधिकांश भाग राजन अपने ऊपर ही क्यों खर्च कर डालता है? वह यह क्यों नहीं समझता था कि सरला और बच्चों की आवश्यकताओं की पूर्ति भी उसी का काम है?

सरला आज फिर दफ्तर से बहुत थककर लौटी थी। आते ही चारपाई पर पड़ गई। उसे लगा, घंटे भर से पहले वह अपने स्थान से हिल नहीं सकेगी। वह आंखें बन्द कर पड़ी रही।

तभी राजन दफ्तर से लौटा। बूट उतारकर उसने एक ओर फेंक दिए। बू मारती जुराबें भी हवा में उछाल दीं। एक कुर्सी पर स्वयं बैठा, दूसरी पर पैर अड़ा लिए। उसने जेब से सिगरेट निकालकर सुलगाई।

"सरला! भई, एक गिलास पानी देना।"

"प्लीज़, आप ही ले लो न।"

सरला अपनी जगह से नहीं उठी।

"मैं बहुत थक गया हूं।" राजन बोला।

"मैं भी दफ्तर से लौटी हूं।" सरला की आवाज़ ज़रा कठोर हो उठी, "चारपाई नहीं तोड़ती रही हूं।"

"पहले तो तुम मुझे सब कुछ चारपाई पर ही जुटा देती थीं।" राजन हंसकर बोला, "अब क्या सारा प्यार चुक गया?"

"तब तुम बीमार थे।" सरला बोली।

"भई! यदि बीमार रहकर ही आराम मिल सकता है तो हम फिर बीमार हो जाएंगे।"

सरला भीतर ही भीतर कहीं सिहर उठी। भगवान न करे ऐसा हो।

यदि राजन कहीं फिर बीमार हो गया तो वह पागलपन की सीमाओं को पार कर जाएगा। अब सरला में उसे लौटा लाने का दम नहीं है।

वह उठी और जल्दी से पानी ले आई। साथ ही चूल्हे पर चाय का पानी रखना न भूली। जानती थी, राजन अब चाय भी मांगेगा।

राजन को वेतन मिला तो वह अपने लिए कुछ चीज़ें ख़रीद लाया।

"सर्दियां आ रही हैं। सोचा, गर्म कपड़े ही ले लूं।" घर आकर उसने सरला को सूट का कपड़ा दिखाया।

सरला कुछ नहीं बोली। वह फटी आंखों से राजन को देखती रही।

"नहीं पसंद आया?" राजन अपनी बात कहता गया, "भई, इससे महंगा हम एफोर्ड नहीं कर सकते। फिर कुछ और चीज़ें भी तो लानी थीं।"

वह अपने लिए एक सुंदर-सी पाइप, तम्बाकू के दो-तीन डिब्बे, ब्लेड, आइसी कूल इत्यादि चीज़ें लाया था।

जब सरला ने किसी चीज़ पर कोई टिप्पणी नहीं की तो राजन झुंझला गया, "तुम कुछ बोलती क्यों नहीं?"

"तुमने बोलने लायक रखा ही कहां?" सरला बोली।

"क्यों, क्या हो गया?"

"तुम गर्म सूट पहनकर मज़े से पाइप में इम्पोर्टेड तम्बाकू पियो और मुझको और बच्चों को भट्ठी में झोंक दो। तुम यह क्यों नहीं सोचते कि घर का खर्च कैसे चलेगा।"

सरला की आंखों में आंसू छलक आए थे। उसके मन में बहुत दिनों के बाद वे सारी शिकायतें उभर आई थीं, जो समय-समय पर उसे राजन के प्रति रही थीं।

क्या लाभ हुआ उसे अपनी जान लड़ाकर राजन को फिर से जीवन

की ओर लौटा लाने का। यदि घर का सारा बोझ उसे ही ढोना था तो राजन की बीमारी में इतना परेशान होने की क्या ज़रूरत थी।

और राजन के मन में भी बहुत दिनों के बाद वैसी ही बेचैनी जागी थी, जिसके कारण इंजेक्शन लिया करता था। स्वस्थ होकर यदि जीवन कठोर हो जाता है तो उसे बीमार ही रहना चाहिए था। यदि सरला उसको बर्दाश्त नहीं कर सकती तो उसको इलाज कराने की क्या ज़रूरत थी।

मेरा अपना संसार

गाड़ी की गति सहसा ही धीमी होने लगी थी, शायद स्टेशन पास आ गया था। नहीं भी आया हो सकता। आगे से सिग्नल नहीं मिला होगा, किसी ने चेन खींच दी होगी; इंजन में कोयला-पानी कुछ कम हो गया होगा, कोई पुर्जा ख़राब हो गया होगा, उसी लाइन पर आगे से कोई दूसरी गाड़ी आ रही होगी। कुछ भी हो सकता था जब मैं इस गाड़ी में थी–तो कुछ-न-कुछ होना ही था। कुछ हुआ हो या न हुआ हो, पर गाड़ी की गति सहसा ही बहुत कम हो गई थी...

मैं उठ बैठी। मां की ओर देखा, वे अभी भी आंखें बंद किए बैठी थीं। शायद बहुत अधिक थक गई थीं। थकना तो उन्हें था ही। जिस व्यक्ति को दस कदम चलना दूभर हो, उसे एक दिन रात की यात्रा यदि न थकाती, तो ही आश्चर्य होता।

मां बीमार थीं। उनकी बीमारी मैं आज तक समझ नहीं पाई थी। उनके संबंध में, कोई भी दो डॉक्टर एक बीमारी के नाम पर सहमत नहीं होते थे। अंत में मैंने स्वयं खुद को समझा लिया था कि या तो उनको कोई ऐसी बीमारी है, जो डॉक्टर की समझ में नहीं आती या दुनिया की सारी बीमारियां उनके भीतर इकट्ठी हो बैठी हैं या फिर बुढ़ापा स्वयं ही एक भयंकर बीमारी है।

मैंने अपने सामान की ओर देखा, नग गिने। सब कुछ ठीक था। कुछ भी गुम नहीं हुआ था, सारे रास्ते में, इतनी लंबी यात्रा में कहीं भी कुछ चोरी नहीं हुआ था और मैं थी कि अब भी इस बात पर

विश्वास नहीं कर पा रही थी। आख़िर यह संभव कैसे हुआ? चौबीस घंटों की इस लंबी यात्रा में मैं प्रति क्षण इस आशंका से पीड़ित रहीं थी कि कहीं-न-कहीं दुर्घटना हो जाएगी और या तो मुझे कुछ हो जाएगा या फिर मेरे सामान को। पर कुछ नहीं हुआ था। आशंकाएं अब भी थीं, मन के भीतर कहीं दबी हुईं; पर बुद्धि ने इस सुखद आश्चर्य को स्वीकार कर लिया था।

इधर से निश्चिंत होकर, मैं खिड़की से बाहर झांकने लगी।

गाड़ी यमुना का पुल पार कर स्टेशन के अहाते में प्रवेश कर चुकी थी। प्लेटफार्मों के साथ-साथ लगे हुए विभिन्न प्रकार के खंभे छकाछक पीछे छूट रहे थे। इंजन की आवाज़ का परिश्रम और दर्द, जो रास्ते भर मुझे परेशान करता आया था, अब कहीं खो गया था। उसकी आवाज़ में घर आ पहुंचने का उल्लास था, प्रसन्न निश्चिंतता!

मुझे भी एक प्रकार की प्रसन्नता-सी हुई। चलो, यात्रा समाप्त हुई। गाड़ी में बैठे-बैठे पैर अकड़ गए थे। रात को लेटने के लिए भी स्थान नहीं मिला था। शरीर की थकान ही मिटेगी। पर साथ ही एक अज्ञात-सा भय भी मन पर छा गया था।

यह आशंका कितनी ही बार मछली के सामन मेरे मस्तिष्क के जल में ऊब-डूब चुकी थी—यदि सरला का भाई स्टेशन पर न आया तो? और यदि आया भी और खोज या पहचान न पाया तो? मैं भी तो उसे नहीं पहचानती। कभी देखा ही नहीं तो पहचानूं कैसे? ऐसी स्थिति में क्या होगा? इतने बड़े शहर में मैं कहां जाऊंगी? मैं तो यहां किसी को जानती भी नहीं...

सहसा मेरे मन में अपने ही प्रति खीझ बढ़ने लगी। भला इस मूर्खता की क्या आवश्यकता थी? एक पराए शहर में बिना किसी भी प्रकार की जान-पहचान के आ जाने का क्या अर्थ? मुझे कम-से-कम सरला के भाई के इस आशय के पत्र की प्रतीक्षा तो कर ही लेनी चाहिए थी कि उसे सूचना मिल चुकी है और वह मुझे लेने के लिए

स्टेशन पर आवश्य आएगा या फिर किसी होटल का ही अता-पता ले आती, जहां जाकर ठहरा जा सकता है, किन्तु अपने अज्ञान में मैं किसी ग़लत जगह पर जा पहुंची तो...? गाड़ी के पहियों ने ब्रेकों के बोझ में चूं-ऊं-ऊं की और गाड़ी एक झटके के साथ रुक गई।

जब से कुछ उजाला हुआ था और पिछले स्टेशनों पर लोग उतरे अधिक चढ़े कम थे, तब से कम्पार्टमेंट में कुछ जगह बन गई थी। मां अपनी थकान हल्की करने के लिए लेट गई थीं और तब से आंखें बंद किए हुए चपचाप पड़ी थीं। गाड़ी के झटके ने उनकी आंखें खोल दीं, "स्टेशन आ गया, कविता?"

"हां, मां! आ गया है।"

न मां के प्रश्न का कोई अर्थ था, न मेरे उत्तर का। सबको दीख रहा था कि स्टेशन आ चुका है। प्लेटफार्म पर काफी कोलाहल हो रहा था। बेपनहा शोर हंगामा। लोग इधर-उधर भाग-दौड़ कर रहे थे। टिपिकल भारतीय स्टेशनों का-सा दृश्य था, जैसे पिक्चरों में दिखाते हैं और इस सारी हलचल के बीच मैं एकदम जड़ हो गई थी—निःस्पंद पत्थर। कुछ समझ नहीं आ रहा था कि क्या करूं? पहले कभी इस तरह एक अनजाने शहर में मैं आई भी तो नहीं थी।

"कुली चाहिए, बहनजी?"

मैंने नज़र उठाई। दरवाज़े पर एक कुली खड़ा था। मैं जैसे होश में आई। यह तो मैंने सोचा भी नहीं था कि कुली की भी आवश्यकता होगी। यह भला आदमी तो स्वयं ही आ गया है, नहीं तो यह काम भी मेरे सिर पर एक बड़े बोझ की तरह सवार हो जाता और फिर मेरे भीतर कहीं, उसके ठहरने की आशा कम, उसके भाग जाने की आशंका अधिक हो गई। मेरा संतुलन कुछ गड़बड़ा गया और मैं घबराहट में इतना ही कह सकी, "हां! सामान उतारो।"

कुली कम्पार्टमेंट में आ गया। वह ऊपर के फट्टे से मेरा ट्रंक उतार रहा था। नीचे की बर्थ पर बैठी मां भौंचक-सी कभी कुली को

और कभी मुझे देख रही थीं। मैंने उनकी बांह पकड़कर उठाया, "उठो, मां!"

मां बहुत छोटे-छोटे पग लेती हुई, धीरे-धीरे दरवाज़े तक आईं। मैं पहले नीचे उतर गई, फिर मां का हाथ पकड़कर उन्हें नीचे उतारा। कुली भी ठीक हमारे पीछे-पीछे सामान समेत नीचे उतर आया।

"कहां चलना है, बहन जी?" कुली पूछ रहा था।

यही तो तब से मैं सोच रही थी, कुली को कैसे समझाती! पर कुछ तो कहना ही था, "देखो भई! मुझे लेने के लिए कोई आने वाले हैं।"

...मैं आगे न बोल सकी। 'कोई' का क्या अर्थ है। कुली आख़िर क्या समझेगा। मैं तो सोच रही हूं जैसे कहना हो—'वे' आने वाले हैं। पर उसे समझाया भी कैसे जा सकता था। मैंने कुली की प्रतिक्रिया देखने के लिए सिर उठाया...

"वेटिंग रूप में ले चलूं, बहन जी?" कुली पर मेरी बात का कोई प्रभाव नहीं पड़ा था। उसे इस बात में कोई रुचि नहीं थी कि मुझे लेने के लिए कौन आने वाला है। वह शायद मेरा सामान कहीं भी, किसी भी जगह पहुंचाकर अपने पैसे लेने के लिए उत्सुक था।

पर यदि मैं वेटिंग रूम में चली गई तो सरला के भाई को यह कौन बताएगा कि उसे वहां भी आना चाहिए, क्योंकि मैं उसे वहीं मिलूंगी। फिर मैं स्त्रियों के वेटिंग रूम में होऊंगी, वहां वह किसे पूछेगा!

उसे कोई भीतर भी तो नहीं आने देगा। और शायद मैं वेटिंग-रूम के दरवाज़े पर किसी अनजाने-अनपहचाने पुरुष की प्रतीक्षा में बदहवास खड़ी, एकदम पागल लगूंगी। क्या यह अच्छा नहीं है कि हम यहीं ठहरें। यदि वह स्टेशन पर आया तो इस पूरे प्लेटफॉर्म पर बैठे लोगों को तो देखेगा ही...

"नहीं" अभी थोड़ी देर यहीं ठहरो। इतना कहने के लिए भी मुझे बहुत प्रयत्न करना पड़ा।

"ठैरें कैसे, मेम साहब!" कुली का संबोधन भी बदल गया और स्वर भी, "दूसरा बोझ भी तो उठाना है। एक गाड़ी में से एक बोझ उठाकर ही तो हम बाल-बच्चों का पेट नहीं भर सकते। आप ही सोचिए, महंगाई कितनी बढ़ गई है..."

उसके स्वर का आक्रोश मुझे कोंच गया। पर ऐसी अवस्था में मैं ही क्या कर सकती थी। न तो मैं उसे दो बोझ उठाने के बराबर पैसे दे सकती थी—क्योंकि बाज़ार में बिकती चीज़ें मेरे लिए भी बहुत महंगी थीं; और न ही मैं उसके लिए और अपने लिए इस महंगाई को कम कर सकती थी।

...मुझे तो किसी भी स्थिति में प्रतीक्षा करनी ही थी। वह कहीं भी चलने पर ज़ोर दे रहा था और मैं कहीं नहीं जाना चाहती थी। कहां जाती? मैं परेशान हो उठी थी...

"वह तो ठीक है।" मैं स्वयं नहीं जानती थी कि मैं उसे क्या कहना चाहती हूं, क्या कह रही हूं, "लेकिन देखो..."

"सुनिए, आपको..."

कुली से उलझते हुए मैं अपने आस-पास से बेखबर हो गई थी। यह भी भूल गई थी कि मां वहीं हैं, उनसे भी कुछ मदद ली जा सकती है। इतने में समीप आ गए, इस स्वर से भी मैं अनजानी ही थी।

मैंने घूमकर देखा, एक व्यक्ति खड़ा था। उसने सफेद कमीज और सफ़ेद पतलून पहन रखी थी। आंखों पर हल्का काला चश्मा था, आधुनिक फैशन का, चौड़ा और आंखों से बहुत बड़ा। समझ में नहीं आ रहा था कि उसे लड़का समझूं या पुरुष। लगभग दोनों के ही चिह्न उसमें दीख रहे थे। उसका चेहरा मुझे कुछ-कुछ सरला से मिलता हुआ-सा लगा।

"आप सरला के भाई हैं?" बिना मेरी चेतना की अनुमति के ही अपने-आप मेरे मुंह से निकल गया।

"जी!" वह बड़े आत्मविश्वास के साथ मुस्कराया, "आप कविता जी हैं न?"

"जी!"

मैं जो अब तक अपनी आशंकाओं के मारे परेशान होकर कुछ अतिरिक्त सावधान थी, एकदम निश्शंक हो गई। मेरे सिर का सारा बोझ उतर गया। मेरे शरीर और मन के स्नायुओं का तनाव सहसा ही ढील गया। मैं बहुत हल्की हो गई थी। वह आ गया था।

मैंने उस पर एक भरपूर दृष्टि डाली। फिर परिचय कराया, "यह मेरी माता जी हैं।"

उसने चुपचाप हाथ जोड़ दिए। उत्तर में मां ने हाथ तो नहीं जोड़े, पर मुंह-ही-मुंह में कुछ गुनगुनाती रहीं। शायद मां अपने अस्पष्ट शब्दों में उसे आशीर्वाद दे रही थीं। कदाचित् मां ने भी महसूस किया कि उसके आ जाने से उनकी बेटी को कितनी राहत मिली है और इस प्रकार अपनी बेटी को परेशान देखकर, पैदा हुई उनकी परेशानी भी कम हो गई है।

"आइए!" वह बढ़ा, "आओ, कुली!"

उसके आ जाने के बाद से अब तक कुली चुप था। उसने अब भी कुछ नहीं कहा, बस सामान उठाकर चल पड़ा। उसने यह भी नहीं पूछा कि वेटिंग-रूम में चलना है या बाहर, टैक्सी-स्टैंड पर चलना है या स्कूटर-स्टैंड पर, तांगा करना है या रिक्शा!...

हम तेरह नंबर प्लेटफॉर्म पूरा-का-पूरा पार करने के पश्चात् बाहर निकलने वाले रास्ते के मुख्य द्वार पर आ गए थे और फिर रास्ता रोके खड़े टिकट-चेकर को अपनी टिकटें देकर बाहर के बड़े-से वेटिंग हॉल में आ गए थे, जहां एक ओर पीतल की सलाखों से ढकी हुई बुकिंग विंडोज थीं, दूसरी ओर पूछताछ की खिड़कियां थीं, फिर टेलीफ़ोन बूथ था, दो-तीन बैंच लगे थे जिन पर सामान रखकर लोग या तो फर्श पर बैठे हुए थे या फिर इधर-उधर टहल रहे थे और ढेर सारे लोग किसी

अत्यंत अव्यवस्थित घर की बिखरी हुई चीज़ों के समान जगह-जगह इधर-उधर पड़े हुए थे।

कुली अब भी हम से दो कदम आगे-आगे ही भागा जा रहा था। मां बार-बार पीछे छूट रही थीं। उन्हें जल्दी चलने के लिए थोड़ा-सा घसीटती तो वह हांफ-सी जातीं। और वह हम में और कुली में संपर्क बनाए रखने के लिए कुली से कुछ पीछे और हमसे कुछ आगे चल रहा था।

इस बीच हम में कोई भी बात नहीं हुई थी। और इस प्रकार चुपचाप चलते रहना मुझमें अपराध-भावना को जन्म दे रहा था। और उससे मेरा संबंध ही क्या था! यही तो कि वह मेरी एक सहेली का भाई था और मैं ऐसे मजे से चुपचाप चलती जा रही हूं, जैसे मुझे इससे कोई खुशी ही न हुई हो।

मुझे लेने के लिए स्टेशन पर आना जैसे उसका कर्तव्य था और मैंने अपने इस अधिकार को चुपचाप स्वीकार कर लिया था। मुझे कम-से-कम अपनी प्रसन्नता, अपनी कृतज्ञता प्रकट करनी चाहिए। उससे बातचीत करनी चाहिए। कुछ जान-पहचान बढ़ानी चाहिए। उसे कुछ समीपता का अहसास देना चाहिए, ताकि हमें लेने आना उसे अरुचिकर न लगे।

...पर क्या यह सरला का भाई ही है? सरला मेरे साथ ही पढ़ती थी? अधिक-से-अधिक चौबीस-पचीस वर्ष की होगी। यह क्या उसका छोटा भाई है? पर छोटा लगता तो नहीं।

मैंने तो सोचा था कि छोटा-सा लड़का होगा! कहीं यह कोई और तो नहीं। मेरे साथ धोखा तो नहीं हुआ? बड़े शहरों में तो सब कुछ संभव है।

पहले-पहल मुझे उसका चेहरा सरला से एकदम मिलता हुआ लगा था। पर तब शायद मैं बहुत घबराई हुई थी। हर व्यक्ति का चेहरा मुझे सरला और उसके छोटे भाई के जैसा लग रहा था। पर

वह मेरे पास आया कैसे? उसे कैसे लगा कि मैं किसी की प्रतीक्षा में हूं और उसको मैं नहीं पहचानती? ...पर कोई भी मुझे इस प्रकार परेशान देखकर समझ सकता था कि मैं किसी की प्रतीक्षा कर रही हूं। और फिर मैंने उसे बोलने का अवसर भी तो नहीं दिया था। स्वयं ही बोल पड़ी थी, 'आप सरला के भाई हैं?' इससे कोई भी समझ सकता था कि मैं सरला के जिस भाई की प्रतीक्षा कर रही थी, उसे पहचानती नहीं थीं।

...पर उसने मेरा नाम लिया था। मुझसे पूछा था कि मैं कविता तो नहीं हूं। यदि वह सरला का भाई नहीं था, कोई और था तो उसे मेरे नाम का पता कहां से चला? मेरे सामान पर तो कहीं मेरा नाम नहीं लिखा हुआ?

मैं सरसरी नज़र से देख लिया था कि मैंने सामान के लिए किसी नग पर अपने नाम की चिट नहीं लगाई थी। चलते हुए सोचा भी था, पर अच्छा किया कि नहीं लगाई। नहीं तो इसी सोच में मरती रहती कहीं कि उसने चिट से पढ़कर तो मेरा नाम नहीं जान लिया।

"आपको सरला ने लिखा था मेरे विषय में?" मैंने काफी प्रयास कर उससे पूछ ही लिया।

"आप मुझे ज्योतिषी तो नहीं समझतीं न?" वह मुस्काया, "यदि उसने नहीं लिखा होता तो मैं कैसे जान पाता कि आप आज इस गाड़ी से आने वाली हैं और मुझे आपको रिसीव करने के लिए स्टेशन पर आना है।"

मुझे हंसी भी आई और मन में कुछ खीझ भी उठी, अपने प्रति भी और उसके प्रति भी। मेरे प्रश्न का आख़िर अर्थ ही क्या था? क्यों पूछा मैंने ऐसा प्रश्न? पर यदि मैंने पूछ ही लिया था, तो उसे इस प्रकार उत्तर नहीं देना चाहिए था।

भाला किसी अपरिचित लड़की से मिलकर कोई पहली ही बार

ऐसी तीखी बातें कहता है। फिर मैं उसकी बहन की सहेली थी। बड़ों से भी कोई ऐसे बात करता है?

उसने जेब से एक पत्र निकाला, “सरला ने विशेष कुछ नहीं लिखा। केवल यही लिखा था कि उसकी एक सहेली कविता इस नगर में बसने के लिए आ रही है। मुझे उसे स्टेशन पर रिसीव करना होगा और उसके रहने के लिए मकान का प्रबंध भी करना होगा।”

मैंने पत्र उसके हाथ से ले लिया। पत्र सरला का ही था। मैं उसका हस्तलेख अच्छी तरह पहचानती थी। ऐसा घिच-पिच और कौन लिख सकता था!

मैं निश्चिंत हो गई। अब चिंता की कोई बात नहीं थी। मेरे साथ कोई धोखा नहीं हुआ था। वह वस्तुतः सरला का ही भाई था।

उसने सामान टैक्सी में रखवा दिया। मैं पर्स खोलती ही रह गई और उसने कुली को पैसे देकर विदा भी कर दिया। कुली ने अधिक पैसों के लिए उसके साथ कोई झगड़ा भी नहीं किया था। इसका स्पष्ट अर्थ था कि उसने जितने पैसे कुली को दिए थे, वे कुली की अपेक्षा से भी इतने अधिक थे कि वह बिना एक भी शब्द कहे, चुपचाप चला गया था। पता नहीं उसने कितने पैसे दे दिए थे।

अब पर्स खोलना बेकार था। उसका जो रवैया था, उससे मैं समझ गई कि वह मुझसे पैसे नहीं लेगा। और यदि मैंने उसे पैसे देने की कोशिश की, तो जाने आगे से क्या कह बैठे। पहले ही प्रश्न का उत्तर उसने कितना वक्र होकर दिया था।

...मैंने पर्स खोलने के बदले, झुंझलाकर उसे बंद करने का प्रयत्न किया तो जिप ख़राब कर बैठी। वह एक ही जगह अटक गई थी। अब न आगे खिसक रही थी, न पीछे। मां को मैंने मना किया था कि घटिया पर्स लेने की ज़िद मत करो। पर कौन सुनता है! थोड़े से ही सही, पर पैसे तो बरबाद हुए ही।

टैक्सी चल पड़ी तो फिर वैसी ही चुप्पी छा गई, जो पहले से भी

अधिक अखरने वाली थी। पहले कम-से-कम हम चल तो रहे थे। कोई-न-कोई काम हो रहा था। फिर हम कुछ आगे-पीछे भी हो जाते थे। उसका ध्यान कुली को देखने के लिए उधर बहक जाता था और मैं मां को संभालने में व्यस्त हो जाती थी। अब हम साथ-साथ बैठे थे। बात न करने की, संकोच की या एक दूरी बनाए रखने की औपचारिकता काफी हो चुकी थी। मुझे अब उससे कुछ बातें पूछ ही लेनी चाहिए थीं। बातचीत का तार भी बना रहेगा और मुझे कुछ जानकारी भी मिल जाएगी।

मैंने उसकी ओर देखा। मुझे लगा कि उसके भीतर भी ठीक वहीं विचार-प्रक्रिया घट रही है, जो मेरे भीतर है और वह भी मुझसे कुछ पूछने ही वाला है। क्षण भर के लिए मैं सकपका गई। पर वह कुछ नहीं बोला।

"आपने हमारे ठहरने का प्रबंध किया है?" मैंने ही पूछ लिया।

"अपने ही घर में।" वह इतने सहज ढंग से बोला था कि चाहते हुए भी मैं इस बात को उसकी चपलता अथवा परिहास समझकर न टाल सकी, न हंस सकी। वैसे भी मैं इस प्रकार के उत्तर के लिए तैयार नहीं थी। उनके घर में कैसे ठहरा जा सकता है?

"पर क्या कहीं और जगह नहीं मिली?" न चाहते हुए भी मैंने अचकचाकर पूछ ही लिया।

"क्यों? आप हमारे घर में नहीं ठहरना चाहतीं?" उसने बिना मेरी ओर देख कह दिया और फिर उसी प्रकार निष्क्रिय होकर बैठ गया।

मुझे लगा कि उस वाक्य का रूप प्रश्न का अवश्य है, पर उसमें जिज्ञासा नहीं है। वह वाक्य तो उसने मेरी ओर ऐसे फेंक दिया है जैसे हम किसी चलती सवारी से केले का छिलका या वैसी ही कोई निरर्थक चीज़ बाहर सड़क पर फेंककर निश्चिंत हो जाते हैं और मुड़कर यह भी नहीं देखते कि उसके फेंके जाने का परिणाम क्या हुआ...किसी को उससे चोट तो नहीं लगी...कोई उससे फिसलकर गिरा तो नहीं...

पर प्रश्न तो मुझे ही संबोधित था, चाहे उसका अर्थ कुछ भी न रहा हो।

"नहीं, ऐसी बात तो नहीं है।" मुझे कुछ खुलकर कहना पड़ा, "पर आप तो स्वयं..." मैं कुछ अचकचाई—"जैसे मुझे सरला ने बताया था, आप मौसी के घर में हैं। आपका अपना घर तो यहां है नहीं। आपकी बात और है।

मेरा तो उनके साथ कोई रिश्ता नहीं है। फिर मैं अकेली भी नहीं हूं, मां मेरे साथ हैं। उनके लिए कहीं हम बोझ न बन जाएं।" उसके चेहरे पर उभरती हुई प्रतिक्रियाएं देखने के लिए मैं रुकी और बोली, "...और वैसे भी कितना ही सामीप्य क्यों न हो, कोई किसी और के घर में कितने दिन रह सकता है?"

इतना कुछ कहने के पश्चात् मुझे उसकी ओर से पर्याप्त मुखर प्रतिक्रिया की आशा थी। पर उसकी मुद्रा में कोई विशेष परिवर्तन नहीं हुआ। वह अब भी लगभग उतना ही निश्चिंत दीख रहा था, जितना पहले था।

"नहीं!" वह बहुत हल्के-से ढंग से मुस्कराया, "आप ग़लत समझीं। यहां मेरी दो मौसियां हैं। जिनके साथ मैं रहता हूं, वह बड़ी हैं। जहां आप ठहर रही हैं, वह छोटी मौसी का घर है। और फिर आप उनके मकान में ठहर रही हैं, उनके घर में नहीं।"

यह व्यक्ति बातों में कैसे उलझा रहा है, मैंने सोचा।

"क्या मतलब?" शायद अनजाने ही मेरी आवाज़ में कुछ आवेश आ गया था। तत्काल ही मुझे झेंपकर कहना पड़ा, "मैं समझी नहीं।"

"मतलब यह कि जहां आप ठहर रही हैं, वह मौसी की ही कोठी का, पीछे की ओर का किराए के लिए अलग ही पोर्शन है।" उसने लगभग पहली बार इतनी खुली और भरी आंखों से मेरी ओर देखा।

"तब ठीक है।"

मैं निश्चिंत हो गई। मुझे यह व्यवस्था अच्छी लगी। मैं सरला की सहेली हूं, अब मैं सरला के परिवार के ही साथ रहूंगी; और फिर एक प्रकार से अलग भी।

एक नए शहर में स्वतंत्र रूप से अलग-अलग रहने का भय-सा था मेरे भीतर। अब वह भय नहीं रहेगा। मैं उनके संरक्षण में निश्चिंत रह सकती हूं...पर मैं उनकी किराएदार होऊंगी और वह मेरे मकान-मालिक।

किराएदार और मकान-मालिक में कोई-न-कोई किच-किच होती ही रहती है, कोई-न-कोई झगड़ा। कहीं ऐसा न हो कि उनकी किराएदार बनकर उनसे अनबन कर बैठूं और सरला जैसी सहेली भी खो बैठूं...मैं इस नई चिंता के नीचे बुरी तरह दबी जा रही थी...

उसके इशारे पर टैक्सी एक गेट के सामने रुक गई। टैक्सी का दरवाज़ा खोलकर एक ओर से मैं उतरी और दूसरी ओर से वह। मैंने सहारा देकर मां को भी टैक्सी से उतारा। दरवाज़ा बंद करके मुड़ी तो देखा वह मीटर देखकर टैक्सी का किराया चुका रहा था।

"ठहरिए, मैं देती हूं।" मैं ख़राब जिप के कारण खुले पर्स में जल्दी-जल्दी हाथ डाला।

तब तक पैसे चुकाकर वह घर की ओर मुड़ चुका था।

"क्या किया आपने!" मैंने अपनी आंखों में उलाहनों का ढेर भरकर शिकायत की।

"ठीक है, ठीक है।" उसने बुजुर्गों के समान मेरी पीठ थपथपा दी और तटस्थ भाव से आगे बढ़ गया।

मैंने उसकी ओर देखा, यह सरला का छोटा भाई है? मैंने सोचा था, वह कोई छोटा-सा लड़का होगा। बात-बात में झिझकेगा, मुझसे शरमाएगा।

कुछ कहूंगी तो उसके कानों की लवें लाल हो जाएंगी, आंखें झेंप के मारे झुक जाएंगी। और यह...! जैसे मुझसे वर्षों बड़ा हो। व्यवहार

भी कैसा खुला हुआ है इसका, आत्मीयतापूर्ण, जैसे वर्षों का परिचय हो मेरे साथ।

...पर कहीं उसके मन में मेरे प्रति दया का भाव तो नहीं है। कहीं सरला ने कुछ ऐसा तो नहीं लिख दिया। वह जान-बूझकर ही तो मेरे पैसों को खर्च होने से नहीं बचा रहा है। पर सरला का पत्र मैंने स्वयं भी देख लिया है उसके पास। उसमें तो ऐसा कुछ नहीं लिखा गया। मेरी खोजी नज़रें उसकी ओर उठ गईं।

वह हमसे कुछ आगे बढ़, फिर से पलटकर खड़ा हो गया था, शायद हमारे चलने की प्रतीक्षा करता हुआ।

मेरी नज़रों को अपने चेहरे पर महसूस कर बोला, "चलिए।" और फिर हम से आगे-आगे चलने लगा।

फाटक खोल, लॉन पार कर हम मकान के बरामदे में आए। एक महिला और एक युवती पहले से ही वहां खड़ी थीं–शायद हमारा स्वागत करने के लिए।

मैं नहीं जानती थी कि वे लोग कौन हैं, शायद वे सरला की मौसी और उनकी बेटी ही हों। उन्हीं के घर हम लोग आए थे। पर हो सकता है कि वे भी किराएदार हों। किराए के लिए उनके मकान में एक से अधिक पोर्शन भी हो सकते हैं। एक बार जी में आया, शिष्टाचारवश दूर से ही उन्हें नमस्ते कर दूं। पर फिर किराएदार वाले विचार ने मुझे संकुचित कर दिया।

"यह हैं मेरी छोटी मौसी, लिट्ल आंटी।" निकट पहुंचकर उसने परिचय कराया।

'लिट्ल आंटी' शब्द पर हंसकर मैंने हाथ जोड़ दिए। वह महिला किसी प्रकार भी 'लिट्ल' नहीं थी–न अवस्था में और न डील-डौल में। पर उन्होंने भी 'लिट्ल' का बुरा नहीं माना था। हो सकता है, वह अंग्रेज़ी न समझती हों...या फिर अपने स्नेहवश उन्होंने इस प्रकार के परिहास का लाइसेंस सरला के भाई को दे रखा हो।

"और यह है मेरी छोटी बहन—लिट्ल सिस्टर या लिट्ल गर्ल, सुषमा। आप कवयित्री हैं।" अब उसके स्वर का परिहास पहले से अधिक मुखर था।

मैंने सुषमा को देखा—एक लड़की, सुंदर-सी। लंबी-लंबी पतली अंगुलियों वाले नाजुक-से हाथ मेरी ओर जुड़े हुए तथा बड़ी-बड़ी खुली और साफ-शफाफ आंखें उसकी ओर ताकती हुईं, जिनमें खीझ भी थी और प्यार भी।

मैंने भी उत्तर में हाथ जोड़ दिए।

"और आप हैं कविता, सरला की सहेली और यह हैं उनकी माता जी।" उसने मेरा और मां का परिचय कराया।

हमारे परिचय के साथ उसने न अपनी ओर से कुछ जोड़ा था, न उसमें परिहास का रंचमात्र पुट भी आने दिया था, पता नहीं क्यों? हो सकता है कि औपचारिकता आड़े आई हो या फिर मां की उपस्थिति के कारण...

"इन्हें जानती हैं आप?" सुषमा ने मुस्कराकर, उसकी ओर संकेत कर मुझे पूछा।

निश्चित रूप से सुषमा अब उसी की शैली में उसका परिचय देने जा रही थी। पर अभी मैं यह नहीं समझ पाई थी कि उनके परिहास में मुझे कहां तक सम्मिलित होना है। कहीं ऐसा न हो कि भाई-बहन के मज़ाक में मेरा योग उन्हें बुरा लगे। पर कहीं ऐसा न हो कि मेरी तटस्थता ही उन्हें खले।

"बस इतना जानती हूं कि यह सरला के भाई हैं।" मैंने बड़ी सावधानी तटस्थता के साथ कहा, "और इनका नाम शैलेश है। बस!"

"मुझसे सुनिए इनका परिचय।" सुषमा ने उसे जीभ दिखाई, "आपको अंग्रेज़ी एकदम नहीं आती। निरे कोरे हैं इस भाषा में..."

"चलो-चलो, भीतर चलो।" मौसी बोलीं, "सारी लड़ाई बरामदे में

ही ज़रूरी नहीं है। कुछ थोड़ी-सी भीतर के लिए भी रहने दो।" शैलेश और सुषमा दोनों मुस्कराए और शैलेश ने तनिक झुककर दरबारी अंदाज में हाथ फैलाकर हमें भीतर चलने का संकेत किया।

हमने आगे-पीछे, भीतर प्रवेश किया।

यह कमरा ड्राइंग-कम-डाइनिंग रूम था। ड्राइंग रूम वाला हिस्सा काफी खुला था—लंबे आकार में। कालीन, सोफा, छोटी तिपाइयों और सेंटर टेबल से फरनिश्ड। आगे चलकर बाईं ओर उसका गहरा विस्तार था। एक बड़ा-सा फ्रिज, गोदरेज का; और लकड़ी के प्राकृतिक रंग के सनमाइका वाली डाइनिंग टेबल। दीवारों पर हल्के रंग का डिस्टैम्पर था।

उनके ऊपर दो बड़ी-बड़ी पेंटिंग लगी हुई थीं, शायद तैलचित्र थे। पर चित्र में बनी हुई आकृतियां इतनी दूरी से स्पष्ट नहीं दीखती थीं। दीवारों में बने शो-केसों में कई प्रकार की शोभा-कृतियां थीं और दूर किनारे में रखे कॉर्नर टेबल पर एक बहुत ही प्यारे वॉज में एक नन्हा-सा मनी-प्लांट लगा हुआ था।

यहां आने से पहले न तो मैंने उनके इस प्रकार के मकान की कल्पना की थी और न ही यह समझा था कि हमें इस प्रकार का खुला और आत्मीय व्यवहार मिलेगा। सुषमा और शैलेश के व्यवहार की अनौपचारिकता तथा अपनेपन से मैं अपनी आशंकाओं से निकल आने में लगभग सफल हो गई थी, पर उनके मकान ने मुझे फिर से एक बार हतप्रभ कर दिया था। मैं अपने आपको ही ठीक से, पूरी तरह से नहीं पा रही थी।

अपने आपको पा लेने के लिए ही, एक कुर्सी पर बैठते-बैठते मैंने सुषमा से पूछा, "क्या कह रही थीं आप?"

सुषमा वापस, अपने पुराने मूड में लौटी, "मैं कह रही थी, उन्हें अंग्रेज़ी बिल्कुल नहीं आती। आपने सुना ही है, ये छोटी मौसी का अंग्रेज़ी अनुवाद 'लिट्ल आंटी' करते हैं वैसे भारतीय होने के नाते इन्हें

भी अंग्रेज़ी बोलने का बहुत शौक है। स्वयं को अंग्रेज़ी का 'डॉक्टर रघुवीरा' कहते हैं और अंग्रेज़ी के मोटे-से-मोटे शब्दकोश को भी नए शब्दों का उपहार देने से बाज नहीं आते।"

"पूरा परिचय कराइए न!" अब तक मैं स्वयं को उनकी चुहल में सम्मिलित होने की अधिकारिणी मान बैठी थी, "आप तो इनके अंग्रेज़ी ज्ञान तक ही संकुचित रह गईं!"

"दैट्स राइट।" शैलेस हल्के से हंसा, "परीक्षा में एक प्रश्न अस्सी प्रतिशत अंकों के योग्य लिखकर भी यदि शेष प्रश्न छोड़ दोगी तो फेल हो जाओगी। परीक्षा में तुम्हारी उत्तर-पुस्तिका संतुलित होनी चाहिए, कवयित्री महोदया! दैट्स माई एडवाइस।"

"थैंक्यू!" सुषमा बोली और फिर मेरी ओर मुड़ी, "नाम है इनका शैलेश! पर्वतों का राजा। पर्वत जैसा ही मस्तिष्क है इनका—मोटा और जड़। स्वयं को मेरा ओल्ड ब्रदर कहते हैं, जिसका हिन्दी में पुनरानुवाद करते हैं, 'बुड्ढा भाई।'

"अच्छा।" मैं अनायास ही खुलकर जोर से हंस पड़ी।

"मैंने आपका सामान आपके कमरे में भिजवा दिया है और दो चारपाइयां भी डलवा दी हैं।" मौसी उनकी चुहल में से निकाल मुझे व्यावहारिकता की ओर खींच लाईं, "आप लोग ज़रा हाथ-मुंह धो लीजिए। चाय पी लें तो कुछ ताज़ा हो जाएंगी, सफर की थकान उतर जाएगी।" और फिर वे लड़ने वाले उन भाई-बहन की ओर मुड़ीं, "ये तो बच्चे हैं। लड़ते ही रहते हैं।"

मौसी ने जिन-जिन बातों की चर्चा की थी, मैं उन सबको भूल बैठी थी। अब जैसे फिर अपनी वास्तविकता में लौट आई। मुझे हाथ-मुंह धो लेना चाहिए था। पता नहीं, चौबीस घंटों की यात्रा में इंजन के उड़ाए हुए कोयले और धुएं में से कितना कुछ मेरे चेहरे पर चिपका हुआ था। मैंने गाड़ी से उतरने के पहले टॉयलेट में जाकर शीशा भी नहीं देखा था। पता नहीं मैं कैसी लग रही थी।

मैं एक बार फिर इस तथ्य के प्रति सचेत हो उठी कि यह घर मेरा नहीं है। मैं एक पराए घर में हूं, जहां मुझे यह भी पता नहीं कि उनका बाथरूम किधर है।

मैं उठकर खड़ी हो गई। शैलेश की ओर देखा। वह समझ गया और उसने बाथरूम की ओर संकेत कर दिया।

मां भी मेरे पीछे-पीछे चली आईं। टैक्सी से उतरते ही मैं मां को भूल बैठी थी। इस सारे परिवेश में मां जैसे एक अनावश्यक चीज़ हो गई थी। उनका यहां क्या काम? अब जैसे मैं फिर से उनके अस्तित्व के प्रति सजग हुई थी। कहीं मां भी अपने-आपको इस परिवेश में अनावश्यक तो नहीं समझ बैठीं। ऐसा हुआ, तो मेरे लिए और मुश्किल हो जाएगी। अपने-आपको ही एडजस्ट करना मेरे लिए बड़ी बात थी। यदि कहीं मां की आपत्तियां-निषेध बीच में आ गए तो और परेशानी होगी।

बाथरूम चमक रहा था, जैसे अभी-अभी कोई उसे हमारे लिए साफ करके गया हो। नल, शॉवर, फ्लस, बेसिन, पर लगा हुआ शीशा, सब कुछ साफ-सुथरा और उजला-उजला था। "लोग तो ये अच्छे लगते हैं।" मां मेरे कान में फुसफुसायीं।

तो मां प्रसन्न थीं! मेरी आशंका निर्मूल थी। इस परिवेश में उन्हें अपना व्यर्थताबोध नहीं कोंच रहा था। तो क्या मुझे ही वह व्यर्थ लगी थीं! किसी और संसार का जीव—जो हंसी-खेल, चुहल-परिहास के बीच मुझे संगत नहीं लगता था...

खैर, मां प्रसन्न थीं। शायद उन्हें सब लोगों के व्यवहार में आत्मीयता मिली थी। मां को परायापन बहुत खलता है। यदि मां इसी प्रकार प्रसन्न रहीं तो उनको लेकर मेरे मन की सारी आशंकाएं निर्मूल सिद्ध होने जा रही थीं...

"मैं तो पहले ही कहती थी, मां।" मैंने उल्लास में आपे से बाहर होते हुए कहा, "सरला मेरी बड़ी अच्छी सहेली है।"

"वह तो ठीक है, बेटी!" मेरे अपने उल्लास ने मां के उल्लास को

पिघला दिया था। वह फिर से उदास हो गई थीं, "पर हम ग़रीब हैं, बेटी! इसीलिए मैं कहती थी, यह पराया सुख..."

"सब ठीक है, मां। तुम यूं ही..." मैं कुछ आवेश में बाहर आ गई। ऐसे समय में मुझे ऐसी उखड़ी-उखड़ी उदास बातें अच्छी नहीं लगीं।

भला ऐसे परिवेश में भी उदास होने की कोई बात है। इस हंसी-खुशी में उदासी का विष फैलाना मुझे अपराधजनक लगा। पर मां तो...मुझे लगा कि शैलेश और सुषमा के परिहास ने मुझे कोई पारसमणि दे दी है, जिससे मेरी सारी उदासी दूर कर है। मैं अब पहले जैसी आशंकित नहीं हूं। मुझे अब किसी की खुशी देखकर अपना दुःख याद नहीं आता। मेरे भीतर से जैसे कुछ बदल रहा था, बदल चुका है ...पर मां...

मौसी हमें सीधे डाइनिंग टेबल पर ले गईं। मेज़ पर चाय लगी हुई थी। सुषमा और शैलेश भी पूर्व-सज्जित चीज़ों के समान ही वहां बैठे हुए थे। वे दोनों चुप थे। उनके चेहरों से लगता था कि वे इससे पूर्व भी बातें नहीं कर रहे थे। शायद उनकी चुहल भी दूसरों की उपस्थिति में ही जागती थी।

"तशरीफ रखिए न!" मुझे आते देखकर शैलेश बोला

मैं बैठ गई।

"आप इधर आ जाइए, बहन जी!" मौसी ने मां को बुला लिया। मां ने मुस्कराकर एक बार मेरी ओर देखा और मौसी के पास में बैठ गईं।

मौसी के इस काम से मुझको उन पर एकदम प्यार आ गया। मैं हैरान थी कि मौसी ने आख़िर अपनी किस दिव्य-दृष्टि से देख लिया था कि मां के चेहरे पर चिपकी हुई उदासी बार-बार किसी लिजलिजी चीज़ के समान मुझे छू लेती थी और मेरे भीतर उसके विरुद्ध क्रोध का एक भयंकर ज्वार-सा उठता था। मैं अनजाने ही शायद यह चाह

रही थी कि मां की इस उदासी का यह बोझ कोई मुझसे ले ले, मांग ले, छीन ले...मेरा मन मौसी के प्रति आभार से आप्लावित हो उठा था।

पर यदि मां ने वैसी ही कोई बात मौसी से कह दी तो? मैंने नज़र उठाकर देखा। शायद मां भी अपने चेहरे पर से ग़रीबी के भाव बाथरूम में ही धो आई थीं। मैं आश्वस्त हो गई। शायद वह अपनी बात नहीं दुहराएंगी।

"आप अब शांत हैं न?" शैलेश ने मुझे पूछा।

मैंने देखा, उनके बंद होंठों के दोनों किनारे शरारत से कांप रहे थे। सुषमा भी अपने गालों में उमड़ते हुए ठहाके को बहुत कठिनाई से नियंत्रित कर पा रही थी। शायद ये भाई-बहन फिर कोई पटाका छोड़ने वाले थे।

"जी!" मैं कहना चाह रही थी कि मैं उसकी बात समझ नहीं पाई। और यदि वह मुझे अवसर देता तो कदाचित् मैं यह भी कहना चाहती थी कि अभी वह मुझे संभलने का अवकाश दे, मुझे व्यवस्थित होने जाने दे। ऐसा न हो कि उसका कोई परिहास मुझे चुभ जाए, जिसे मैं फिर से अपने उस उदासी के लोक में लौट जाऊं। मैं उदास नहीं होना चाहती। मुझे उस ओर मत धकेलो...

"मेरा तात्पर्य यह है कि आप क्लांत तो नहीं हैं न?" वह क्षण भर के लिए रुका, "देखिए, आप शब्दों के भारी-भरकमपन से घबराइए नहीं। मैंने पहले ही कहा था कि सुषमा कवयित्री है। इसलिए शांत, क्लांत, भ्रांत, श्रांत जैसे शब्दों का बड़ी विकट बहुलता के साथ प्रयोग करती है।"

"ऐ पहाड़! फिर शुरू हुआ।" सुषमा ने उसे ललकारा। "सुषमा की बच्ची!" शैलेश भी उतने ही ऊंचे स्वर में बोला, "असाहित्यिक बातें मत कर। शैल जैसे ललित शब्द को छोड़कर पहाड़ जैसा कठोर शब्द मत बोल।"

"शैलेश!" मौसी बहुत देर के बाद बोलीं थीं, "कुछ ऐसी बातें करो, बेटे, जो मुझ जैसी अनपढ़ को भी समझ में आएं।"

तो मौसी अनपढ़ थीं। जब शैलेश 'लिट्ल आंटी' कहता है तो हो सकता है, वह समझ ही न पाती हों कि वह क्या कहता है। इस सूचना से एक प्रकार का मुझे आश्वासन-सा मिला। मौसी के पास धन था, विद्या नहीं तो वे किसी धरातल पर तो स्वयं को हीन पाएंगी ही। मां को उनके साथ व्यवहार करने में अधिक असुविधा नहीं होगी।

मौसी ने जो कुछ शैलेश से कहा था, उसमें निषेध कहीं नहीं था, पर वह वाक्य निषेध का ही कार्य कर गया था। मौसी ने उसकी भाषा को समझने में ही असमर्थता जताई थी और सुषमा तथा शैलेश का अब तक सारा परिहास भाषा पर ही आधृत था।

"सुनिए!" मैंने मात्र मौन की जड़िमा तोड़ने के लिए कहा, "आप मुझसे कुछ पूछना चाहते थे।"

"जी हां।" शैलेश का स्वर पहले से कुछ अधिक गंभीर था, "आपके विषय में जो कुछ जानता था, वह बता चुका हूं, पर सुषमा आपका विशेष परिचय पाने के लिए उत्सुक है। मेरा मतलब है, आपके यहां आने का उद्देश्य इत्यादि।"

"तो आपको सरला ने कुछ नहीं लिखा?" मैंने आश्चर्य से पूछा। मेरा विचार था कि वह उन्हें सब कुछ विस्तार से लिख चुकी होगी।

"कुछ नहीं।" उसने चाय का घूंट भरा, "सरला आपकी सहेली है, इसलिए हो सकता है कि यह सुनना आपको बुरा लगे कि आप उसे पूरी तरह नहीं जानतीं। वह पूरी डिक्टेटर है। उसका पत्र तो मैंने आपको दिखाया ही है। उसमें सूचना कोई नहीं है—मात्र आदेश है।"

"जी", मैंने कहा, "असल में मैं यहां स्थायी रूप से रहने आई हूं। यहां गर्ल्स हाई स्कूल में मेरी नियुक्ति हुई है—टीचर के रूप में। मैं और सरला क्लासमेट थीं। बी. ए. हमने इकट्ठे ही किया है। उसने एम. ए. ज्वॉइन किया और मैंने बी. टीं। अब तक मैं वहीं पढ़ाती रही,

पर उससे अच्छा ग्रेड मिलने के कारण यहां चली आई हूं। चुनाव तक नियुक्ति हो चुकी है। अब जाकर हैड मिस्ट्रस को ज्वॉयनिंग रिपोर्ट ही देनी है।"

"आपके साथ और कोई नहीं है?" सुषमा ने इस बार सीधे ही मुझसे पूछा। उसका प्रश्न बड़ा अस्पष्ट था। आख़िर साथ से उसका क्या तात्पर्य था? शायद उसे भी तुरन्त ही अहसास हो गया कि वह अपना अभिप्राय स्पष्ट नहीं कर पाई है और उसके प्रश्न को लगत दिशा भी दी जा सकती है। उसने अपनी बात स्पष्ट कर दी, "मेरा मतलब है, आपके भाई-बहन, पिता जी इत्यादि।"

"एक भाई है मेरा। मुझसे छोटा है।" मुझे सतीश की याद आ गई। कितनी चिंता करता है मेरी, कितना घुलता है। चलते हुए बार-बार उसने कहा था, 'दीदी, जाते ही तुरन्त अपने पहुंचने की सूचना देना। मुझे फिक्र लगी रहेगी।' और मैंने सुबह से उसे एक बार भी याद नहीं किया—बेचारा! और फिर मैंने सुषमा को सूचना दी, छोटा है। पर मुझसे बहुत बड़ा बन गया है वह!"

न चाहते हुए भी, मेरे स्वर का हल्कापन, बहुत खुलापन और स्थिरता—पता नहीं कहां चले गए।

"सारे भाई ऐसे ही होते हैं।" सुषमा ने इठलाकर शैलेश को देखा, "यह जो बैठा है पहाड़। है मुझसे छोटा—वय में भी और पढ़ाई में भी। पर फिर भी मुझसे बड़ा बनता फिरता है।"

"आप किस क्लास में हैं?" पता नहीं मैंने यह प्रश्न क्यों और कैसे किया। उस क्षण मेरे मन में इस प्रकार किसी भी बात के प्रति कोई जिज्ञासा नहीं थी। मेरा ध्यान सतीश की ओर जाकर, वहीं चिपक गया था। ऐसे में और कोई जिज्ञासा कैसे होती! पर फिर भी पूछ ही बैठी थी मैं।

"मैं एम. ए. फाइनल में हूं और यह एम. ए. प्रीवियस में।" उसने मुझे बताया।

"पर सतीश ऐसे ही मज़ाक में बड़ा नहीं बना है।" स्वयं मुझे अपना स्वर बहुत गंभीर लग रहा था, "उसने मैट्रिक के बाद ही नौकरी कर ली थी और यह सच है कि उसी ने मुझे पढ़ाया भी है। पिता जी मेरे अब नहीं है।"

"आप अपने भाई को साथ नहीं लाईं?" इस बार शैलेश ने पूछा।

"वह अपनी नौकरी नहीं छोड़ सकता।" मैंने बहुत संक्षिप्त-सा उत्तर दिया। पर अपना उत्तर स्वयं मुझे ही खल गया। जैसे मैं कुछ उग्र हो उठी। अशिष्ट था शायद यह उत्तर। मैंने बात को संभालने के लिए जोड़ा, "वह यदि नौकरी छोड़ दे तो अकेले मेरे वेतन में हम तीनों को परेशानी हो सकती है। और वह फिर अपनी उस बड़ी बहन का आश्रित नहीं बनना चाहता जिसे उसने पढ़ाया-लिखाया है।"

फिर वहां एक मौन छा गया। सहसा ही वातावरण काफी बोझिल हो उठा था। ऐसी स्थिति में सुषमा और शैलेश की नोक-झोंक भी नहीं चल सकती थी।

उनके चेहरों से मुझे लग रह था जैसे वे ग्लानि से पीड़ित थे—शायद उन्हें यह लग रहा था कि उन्होंने मुझसे वे प्रश्न ही क्यों किए, जिन्होंने मेरे दर्द को छुआ और मुझे उदास बना दिया। हो सकता है कि उनके मन में मुझे क्षमा-याचना की भी बात आई हो। कम-से-कम उनके चेहरों से ऐसा ही लगा रहा था।

...और मैं यह सोच रही थी कि मैं एक अभिशप्त आत्मा हूं। मैंने ही अपनी काली छाया इन सब पर डाल दी है। पर मुझे क्या अधिकार है कि मैं अपने विषाद की भाप से इनके चमकते हुए उजले चेहरे धुंधले कर दूं, झुलस दूं!

मुझे क्या अधिकार है कि मैं दूसरों की हंसी पर अपनी उदासी का मुलम्मा चढ़ा दूं! क्या ऐसा नहीं हो सकता कि मेरे विषाद से इनके चेहरे काले न हों और इनकी हंसी से धुलकर मैं उजली हो जाऊं? क्यों

न मैं इनसे थोड़ा-सा प्रकाश मांग लूं और अपने जीवन का थोड़ा-सा अंधकार बलात् परे धकेल दूं...?

कोई कुछ नहीं बोल रहा था। मैंने बात ही ऐसी कह दी थी। मुझे क्या पता था कि ये सब लोग इतने सेंसेटिव हैं और ये मेरी आहत भावनाओं का इतना सम्मान करेंगे। अहा, तो मैं ही बोलूं तो बोलूं, इनमें से पहल शायद कोई नहीं करेगा। पर मैं भी क्या बोलती...

अंत में शैलेश ने मौन तोड़ा।

"अच्छा, आंटी! मैं अब चलूं।" वह उठकर खड़ा हो गया।

"बैठो-बैठो। इतनी भी क्या जल्दी है।" मौसी जैसे इसके लिए बिल्कुल तैयार नहीं थीं। उन्होंने कभी नहीं सोचा होगा कि वह ऐस उठ भागने की कोशिश करेगा। वह अचकचा-सी गई थीं, "कोई बहुत ज़रूरी काम है क्या?"

शैलेश के चेहरे का भाव बदला और मेरी जान में जान आई। वहां अब वे सख्त-कठोर रेखाएं नहीं थीं। उसकी सहज मुस्कान लौट आई थी।

"नहीं, काम तो कोई विशेष नहीं है।" उसने हल्के ढंग से अपने कंधे उचकाए, "पर अब...।"

मैं जानती थी वह 'पर अब...' से क्या कहना चाहता है। मैं यह भी समझती थी कि उसका अभी से चले जाने का कोई विचार नहीं था। सरला ने हमें उसके पास भेजा था। वह अपनी ज़िम्मेदारी को समझता था।

शायद वह यह भी जानता था कि वह अपनी मौसी के कितने ही निकट क्यों न हो, हम उस समीपता का अनुभव नहीं कर सकते। हम दोनों को इतनी जल्दी छोड़कर वह कैसे जा सकता था! पर मैंने अपनी बातों से उसे उठ भागने को बाध्य किया था। मैंने ही अपनी उदासी से धकेला था... मुझे माफ करो, शैलेश! मुझे क्षमा करो...

"सुनो, सुनो!" सुषमा ने उसकी बांह पकड़ ली, "पहाड़ तो कभी हिलता ही नहीं। तुम कहां चले?"

"बैठो, बेटा, बैठो!" मौसी फिर बोलीं और इस बार उनके स्वर में याचना की स्पष्ट झलक थी।

"आंटी! बैठता हूं। शाम तक यहीं रहूंगा। रात का खाना भी यहीं खा लूंगा, यदि आप कहेंगी तो। पर एक शर्त है!" शैलेश ने सबको सस्पेंस में डाल दिया था, पता नहीं क्या शर्त थी उसकी।

मैं यह भी देख रही थी कि मेरी उदासी भरी बातों द्वारा प्रस्तुत बाधा को शैलेश पार कर आया था। उसे उसके लिए अधिक प्रयत्न नहीं करना पड़ा था। उसका फिर से वातावरण को हल्का बना देना मुझे अच्छा ही लगा था; और मैं सोच रही थी कि अब मैं ऐसी कोई बात नहीं कहूंगी, जिससे वहां फिर चुप्पी छा जाए और शैलेश फिर से उठ भागने को बाध्य हो जाए।

"बोलो, बेटा, बोलो। क्या शर्त है तुम्हारी? मेरे बस में हुआ, तो ज़रूर पूरी करूंगी।" मौसी एकदम गद्गद् हो उठी थीं और उनकी बातों में कहीं भी बनावट नज़र नहीं आ रही थी, "धन्यभाग हमारे जो हम तुम्हारी शर्त पूरी कर सकें। तुम तो यहां आते ही नहीं।"

"शर्त यह है, आंटी!" शैलेश ने कनखियों से सुषमा को देखना आरंभ किया, "इस लिटिल सिस्टर से कहिए कि मुझे 'शैलेश भैया' कहकर पुकारे।" शब्द 'भैया' पर उसका स्पष्ट बल था, "अशिष्टता और बदतमीज़ी से तौबा करे और मुझसे यहां ठहरने की प्रार्थना करे।"

"चल!" सुषमा ने उसे एक धौल जमाया, "बड़ा आया भैया! मुझे सुषमा दीदी कहकर पुकारा कर। बड़ी मैं हूं।"

"तो मैं चला।" शैलेश खड़ा तो था ही, अब दरवाज़े की ओर दो डग आगे भी बढ़ गया।

मेरा मन सहसा ही डोल गया—कहीं यह सचमुच ही न चल दे,

बनी-बनाई बात मिट्टी हो जाएगी। मैं उसे रोकना चाहती थी। यदि अवसर मिलता तो मैं उससे कह भी देती। पर भाई-बहन के झगड़े में मैं क्या कहती।

मां की आंखें भी उसे रुकने के लिए कह रही थीं। मां को भी मेरे ही समान शैलेश ही आत्मीय लग रहा होगा। सुषमा और मौसी उनके लिए भी अजनबी थीं। फिर शैलेश इतनी जल्दी हमें छोड़कर क्यों जा रहा है? पर उसे न मैं रोक सकती थी, न मां। कैसे रोकतीं, क्या कहकर रोकतीं और किस अधिकार से रोकतीं!

"कह दे, बेटी!" मौसी ने सुषमा को मनाया, "तेरा ही क्या घट जाएगा। भाई की ज़िद ही पूरी कर दे। आख़िर एक ही तो तेरा भैया है।"

"मम्मी! तुम हमेशा मुझे ही दबने के लिए कहती हो। भैया है, इसलिए उसकी बात मान लूं, वह छोटा है इसलिए उसकी बात मान लूं, मैं बड़ी हूं इसलिए उसकी बात मान लूं।" सुषमा ने मिठास से भरपूर शिकायत की।

"तो क्या हर्ज है, बेटी!" मौसी बोलीं।

"अच्छा बाबा!" सुषमा ने जीभ निकालकर शैलेश को चिढ़ाया, "शैलेश भैया! आप संध्या समय तक यहीं रह जाने की कृपा करें। मैं आपसे प्रार्थना करती हूं।"

"करबद्ध प्रार्थना करो।" शैलेश ने टोका।

"चल, इतना कह दिया, कम है!" सुषमा फिर झगड़ पड़ी।

अब वह अधिक मनाने के मूड में नहीं लग रही थी। शैलेश कुछ कहता तो वह ज़िद पकड़ लेती और मन-ही-मन डर रही थी कि कहीं सचमुच ही ये दोनों अपनी-अपनी बात पर अड़ न जाएं। सुषमा ने ज़िद पकड़ी और मनमौजी आदमी उठकर चल ही दिया तो और किसी का क्या बिगड़ेगा, पर मैं तो अकेली पड़ ही जाऊंगी।

मैं शैलेश को एकटक देख रही थी। मैं चाहती थी कि वह एक

बार मेरी ओर देख ले। मेरी ओर देखते ही वह अवश्य समझ जाएगा कि मैं क्या चाहती हूं। मैं कितनी कातर हो रही थी उस समय!

पर शैलेश ने मेरी ओर नहीं देखा। वह सुषमा को घूरता ही जा रहा था और सुषमा अपने स्थान से एकदम नहीं डिग रही थी।

"अच्छा, हमने आपकी प्रार्थना स्वीकार की।" अंत में शैलेश मुसकराया और फिर अपनी जगह पर बैठ गया।

मेरे मस्तिष्क का तनाव इस घर में आकर दूसरी बार शांत हुआ था। और राहत की इस स्थिति में मैं कुछ इतनी निश्चिंत हो गई थी कि मुझे कोई बात ही नहीं सूझ रही थी। 'अब क्या किया जाए?' मैं बार-बार अपने-आपसे पूछ रही थी और मुझे उसका कोई उत्तर नहीं मिल रहा था। पर कुछ नहीं करना—कुछ नहीं कहना भी मुझे अच्छा नहीं लग रहा था।

"अच्छा, मौसी जी!" मैंने अंत में बड़ी कठिनाई से मुंह खोला, "हमें ज़रा कमरे दिखा दीजिए। मैं सामान इत्यादि ठीक कर लूं।"

"मैं जाता हूं, आंटी!" उनके कुछ कहने से पहले शैलेश उठ खड़ा हुआ और बोला, "आइए।"

दो कमरे थे छोटे-छोटे। आगे छोटा-सा बरामदा था और एक काफी बड़ी अलमारी जैसी एक रसोई। छोटा-सा टॉयलेट भी एक ओर हटकर था। यह सारा भाग, मुख्य मकान से हटकर, पीछे की ओर बना हुआ था। लगभग स्वतंत्र। बाहर आने-जाने का मार्ग भी पृथक् था, जो सीधे बाहर के फाटक पर जाकर निकलता था। किसी प्रकार के साझेपन अथवा बाधा-रुकावट की कोई आशंका नहीं थी। इससे अच्छा मकान मुझे और कहां मिलता!... पर किराया?

आख़िर इसका किराया कितना देना पड़ेगा? कहीं यह न हो कि किराया सुनकर मेरी सारी प्रसन्नता हवा हो जाए। फिर मौसी से जिस सूत्र से मैं जुड़ी हुई हूं, उसके कारण न उन्हें किराया कम करने के

लिए कह सकूंगी और न ही मकान छोड़कर कहीं जा सकूंगी। फिर ...देखा जाएगा ...मैं इस समय इन झंझटों में पड़ना नहीं चाहती थी ...न जाने क्यों इस समय चिंता की कोई भी बात मुझे अच्छी नहीं लग रही थी।

मुझे यह सब कुछ अच्छा लग रहा था। शैलेश न बहुत अच्छा किया। सरला कितनी अच्छी है। नहीं तो न जाने मुझे कितना भटकना पड़ता। कितनी दुखी होती मैं और फिर भी कुछ सुविधाजनक खोज पाती या नहीं, कौन कह सकता है।

मौसी ने दो चारपाइयां भिजवा दी थीं। मैंने एक पर बिस्तर बिछा दिया। मां बहुत थक गई लग रही थीं। यात्रा की थकान और नई जगह की आशंकाएं। कुछ देर पहले तक शायद मां ने अपने भीतर की संचित शक्ति के बल पर उन सबको कहीं छिपा रखा था और चेहरे को ताजा बनाए रखा था।

अब या तो वह संचित शक्ति चुक गई थी या एकांत में कृत्रिम ताजापन बनाए रखना, उन्होंने आवश्यक नहीं समझा था। एकदम निढाल हो गई थीं। बेचारी। मैंने मां को लिटा दिया। उन्होंने कोई आनाकानी भी नहीं की। शायद अब वह स्वयं भी आराम करने की ही सोच रही थीं।

मैं और शैलेश दूसरे कमरे में आ गए।

"देखिए!" शैलेश ने ही बात आरंभ की, "मेरा अपने विषय में विचार है कि लोग या तो मुझे समझते नहीं हैं या फिर ग़लत समझते हैं—कुछ ग्रहों का चक्कर लगता है मुझे।" वह हंसा, "यदि आवश्यकतावश कुछ खुलकर बातें करना चाहूं तो मुझे ग़लत मत समझिएगा। आपको कोई संकोच तो नहीं होगा न?"

"नहीं। संकोच कैसा?" मैं भी हंसी। आख़िर क्या पूछेगा वह मुझसे जिसके लिए इतनी भूमिकाएं बांध रहा है। ...और सहसा मुझे कुछ याद आया।

"ओह! आप एक मिनट बैठिए ज़रा।" पहले से वहां पड़ी हुई दो बांस की पुरानी कुर्सियों में से एक कुर्सी मैंने उसकी ओर बढ़ा दी। पता नहीं ये कुर्सियां भी मौसी ने हमारे उपयोग के लिए वहां रखवाई थीं यह पहले के कोई किराएदार ही यहां छोड़ गए थे। मैं दूसरे कमरे में जाकर ट्रंक में से सरला का पत्र निकाल लाई। उसने आते हुए, शैलेश के नाम मुझे एक पत्र दिया था। पर अब तक की गहमागहमी में मैं उसे भूल बैठी थी।

शैलेश लिफाफा खोलकर पत्र पढ़ने लगा। जब तक वह पत्र पढ़ता रहा, मैं उसके चेहरे पर आते-जाते भावों को पढ़ती रही। मुझे पता नहीं था कि सरला ने उस पत्र में क्या लिखा था। कुछ भी लिखा हो। इस समय तो शैलेश था मेरे सामने। कैसा गंभीर बना बैठा है, जैसे कुछ देर पहले तक उछल-कूद मचाने वाला शरारती लड़का कोई और था।

पत्र पढ़कर उसे लिफाफे में डालते-डालते तक, पहले वाला शैलेश जैसे लौट आया था।

वह हंसा, "मैं व्यर्थ ही सरला को बदनाम कर रहा था। उसने आपके विषय में सारी जानकारी इस पत्र में दी है और एक बड़ी रोचक बात लिखी है।" वह ज़ोर से क़हक़हा मारकर हंसा, "जानती हैं क्या?"

"क्या?" मैं भौंचक्की-सी उसे देख रही थी। मेरे चेहरे पर कुछ हंसी-सी थी और सिर का पिछला भाग बुरी तरह खुजला रहा था, 'क्या है वह मजेदार बात?'

"उसने लिखा है, आप इस शहर में नई हैं, यहां किसी को नहीं जानती हैं और एकदम अकेली हैं। इसलिए जब तक आप यहां हैं, मैं ही आपका अभिभावक हूं—लोकल गार्जियन!" वह रुका, "आपको यह संबंध स्वीकार्य है?"

"मुझे क्या आपत्ति हो सकती है!" मैं हंसी की बात भी कह रही थी और गंभीर भी थी, "यदि कोई मेरी चिंताएं अपने ऊपर ले ले, यदि

कोई मेरी देखभाल करे और मुझे प्रोटेक्शन दे तो मैं आपत्ति करूंगी ही क्यों?"

शब्द मेरे मुंह से निकले ही थे कि मुझे लगा, वह अभी कह देगा, 'यदि ऐसी ही बात है तो विवाह क्यों नहीं कर लेतीं।

पर उसने ऐसा कुछ नहीं कहा। उसका खिलंडरा मस्तिष्क उस ओर गया ही नहीं या फिर मेरी पीड़ा का परिहास करना उसे उचित नहीं जंचा होगा।

वह अब एकदम कामकाजी हो गया था।

"ऑल राइट!" उसने कहा, "अब आप यदि थकी हुई न हों तो सामान खोल डालिए। हम उसे टिका दें और फिर दोपहर का खाना खाने चलेंगे।"

"कहां जाएंगे?" मैंने पूछा।

"आंटी के यहां।" वह हंसा, "और कहां खाएंगी! कहीं किसी रेस्टरां में खाने की इच्छा है क्या?"

"नहीं। खाने के लिए बाहर कहां जाना है!" मैं बोली, "पर मौसी के घर भी नहीं जाएंगे। आगे क्या कम कष्ट दिया है उनको। वह सब मैं कर लूंगी।" और इस भय से कि बात फिर कोई और मोड़ न ले ले, अंत में जोड़ दिया, "किराएदारों को कोई कब तक खाना खिलाएगा।"

"नो-नो।" उसका स्वर आवेश और आग्रह से भरा हुआ था, "वह सब कुछ नहीं। आज आप हमारी अतिथि हैं। कल से आपको अलग कर दिया जाएगा। कल आप अपना चूल्हा-चौका संभाल लीजिएगा।"

मैं विरोध न कर सकी। विरोध करना तो दूर, कुछ कह ही न सकी। वास्तव में कुछ कहना भी नहीं चाहती थी। विरोध तो तब करती, जब यह सब मुझे अच्छा न लग रहा होता। कितनी आशंकाएं और कितने भय लेकर आई थी मैं अपने साथ।

यहां आकर इतना स्वागत हो रहा था, किसे अच्छा न लगता और

फिर यात्रा की थकान भी थी ही। इस समय चूल्हे-चौके से बचा जा सके तो ही अच्छा।

हम सामान खोलते रहे और यथासंभव सजाते रहे। बहुत अधिक सामान मेरे पास था भी नहीं और न ही कोई सजावट का सामान था। ज़रूरत भर की चीज़ें थीं, जिन्हें यथास्थान रखना भर था।

उसके लिए न कोई कला-रुचि आवश्यक थी, न ही कोई परिष्कार-संस्कार। हां, कुछ पुस्तकें अवश्य थीं, जिनके लिए मुझे ऐसे स्थान की खोज थी, जहां वे ख़राब भी न हों और सुविधापूर्वक उपलब्ध भी हों। फिर उनके रखने में कोई-न-कोई क्रम भी उपेक्षित था ही।

शैलेश मेरे साथ सारा काम कर रहा था। वह सचमुच ही मेरा अभिभावक बन बैठा था। वह अपनी इच्छाओं को निस्संकोच मुझ पर आरोपित कर रहा था और में सचमुच उसकी प्रत्येक आज्ञा का पालन करती जा रही थी।

मेरा नारी-मन जैसे अपने अहं के समर्पण में ही सुख पा रहा था। मुझे याद नहीं, इससे पूर्व कभी इस प्रकार पौरुषपूर्ण अधिकार से किसी ने मुझे आज्ञा दी हो और मैंने सहर्ष उनका पालन किया हो।

"आप चुप क्यों हैं? कुछ बोलिए।" वह मेरी ओर मुड़कर बोला, "क्या आपको ऐसा नहीं लगता कि चुप रहने से उदासी बढ़ती है और बातें करने से स्वास्थ्य ठीक रहता है?" मुझे लगा कि वह क्रमशः गंभीर होता जा रहा है, "इस समूचे देश की अस्वस्थता का कारण यह है कि यह देश अपनी बात नहीं कर सका है। उसे अभिव्यक्ति नहीं मिल रही है, क्योंकि इसकी अपनी भाषाएं छीनकर इसे गूंगा कर दिया गया है।"

पर मैं उस समय देश, उसकी अस्वस्थता तथा भाषा-समस्या के विषय में सोचने और विचार करने के मूड में नहीं थी। मैं निपट

वैयक्तिक धरातल पर उससे बातचीत करना चाहती थी। उसके विषय में अधिक जानना चाहती थी, उसके और निकट आना चाहती थी।

"मैं यह सोच रही थी," मैं खाली ट्रंक पर बैठती हुई बोली, "आपको मौसी ने इसलिए तो यहां नहीं रोका था कि आप उनको वहां छोड़ मेरे साथ सामान संजोते फिरिए।"

"ओह!" वह हंसा, "मौसी के लिए इतना ही पर्याप्त है कि मैं उनके आस-आस हूं, उनके मकान की परिधि के भीतर हूं। ...वैसे भी अब यहां क्या देर है। हम अभी वहीं चलेंगे।"

"आपकी मौसी आपसे बहुत प्रेम करती हैं।" मैं जानती थी कि वह उसके लिए कोई नई सूचना नहीं थी। न ही मैं उससे प्रश्न कर रही थी।

यह मेरे मन का उद्‌गार मात्र था—यह फिर शायद मेरा अपना भूखा हृदय कुछ कह रहा था। मैं स्वयं नहीं जानती कि इस वाक्य से मैं क्या कहना चाहती थी।

"हां, बहुत प्यार करती हैं मुझे।" उसने मेरी बात को सहज रूप से स्वीकार कर लिया, "कभी-कभी तो लगता है कि उनके मन में सुषमा से भी अधिक प्यार मेरे लिए है।

बात यह है कि मेरी माता जी और दो मौसियां—ये तीन बहनें हैं। और मैं इन तीन बहनों के इकलौता बेटा हूं। समझती हैं न आप? शेष सब बहनें ही हैं मेरी। इसलिए मैं बहुत लाड़ला भी हूं।"

"ओह!" मैंने प्रशंसा और ईर्ष्या की मिली-जुली दृष्टि उस पर टिका दी, "कितने भाग्यवान हैं आप। सारी बहनों का सम्पूर्ण प्यार अकेले आपको ही मिलता है।" और मन में मैं सोच रही थी, क्या केवल बहनों का ही प्यार मिलता होगा इसे!

"काम भी तो सारी बहनों का मुझे ही करना पड़ता है।" वह ज़ोर से हंसा, "पांच बहनों को अकेला भाई होना, खतरे से खाली नहीं है। सारी बहनें अपना पूरा अधिकार चाहती हैं।"

सारा सामान खुल चुका था। अस्थायी रूप से सजाया भी जा चुका था। तभी सुषमा हमें बुलाने आई।

"चलिए, खाना तैयार है।" उसने बड़े स्नेह और अधिकार से मेरी बांह पकड़कर मुझे उठाया, "आपकी माता जी कहां हैं?"

"दूसरे कमरे में लेटी हैं।" मैंने बताया।

"सो तो नहीं रहीं?" सुषमा शायद अपने आपसे ही कह रही थी, "सो रही है तो उठाना उचित नहीं हैं, काफी थकी हुई होंगी।"

पर मां जाग ही रही थीं। उन्हें इतनी जल्दी नींद आती भी नहीं है। मां ने उठकर खाने के लिए जाने में कोई आपत्ति नहीं की। कुछ आराम तो वह कर ही चुकी थीं। वैसे भी अपनी इच्छा को दूसरों पर आरोपित करने या किसी का विरोध करने की प्रवृत्ति नहीं हैं उनमें। उनकी शिकायत भी बड़ी मुलायम होती है।

खाना खाने के पश्चात् भी मौसी ने हमें आने नहीं दिया। मां की थकावट का विचार उन्हें था। उन्होंने उनके विश्राम के लिए वहीं व्यवस्था भी कर दी थी। कभी मुझे लगता था कि मौसी का यह सद्भाव सहज रूप हम सबके प्रति है और कभी लगता कि वह हमें केवल इसलिए रोक रही हैं कि कहीं हमारे साथ-साथ शैलेश भी वहां से चला न जाए।

हमने शाम की चाय भी वहीं पी। शैलेश भी शाम तक वहीं रहा। कभी-कभी कोई औपचारिक-सी बात होती, कभी गंभीर बातें होती रहीं और कभी शैलेश और सुषमा आपस में भिड़ जाते।

इन सारी बातों के बीच समय-समय पर तोड़-तोड़कर शैलेश ने मुझे अनेक सूचनाएं दीं—मेरा स्कूल कहां है। वहां तक कैसे जाना सुविधाजनक रहेगा। मुझे अपनी हैड मिस्ट्रेस से कैसे पेश आना चाहिए और नए और बड़े शहर की दृष्टि से मुझे कहां-कहां, क्या-क्या परिवर्तन करने होंगे इत्यादि। वह मेरे सारे कामों का उत्तरदायित्व अपने

कंधों पर ले बैठा था और ईमानदारी से उन्हें निभाने की भी सोच रहा था।

मुझे कई बार लगा कि यह सब केवल इसलिए नहीं हो सकता कि सरला की सहेली हूं। सरला के एक-दो पत्रों का प्रभाव क्या अपने भाई पर इतना अधिक होगा? या सरला से जो भी एक पत्र लेकर आएगा, उसके साथ वह ऐसा ही व्यवहार करेगा! यह शायद उसका अपना स्वभाव ही हो।

मुझसे रहा नहीं गया। अंत में मैं हंसी की आड़ लेकर कह ही बैठी, "आप तो मेरी सारी चिंताएं अपने ही सिर पर ले बैठे हैं। इस प्रकार तो स्कूल में मेरे स्थान पर आपको पढ़ाकर भी आना चाहिए।"

पर मेरी इस बात से उसकी गंभीरता में कोई परिवर्तन नहीं आया।

"बात यह है," उसने उत्तर दिया, "आप सरला के द्वारा भेजी गई हैं। यदि आपको कहीं ज़रा-सा भी कष्ट हुआ, तो वह मुझे मार डालेगी। बड़ी ज़बरदस्त लड़की है। नाम तो उसका सरला है, पर सरल एकदम नहीं है। बहुत टेढ़ी है। पूरी सख़्ती से काम लेना जानती है।" वह हंसा, "इस सुषमा ने उसका नाम रखा है—वक्रा।"

"ओ झूठे!" सुषमा ने उसे टोका।

"मैं यदि आपके विचार सरला तक पहुंचा दूं तो? मैंने उसे चिढ़ाने की चेष्टा की।

"कोई चिंता नहीं।" उसने अपनी आंखें बंद कर निश्चिंत मुद्रा दर्शाई, "वह अपने इस 'लिट्ल्ज ब्रदर' को क्षमा कर देगी।"

शाम को जब वह जाने लगा तो अनुदेश देने की मुद्रा में बोला, "सुषमा! इनका ख़्याल रखना।" और फिर मेरी ओर मुड़कर बोला, "आप एकदम संकोच मत कीजिएगा। मेरी 'लिट्ल सिस्टर' बहुत अच्छी लड़की है—बहुत अफेक्शनेट। ममता भरी। जिस चीज़ की

ज़रूरत हो, कह दीजिएगा। वैसे मैं कल आने की चेष्टा करूंगा–शाम को। ...अच्छा, बाई-बाई।"

"बाई-बाई!" मैंने और सुषमा ने हाथ उठा दिए।

रात को जब चारपाई पर लेटी तो दिन भर की सारी बातें सजीव होकर फिर एक बार आंखों के सामने घूम गईं। मैं क्या-क्या नहीं सोचती थी और सब कुछ किस आसानी से हो गया। शैलेश स्टेशन पर आया भी, उसने मुझे पहचाना भी और शेष सारा प्रबंध भी किस सुविधा से कर दिया। मेरा मन शैलेश और सरला–दोनों के प्रति कृतज्ञता से भर उठा। वास्तव में सरला ने ही मुझे इतना साहस दिया था कि मैं यहां आ सकूं। मैंने जब नए स्थान को लेकर अपनी आशंकाएं उसके सामने रखी थीं तो वह बहुत हंसी थी। मेरे कानों में अब भी उसके शब्द गूंज रहे थे, "तुम चिंता मत करो, कविता। मेरा अपना ऊटपटांग भाई वहां पढ़ रहा है। वह मौसी के घर पर रहता है और बहुत दिनों से वहीं है। वह सब ठीक-ठाक कर देगा।"

तब मुझे 'भाई' शब्द के साथ विशेषण 'ऊटपटांग' सुनकर बहुत हंसी आई थी। पर अब सोचती हूं तो लगता है कि शैलेश के व्यक्तित्व को किसी भी और विशेषण के माध्यम से प्रस्तुत करना कठिन होगा।

वह सचमुच ही ऊटपटांग था। उसका मौसी और सुषमा के साथ अत्यंत निकट का रिश्ता था–उसके अपने वैयक्तिक संबंध थे। वह उनके साथ किसी भी प्रकार का व्यवहार कर सकता था। पर क्या हमारे सम्मुख–पहले ही परिचय में क्या उनके साथ उसे उसी प्रकार पेश आना चाहिए था? जैसे उसने हमें नए, आगंतुक, अजनबी, अतिथि–कुछ भी न समझा हो। प्रथम क्षण से ही, वह आत्मीयता लेकर ऐसे मिला कि मेरी सारी आशंकाएं मिट गईं।

और फिर मेरी आंखों के सामने सतीश का चेहरा उभरा। एक

भाई-बहन हम हैं, जिन्हें कभी इन सब बातों को कोई अवकाश ही नहीं मिला।

हमने कभी सोचा ही नहीं कि भाई और बहन के बीच कभी कोई ऐसा संबंध भी हो सकता है। बेचारा सतीश! अपने इस छोटे-से जीवन में उसने क्या कुछ नहीं किया। अभी वह मैट्रिक में ही था कि पिता जी गुज़र गए थे। उसने उसी तनाव की स्थिति में मैट्रिक की परीक्षा दी थी और फिर सत्रह वर्षों की आयु में ही जीवन के कोल्हू में बैल के समान जुत गया था।

जैसे-तैसे मुझे उसने बी. ए. करवा ही दिया था। यह भी क्या कच्ची उम्र के छोटे भाइयों का काम होता—पर उसने यह सब कुछ किया था। वह एक बड़े भाई के समान, एक पिता के समान छत्र बनकर मुझ पर छा गया था—मेरी सारी तकलीफ़ें झेलने को, मेरी सारी ज़िम्मेदारियां उठाने को। वह मेरा रक्षक बन गया था—वह छोटा भाई, जो मेरे आंचल से छिपकर स्नेह पाने का अधिकारी था। उसने मुझसे कभी कुछ नहीं मांगा, सदा दिया ही है। मैं किस मुंह से कहूं कि मैं उससे बड़ी हूं। बड़प्पन तो देने में है, लेने वाला क्यों स्वयं को बड़ा कह सकता है। और वह अकेला वहां पड़ा है—न संगी, न साथी। पर वह भी क्या कर सकता है! वहां की मिली-मिलाई नौकरी एक बार छोड़ दे, तो जाने फिर कोई नौकरी मिले या न मिले।

मैं एकदम उदास हो गई।

काश, सतीश भी हमारे साथ यहां आ सकता!

जब मेरे यहां आने की बात उठी तो हम बड़े असमंजस में पड़ गए थे। मां या तो सतीश के पास रह सकती थी ताकि उसके खाने-पीने का प्रबंध हो सके या फिर मेरे साथ रह सकती थी ताकि अकेली युवती बेटी की नाम-मात्र की यथासंभव रक्षा कर सके और उसे लोगों के संदेहों और नज़रों से बचाए रख सके।

पर मां तो एक ही थी। वह दोनों के पास कैसे रह सकती थी!

अंत में मां मेरे साथ आई थी, क्योंकि मैं लड़की थी। बड़ी होकर भी छोटे भाई से दुर्बल समझी गई। अब यहां भी शैलेश मेरा अभिभावक बन बैठा है। तो क्या शैलेश को भी मेरे कारण वैसे ही सहना पड़ेगा, जैसे कि सतीश ने सहा है। पर क्यों सहे शैलेश? सतीश ने सहा, क्योंकि वह इस अभागी बहन का अभिशप्त भाई था। शैलेश पांच-पांच स्नेहमयी भाग्यवान बहनों का भाई है। वह क्यों सहे? फिर मैं कौन होती हूं उसका सुख लूटने वाली?

मेरा उस पर अधिकार ही क्या है? नहीं-नहीं! मैं अपनी सरला और उसके भाई का कोई अहित नहीं होने दूंगी। मैं अपने जीवन की काली छाया उन पर नहीं डालूंगी–नहीं पड़ने दूंगी। जब कभी कोई ऐसी संभावना होगी, कोई आशंका जन्म लेगी, मैं उनसे अलग हो जाऊंगी–दूर, बहुत दूर। हो सकेगा तो उनसे खुशी लूंगी, पर अपना दुःख उन्हें नहीं दूंगी, नहीं दूंगी।

फिर मुझे अपने स्कूल का ध्यान आया। कल जाकर स्कूल में हाजिरी देनी है। कैसा होगा, वह स्कूल जो मेरा स्कूल है, पर जिससे मैं पूर्णतः अपरिचित हूं? वहां की हेड मिस्ट्रेस कैसी होगी? अध्यापिकाएं? छात्राएं? सब अक्सर अनजाने से घबराती हूं। मुझ पर फिर से एक भय-सा छा गया है।

दूसरे दिन मैं स्कूल गई

स्कूल के रास्ते, वहां तक पहुंचने के लिए यातायात के साथ इत्यादि के विषय में मुझे शैलेश ने कल इतनी अच्छी तरह समझा दिया था कि वह सब कुछ मुझे जाना-पहचाना-सा ही लग रहा था। मैं रोज़ आने-जाने वाले व्यक्ति के समान स्कूटर वाले से किराए की बात कर सकी, उसे स्वयं रास्ते का निर्देश करती हुई स्कूल तक ल गई; और कहीं भी अपने आत्मविश्वास में कमी नहीं आने दी।

हेड मिस्ट्रेस तब तक नहीं आई थीं, पर चपरासी ने मुझे बताया

था कि वह ठीक दस बजे अवश्य ही आ जाती है। मैंने दफ्तर में जाकर हेड क्लर्क को अपना परिचय दिया तो उसने एक चपरासी को साथ भेज दिया। वह चपरासी, हेड मिस्ट्रेस का कमरा खोल, मुझे भीतर बैठा आया, ताकि उनके आते ही भेंट हो सके।

स्कूल की हेड मिस्ट्रेड मिस सेनगुप्ता के विषय में अब तक जो भी मुझे मालूम हुआ था, उसमें डरने वाली कोई बात नहीं थी, किन्तु मुझे उनके मिस होने से ही भय लग रहा था। जाने क्यों और कैसे मेरे मन में यह बात बैठ गई थी कि अधिक आयु की ये अविवाहित स्त्रियां सामान्य नहीं रह पातीं। उनके अपने जीवन की अपूर्णता, उनकी अपनी अतृप्ति जीवन के प्रति उनके दृष्टिकोण को कुंठित कर देती है और वे अपनी तथा अन्य लोगों की नैसर्गिक इच्छाओं की शत्रु बनकर स्वयं को पीड़ित करती हैं और अन्य लोगों को भी।

पर सौभाग्य से पहले दिन मिस सेनगुप्ता में मुझे ऐसी कोई भी बात नज़र नहीं आई; नहीं तो इस स्कूल और उसकी हेड मिस्ट्रेस को लेकर मेरे मन में अवश्य ही कोई-न-कोई ग्रंथी बन जाती, जो मुझे सदा ही परेशान करती रहती।

मिस सेनगुप्ता न केवल मुझे बहुत स्नेह से मिलीं, बल्कि बड़ी साफ-साफ बातें भी कीं। उन्होंने यह बताने में भी संकोच नहीं किया कि इस स्थान पर एक स्थानीय अध्यापिका को रखना चाहती थीं, जिसे वह अच्छी तरह जानती थीं। पर चुनाव उनके अपने हाथ में नहीं, शिक्षा-विभाग के हाथ में था, अतः मेरी नियुक्ति से उन्हें कोई परेशानी नहीं होगी और उनकी ओर से मुझे पूरा सहयोग मिलेगा।

इससे अधिक खुले मन की बातों की कल्पना भी नहीं कर सकती थी।

मुझे पता ही नहीं चला कि मिस सेनगुप्ता के प्रति श्रद्धा की भावना मेरे मन को कब अभिभूत कर गई और कब मैंने मन-ही-मन संकल्प कर डाला कि में पूरी ईमानदारी और योग्यता के अनुसार

यथासंभव कार्य इस स्कूल के लिए करूंगी। स्कूल की हैड मिस्ट्रेस और व्यक्ति के रूप में भी मिस सेनगुप्ता को मुझसे कोई शिकायत न होगी। संकल्प कर लेने के पश्चात् मैं कुछ टूटे-फूटे वाक्यों में अपनी बात उनसे कह भी दी। कहते हुए मैं इस तथ्य के प्रति सचेत भी थी कि मैं बहुत भावुक हो रही हूं, मेरी आवाज़ कांप रही है और मेरी आंखों में कृतज्ञता का गीलापन आ गया है।

मैंने उनकी मेज पर से ही एक काग़ज़ लेकर, वहीं बैठे-बैठे अपनी ज्वॉयनिंग रिपोर्ट लिखी और उनके सामने रख दी।

उन्होंने उसे पढ़ा और जब सिर उठाकर मेरी ओर देखा, तो मुझे लगा कि उनकी आंखें भी स्नेह-तरल हो गई थीं।

"ठीक है।" वह बोलीं, "आज का आपका काम हो गया। आप घर चली जाएं। थकी हुईं भी होंगी। आराम करने के लिए, अपने-आपको एडजस्ट करने के लिए आपको थोड़े से समय की आवश्यकता होगी और हमें भी कुछ समय चाहिए। आप कल आकर चार्ज ले लें। आपको हर चीज़ तैयार मिलेगी।"

उत्तर में मैं कुछ न कह सकी। बस, किसी अज्ञात शक्ति ने पकड़कर जैसे मेरे हाथ जोड़ भर दिए।

वह मुस्कराई और मैं बाहर चली आई।

मैं काफी प्रसन्नता भरे मन से घर लौटी। रास्ते भर सोचती आई। आज शाम को शैलेश आएगा। नई गृहस्थी जमाने के लिए पचासों चीज़ों की आवश्यकता थी। अब जब यहां रहना ही है तो यथाशीघ्र उन्हें ख़रीद ही लाऊं तो अच्छा है। शाम को शैलेश को लेकर बाज़ार चली जाऊंगी और ज़रूरत की चीज़ें ख़रीद लाऊंगी। रास्ते भर बातें करते जाएंगे—मन भी लगा रहेगा और काम भी हो जाएगा।

शैलेश की बातों के विषय में सोचते ही मन कुछ और उल्लसित हो गया। मैं पहली बार सचेत हुई कि मैं शैलेश की बातों में कितनी रुचि लेने लगी हूं। एक ही भेंट में उसकी बातें मेरे लिए इतनी

मूल्यवान् हो उठी थीं। सरला का यह ऊटपटांग भाई इस शहर में मेरे लिए प्रथम और अंतिम सहारा था। यदि वह ही बोर और रूखा-सूखा होता तो मैं क्या करती। अच्छा ही है कि वह ऐसा ऊटपटांग निकला। मैं मन-ही-मन हंस पड़ी।

घर पहुंची तो मां बाहर दरवाज़े पर बैठी हुई मिल गईं। वह मेरी प्रतीक्षा कर रही थीं।

"क्यों, मां? मैंने पूछा, "बाहर बैठी हो—आराम नहीं कर रहीं। कल की थकान उतर गई क्या?"

मेरे वाक्य प्रश्नों के रूप में अवश्य थे, पर उनमें जिज्ञासा नहीं थी। मैंने जो कुछ कहा था, वह उल्लसित हृदय का उद्‍गार मात्र था। शायद मन में कहीं यह इच्छा भी थी कि मां उत्तर में कहेंगी कि थकान का अब तो कहीं पता ही नहीं है और वह बहुत प्रसन्न हैं।

पर मां के चेहरे पर वे भाव नहीं आ सके जिन्हें देखने की मुझे इच्छा थी।

"थकावट तो है ही, बेटी!" मां के स्वर में दर्द की कराह थी, "पर उसके साथ मुझे अकेलापन भी बहुत सालता है। तेरे जाने के बाद से एकदम अकेली पड़ गई हूं। यहां आस-पास किसी को जानती भी तो नहीं। तुम उधर स्कूल गई और मैं यहां दरवाज़े की दहलीज पर आ बैठी। तब से तुम्हारे लौटने की बाट देख रही हूं।" और फिर मां का स्वर पहले से भी अधिक उदास हो गया, "सतीश की बहुत याद आ रही है, बेटी। बेचारा अकेला वहां न जाने क्या करता होगा।

कुछ खाता भी है या भूखा ही रह जाता है।"

मैंने मां की उदासी को बहुत महत्व नहीं दिया। बस यह तो ऐसे ही करेंगी। अब मैं दिन भर इनके पास तो नहीं बैठ सकती न! स्कूल तो जाना ही पड़ेगा। फिर भी मैंने अपना स्वर तीखा नहीं होने दिया।

"आज तो मैं जल्दी आ गई, मां!" मैंने बताया, "कल से तो मैं शाम को ही आया करूंगी।"

"अच्छा! जो होगा, देखा जाएगा।" मां घुटने पर हाथ रखकर उठीं और ज़्यादा देर तक बेठने के कारण ऐंठी-ऐंठी कमर को दोनों हाथों से दबाए भीतर आ गईं।

मैं कमरे के बीच में खड़ी चारों ओर देखती रही। जितना सामान मैं अपने साथ लाई थी, वह सारा कहीं-न-कहीं टिका दिया था। अब प्रश्न केवल उसे और अच्छी तरह सज्जित करने का था। कोई देखे तो उसे कमरे में व्यवस्था के साथ-साथ कुछ सौंदर्य भी तो नज़र आए... और फिर मेरे भीतर से जैसे कोई आलोचक जागा, 'कौन देखे? किसके लिए कमरा सजाया जा रहा है?'

मेरे भीतर का यह आलोचक यदा-कदा जागा करता है और फिर वह प्रश्नों के ऐसे ही चाकुओं से छील-छीलकर भ्रम की सारी परतें छील डालता है और मेरे अपने व्यक्तित्व की बेईमानी, दुराव-छिपाव को नग्न कर मेरी आंखों के सामने ला खड़ा करता है। इस आलोचक से कुछ भी नहीं छिपाया जा सकता। उसकी आंखें पारदर्शक हैं—सब कुछ देखती हैं, आर-पार।

मैंने बिना प्रतिरोध किए हुए अपने आलोचक के सामने स्वीकार कर लिया कि जिसके लिए कमरा सजाने की बात मेरे मन में आई है, वह शैलेश ही है। मैं यह चाहती हूं कि वह यहां आए, यह कमरा, यह घर उसे अच्छा लगे। वह इनकी प्रशंसा करे, मेरी सुरुचि को सराहे।

फिर मेरे मन में उसके स्वागत-सत्कार की भी बात आई। वह शाम को आएगा, तो उसे क्या खिलाऊंगी? घर में बनी-बनाई चीज़ तो कोई थी नहीं और निकट, आस-पास ही कहीं कोई दुकान, कोई रेस्टरां इत्यादि कुछ है कि नहीं—मैं यह भी नहीं जानती, नहीं तो वहीं से कुछ मंगा लेती।

मन का उल्लास झाग के समान बैठ गया। सोचती क्या-क्या हूं और कर कुछ भी नहीं पाती।

शाम को पांच बजे के करीब शैलेश आया।

"कहिए, क्या हुआ स्कूल में?" उसने बिना किसी प्रकार की भूमिका के पूछा।

"क्या होना था!" मैं हंसी, "आपने सब कुछ समझा ही दिया था। ठीक-ठाक स्कूल पहुंच गई और सकुशल लौट आई।"

"जैसे आपको स्कूल जाना और लौट आना ही महत्वपूर्ण है, वहां क्या हुआ वह सब निरर्थक है।" उसने कहा।

"वहां क्या होना था। ज्वॉयनिंग रिपोर्ट दे आई।"

"पढ़ाया नहीं?"

"नहीं। आज से नहीं पढ़ाया। कल से पढ़ाऊंगी।"

"क्या पढ़ाएंगी टीचर जी आप?" उसने अपनी ठुड्डी के नीचे मुट्ठी रख, गोल-गोल आंखें कर मुझे देखा।

"धत्त! यह क्या मज़ाक है!" अनायास ही मेरे मुंह से निकल गया। 'टीचर जी' शब्द उसके मुंह से बड़ा अटपटा-सा लगा था मुझे—पर मुझे भी यह नहीं कहना चाहिए था। कहीं वह यह न समझे कि मैं उसके मज़ाक का आनन्द नहीं ले पाती या फिर उसे मज़ाक करने का अधिकार ही नहीं देती। अब मैं स्वयं अटपटा गई थी।

"आप ज़रा बैठिए।" और मैं तेजी से कमरे से निकल गई।

मैंने रसोई में जाकर फुर्ती से चाय बनाई और उलटे पैरों लौटी।

"अरे! यह आपने क्या किया? वह बोला।

"क्यों, हमारे घर की चाय भी नहीं पीएंगे आप?" मैंने अपनी हीनता की ओर संकेत कर, उसी के आदर्शों में उसे बांधने का प्रयत्न किया।

"नहीं, ऐसी बात तो नहीं है।" वह पूरी तरह से गंभीर था, "पर व्यर्थ की औपचारिकता से क्या लाभ?"

"चाय के एक कप में न तो व्यर्थता है और न औपचारिकता।" मैं बोली, "आप नहीं पीएंगे तो मुझे बुरा लगेगा।"

"ऑल राइट," उसने कप उठा लिया, "तो आप ठीक तरह से

सैटल हो गई हैं न! मेरा मतलब है, अब आप शांत हैं न, क्लांत तो नहीं हैं।"

वह मुस्करा रहा था।

इन शब्दों से कल वह सुषमा को छेड़ रहा था। आज वे ही शब्द वह मुझ पर चिपका रहा था। हो सकता है कि अब भी अपनी अनुपस्थिति में सुषमा ही इस परिहास की पात्र हो।

"जी, नहीं!" मैं केवल मुस्कराकर टाल गई, "सब ठीक-ठाक है। क्लांति का कोई चिह्न भी नहीं है। पर..." मैं कहते-कहते रुक गई।

"पर क्या?"

"चलिए, छोड़िए।" मैं झेंप-सी गई। मेरे मन में आख़िर यह आया ही क्यों कि मैं उसे साथ लेकर बाज़ार जाऊंगी। मैं तो इस प्रकार सोचने लग गई हूं, जैसे वह सरला का भाई न हो, कोई और हो जिसके साथ मेरा अफेयर चल रहा हो।

"कहिए न!" उसने ज़िद की, "संकोच की क्या बात है।"

"कुछ छोटी-मोटी चीज़ें लानी थीं।" मैं बड़ी अनमनी-सी बोली, "सोचा, कल से समय मिले या न मिले, आज आपके साथ ही बाजार हो आऊं। चीज़ें भी ले आऊंगी और बाजार भी देख आऊंगी। अगली बार से अकेली भी जा सकूंगी।"

"हां-हां! क्यों नहीं!" वह बोला, "इसमें छिपाने की क्या बात थी?"

"चलेंगे आप?" मुझसे अपनी खुशी छिपाई नहीं गई।

"चाय पीने के बाद।" उसने कप जल्दी से मुंह के साथ लगा लिया, जैसे उसे कप छिन जाने का भय हो और उससे पूर्व ही वह चाय पी लेना चाहता हो। मैं हंस पड़ी, "मैंने कब कहा है कि चाय पिए बिना चलिए।" उसे साथ लेकर बाजार जाने की बात को मैंने इतना महत्वपूर्ण बना लिया था, पर उसने बड़े सहज ढंग से सब

कुछ स्वीकार किया था। उसमें मुझे न कोई उत्तेजना नज़र आई, न तनाव, जैसे वह कोई बहुत नया-सा काम करने जा रहो हो। मुझे अपने हलकेपन पर कुछ खीझ हुई और उसके ठहराव के प्रति आदर उपजा।

चाय पी लेने के बाद हम बाहर निकले।

"सुनिए, यहां से..."

उसने मेरी बात बीच में ही काट दी, "आप मेरा नाम लेकर क्यों नहीं बुलातीं? यह सुनिए-उनिए क्या होता है।"

मन से मैं स्वयं को उसके जितना निकट पाती थी, संबोधन में उतनी निकट नहीं थी—इस बात का अहसास मुझे भी था। किन्तु, इस औपचारिकता के त्याग का अब तक कोई अवसर ही नहीं आया था। अब वह स्वयं कह रहा था...

"नाम से बुलाऊंगी," मैं बोली, "तो फिर आप भी नहीं कह पाऊंगी। 'तुम' कहूंगी।"

"इसीलिए तो कह रहा हूं कि नाम से बुलाइए।" उसने कहा।

एक दूरी को पार कर, समीप जाने के लिए, कई सीढ़ियां चढ़नी पड़ती हैं। शायद उसमें संबोधन की सीढ़ी अंतिम सीढ़ी है। क्योंकि यह तो संबंधों की घोषणा होती, जबकि इस सीढ़ी को पार करने के लिए, दूसरे व्यक्ति की अनुमति आवश्यक नहीं होती, जबकि इस सीढ़ी के लिए दूसरे पक्ष की अनुमति आवश्यक होती है...

...और फिर एक बार मेरे भीतर का आलोचक जागा।

मैं किधर जा रही हूं? क्या यह औपचारिकता की बाधाएं पार कर समीप आना मात्र है? या सचमुच मेरे मन में कोई और इच्छा नहीं है? ...इस बार मैं अपने आलोचक के सम्मुख मेरे मन में कोई इच्छा नहीं है?

...इस बार मैं अपने आलोचक के सम्मुख भी बड़ी दृढ़ता से अड़ी रही, "नहीं और कोई बात नहीं है।" अन्त में मेरा आलेचक ही टाल

गया, "न सही। न होगी कोई और बात।" पर जाते-जाते वह चेतावनी दे गया, "फिर भी सावधान रहना। कोई बात हो न जाए।"

हमने शॉपिंग कम की, मटरगश्ती ही ज़्यादा की। निरर्थक ही इधर-उधर घूमते रहे—एक दुकान से दूसरी दुकान पर और दूसरी से तीसरी पर। वह मुझे सारा बाजार दिखा रहा था, ताकि फिर मैं अकेली भी आ सकूं और बिना किसी की सहायता के बिना ठगी जाकर शॉपिंग भी कर सकूं।

बाजार दिखाने के साथ-साथ उसकी अपनी यूनिवर्सिटी के विषय में रनिंग कमेंट्री भी चल रही थी। चुटकुलों के न समाप्त होने वाले प्रवाह के बीच उसने मुझे बहुत सारी बातें अपने विषय में बताईं और लेक्चरर क्या करते हैं, कैसे पढ़ाते हैं, किसकी शक्ल किससे मिलती है, कौन विद्वान और अच्छा अध्यापक है और कौन केवल खाना भरने का जोकर मात्र है।

बाद में जब कभी उन बातों के विषय में सोचा, तो मुझे यही आश्चर्य हुआ कि आख़िर उसकी बातों में, दूसरों की नकलों में हंसी की ऐसी कौन-सी बात थी। पर तब मैं हंसती ही गई थी—बेतहाशा। जिन लोगों ने मुझे तब हंसते देखा होगा, सोचते होंगे, यह लड़की पागल है। पर उस समय मुझे इन बातों का कोई अहसास नहीं था। जब भीतर से गुदगुदी हो रही हो तो इन छोटी-मोटी बातों की ओर किसका ध्यान जाता है?

वह मुझे छोड़ने के लिए घर तक आया, पर घर के भीतर नहीं आया। मैंने कहा भी, पर वह टाल गया।

"अच्छा! अब चलूं।" उसने कहा, "थोड़ी देर अपनी 'लिट्ल आंटी' और 'लिट्ल सिस्टर' के पास भी रुकूंगा।"

"बहुत-बहुत धन्यवाद, शैलेश!" मैंने सायास कहा, "तुम्हें बहुत कष्ट दिया।" उसने मुझे घूरकर देखा।

"हुश्!" और मेरे सिर पर उसने हल्के से एक चपत जमा दी।

मैं बड़ी देर तक अपने हाथ से सिर के उस भाग को छूती रही, जहां उसने चपत मारी थी। उसका यह काम मुझे तनिक भी अस्वाभाविक नहीं लगा था। वह यदि ऐसा कुछ न करता तो शायद मुझे उसका व्यवहार कुछ अस्वाभाविक लगता। यह तो उस ऊटपटांग लड़के का एक ऊटपटांग-सा काम था। उसका किसी को बुरा क्या लगता!

स्कूल में हर टीचर मिस सेनगुप्ता नहीं थी, इसलिए जहां हैड मिस्ट्रेस की ओर से मुझे कोई परेशानी नहीं हुई, वहीं अपनी सहयोगी अध्यापिकाओं के बीच सहज-व्यवस्था मुझे उतनी सरल नहीं लगी।

यह नहीं कि वे लोग दुष्ट थीं या मेरे साथ दुर्व्यवहार करती थीं, किन्तु मैंने अपने प्रति वहां सहज भाव नहीं पाया। लोगों को या तो मेरे प्रति उत्सुकता थी या फिर सर्वथा उदासीनता। मैं उत्सुकता से भी चिढ़ जाती थी और उदासीनता से भी।

अपने प्रति किसी की उत्सुकता देखते ही मैं स्वयं को चिड़ियाघर में आए नए जानवर के समान दिखने लगती। दूसरी ओर लोगों की उदसीनता–जैसे वहां मेरा अस्तित्व ही न हो ...मुझे और भी झुंझला देती थी।

मेरा वहां स्वागत होगा और मैं लोगों में एकदम घुल-मिल जाऊंगी, ऐसी आशा तो मुझे कभी भी नहीं थी। पर मुझे यह भी पता नहीं था कि वहां पुराने लोगों में संबंधों की कोई ऐसी दीवार होगी, जिसे भेदना मेरे लिए संभव ही नहीं होगा। उन सब लोगों में पुराने संबंध थे। वे एक-दूसरे के विषय में प्रायः सब कुछ जानती थीं। उनके प्रति एक-दूसरे के मित्र थे। उनके बच्चे परस्पर मिलकर खेलते थे या एक ही स्कूल में पढ़ते थे। मेरा उनके साथ ऐसा कोई भी संपर्क नहीं था। मेरे और उनके बीच कोई ऐसी सामान्य कड़ियां नहीं थीं, जो हमें सहज ही पास ले आतीं।

मेरी स्थिति बड़ी औपचारिक थी। कोई मीटिंग हो रही हो तो मैं उनके बीच बड़े सहज ढंग से बैठ सकती थी, क्योंकि सबको ही केवल बैठे रहना था और बोलने वाले की बात सुननी थी। किसी से कोई विशेष काम हो—निजी या आधिकारिक—तो मैं उनसे बड़े औपचारिक ढंग से उसके नाम के साथ मिस अथवा मिसेज जोड़कर बात करती थी, किन्तु इससे अधिक कुछ भी नहीं।

सबसे अधिक परेशानी खाली पीरियड को लेकर होती थी। दो-तीन पीरियड लगातार पढ़ाते-पढ़ाते थक जाती थी तो खाली पीरियड के लिए मन में इच्छा जागने लगती थी। पर जब खाली पीरियड मिला था तो स्टाफ-रूम के एक कोने में सजी मेज के सामने बैठी-बैठी तंग आ जाती या फिर किसी पत्रिका या समाचार-पत्र के पृष्ठ पलट-पलटकर और उबासियां ले-लेकर समय काटती। फिर रिसेस का समय भी आता। मैं देखती कि सब लोग अपना-अपना लंच-बॉक्स लेकर, अपने-अपने ग्रुप में बैठे हैं। वे लोग एक-दूसरे के इतने निकट थीं कि अपनी रोटी और सब्जी बांट लेती थीं। किसी दिन किसी के पास कोई विशेष अच्छी चीज़ हो तो छीन-झपट भी चलती थी... और एक मैं थी कि खाने के लिए भी कोई ऐसा नुक्कड़ ढूंढ़ती थी, जहां किसी की दृष्टि तक न पड़े। हाथों की ओट में एक-एक कौर मुंह में डालती हूं और यह भी चाहती हूं कि कोई मुझे उस कौर को चबाते हुए भी न देखे...

ऐसा तो नहीं था कि यदि मैं किसी के पास जाकर बैठती, उससे बातें करती, तो वह मुझे धक्का दे देती या मैं भी अपना लंच बॉक्स लेकर किसी ग्रुप में मिल बैठती तो वे मुझे बैठने नहीं देतीं। पर स्वयं जाकर, अपने प्रयत्न से किसी के साथ संपर्क बढ़ाने का उत्साह मुझमें नहीं था।

ऐसी ही मनःस्थिति में एक दिन मैंने महसूस किया कि मेरी ही तरह रीमा और ज्योत्स्ना भी कुछ उपेक्षित-सी हैं। इतना भेद अवश्य था कि मैं

अकेली थी और वे दो थीं। फिर भी उन्हें अन्य लोगों से मिलते मैंने कम ही देखा था। वे प्रायः शेष टीचर्स से अलग ही रहती थीं।

मुझे यह भी पता लगा कि इस स्कूल में उनकी नियुक्ति मुझसे दो महीने पूर्व ही हुई थी। शायद यही कारण था कि वे मुझसे पुरानी होती हुई भी, अभी नई ही थीं।

उन दोनों की मैत्री का जो आधार था, वह मुझ पर भी लागू होता था। मैं उनकी ओर आकर्षित होती गई।

संयोग से उस दिन मैं स्कूल में अपेक्षाकृत कुछ जल्दी ही पहुंच गई थी। इतनी जल्दी कि अभी न चपरासी ने स्टाफ-रूम का दरवाजा खोला था और न ही जमादार ने बरामदों की सफाई का काम पूरा किया था। मुझे देखकर चपरासी को अवश्य ही आश्चर्य हुआ होगा, पर उसने कहा नहीं। जल्दी-जल्दी स्टाफ-रूम के दरवाज़े का ताला खोला और एक कुर्सी झाड़-पोंछकर मेरे बैठने के लिए तैयार कर दी। खिड़कियां इत्यादि भी खोल दीं और पूछा, "कुछ चाहिए तो नहीं, बहन जी?"

"नहीं, गिरधारी!" मैं उसके शिष्टाचार से हैरान था "मेहरबानी।"

वह स्टाफ-रूम की झाड़-पोंछ में लग गया।

मैं अकेलेपन से बुरी तरह परेशान हो रही थी। इस समय तो कोई भी आ जाए। ठीक है कि यहां अभी मेरी कोई सहेली नहीं थी, किसी से भी विशेष घनिष्ठता नहीं थी, पर इसका यह अर्थ तो नहीं है कि मैं किसी से बातचीत ही नहीं करूंगी। आज तो जो भी पहले आ जाए उसी के पास निस्संकोच बैठ जाऊंगी और घनिष्ठता बढ़ाऊंगी। पर अभी समय काफी था। मुझे घर से चलते हुए इस बात का अहसास नहीं था कि मैं इतनी जल्दी स्कूल पहुंच जाऊंगी।

...और तभी रीमा और ज्योत्स्ना ने एक साथ ही स्टाफ-रूम में प्रवेश किया। मैं नहीं जानती थी कि वे लोग यहीं स्कूल के गेट पर संयोग से मिल गई थीं या घर से ही एक साथ चलती थीं। जो भी हो, इस समय वे लोग ही आई थीं और शायद अन्य लोगों की अपेक्षा

उन दोनों से मैत्री मांगना मेरे लिए अधिक सरल था। उन्हें भी मुझे यहां बैठे देखकर आश्चर्य हुआ। शायद वे भी इस तथ्य के प्रति सचेत थीं कि वे लोग समय से काफी पहले स्कूल में पहुंच गई थीं। उन्हें यह आशा नहीं रही होगी कि उनसे भी पहले स्कूल में कोई आया हो सकता है।

"हैलो, कविता!" रीमा ने मुझे देखते ही जैसे चौंककर कहा, "अरे, तुम इतनी जल्दी..."

मुझे उसका इस प्रकार चौंकना बहुत ही अच्छा लगा और कोई पुरानी टीचर होती तो मुझे इस तरह से इग्नोर कर जाती, जैसे मैं यहां हूं ही नहीं। न केवल उसने मुझे देखा, मेरी ओर ध्यान किया; बल्कि उसने मुझे पहचाना भी, नाम से संबोधित किया और मुझे विश किया। तो ऐसा नहीं है कि मैं ही अपने मन में उनकी निकटता का अनुभव करती रही हूं, वरन् वे भी कहीं-न-कहीं अवश्य मुझसे जुड़ी हुई थीं।

"हां! आज काफी जल्दी आ गई हैं।" ज्योत्स्ना बोली।

ज्योत्स्ना की आवाज़ शायद मैंने पहली बार सुनी थी। कितनी गहरी, ठहरी हुई, शांत और धीमी आवाज़ थी। मैं स्वयं भी बहुत धीरे से बोलती हूं, पर उसकी तुलना में मेरी आवाज़ काफी चीखती हुई-सी लग रही थी। मुझे कहीं यह लगा कि मैं उसके सामने बहुत हल्की पड़ती जा रही हूं।

रीमा ने शायद ये भाव मेरे चेहरे पर पढ़ लिए थे, "ज्योत्स्ना बहुत धीरे बोलती है।" उसने मुझे बताया।

"मैंने पहले कभी इस ओर ध्यान ही नहीं दिया।" मैं बोली।

"तभी तुम्हें पता नहीं चला।" इस बार ज्योत्स्ना बोली, "यही तो यहां की टीचरों की शिकायत है कि मैं उनके विरुद्ध कानाफूसी करती रहती हूं, इसलिए धीरे बोलती हूं और मेरी समझ में यह नहीं आता कि आख़िर लोग इतना चीखते क्यों हैं?" मैंने कभी नहीं सोचा था कि वहां लोगों में एक-दूसरे के विरुद्ध इस प्रकार

भी कुछ बातें हैं। मैं तो केवल नई-पुरानी के चक्कर में उलझकर ही रह गई थी। पर मुझे उससे क्या? लोगों के मन में यदि ज्योत्स्ना के विरुद्ध भ्रांतियां हैं या उनके मन में किसी के लिए घृणा है, तो मुझे उन बातों से क्या लेना-देना। मैं शेष लोगों की अपेक्षा उनके अधिक निकट थी।

उस दिन से रीमा और ज्योत्स्ना से मेरी घनिष्ठता बढ़ती ही गई। एक प्रकार से हमारी मंडली ही बन गई। अब शेष लोगों से मैत्री बढ़ाने की मुझे कोई इच्छा नहीं थी। हम जान-बूझकर ही अन्य अध्यापिकाओं से अलग और आपस में बहुधा इकट्ठी रहती थीं। रिसेस में मिलकर बैठतीं, छुट्टी होने पर एक साथ घर जातीं और प्रत्येक पीरियड के बाद, दूसरी क्लास में जाने से पहले एक-दूसरे से ज़रूर मिलतीं।

रीमा और ज्योत्स्ना के साथ मिल-बैठने पर इस बात का अनुभव मैंने और भी तीव्रता से किया कि स्टाफ में मैं केवल उपेक्षित थी, पर मुझसे किसी का विरोध नहीं था, जबकि रीमा और ज्योत्स्ना से शेष अध्यापिकाओं का कुछ बातों को लेकर विरोध था। ज्योत्स्ना की बहुत धीरे बोलने की आदत ने इस विरोध को बहुत बढ़ा दिया था। सामान्यतः लोगों को यह शिकायत थी कि ज्योत्स्ना उनकी बुराइयां करती रहती है। यदि ऐसी बात नहीं है तो वह भी सामान्य लोगों के समान उतने ही ऊंचे स्वर में बातें क्यों नहीं करती?

पर इन बातों का न रीमा पर कोई प्रभाव पड़ता था, न ज्योत्स्ना पर। वे दोनों मस्त थीं और अन्य लोगों की उन्हें कोई चिंता नहीं थी। कभी-कभी मैं भी स्वयं को समझा लेती कि किसी के विरोध या मैत्री से क्या होता है। मेरा किसी से कोई झगड़ा नहीं था, फिर भी इस स्कूल में मैं यतीमों के समान पड़ी हुई थी। अब यदि रीमा और ज्योत्स्ना के साथ मिल जाने के कारण अन्य अध्यापिकाएं मेरा भी विरोध करने लगें तो मेरा क्या बिगड़ जाएगा...

...पर सदा ऐसा ही नहीं रहता था। मैं कभी-कभी बहुत उदास हो जाती थी। आख़िर उन दोनों लड़कियों को छोड़कर शेष सब लोगों का विरोध कैसे झेल पाऊंगी मैं! जब वे सब मुझे तीखी नज़रों से देखती हैं तो मेरे भीतर जाने क्या-क्या टूट-टूटकर गिरने लगता है। मेरा दम घुटने-सा लगता है। जी चाहता है, इस स्कूल को छोड़कर भाग जाऊं। पर कहां जाऊं? जीवन में मुझे जो कुछ जैसा मिलता है, उसे वैसे ही स्वीकार करना पड़ता है मुझे। चुनाव का अवकाश ही कहां है।

हां, इस सामूहिक झगड़े ने मेरी चेतना को बुरी तरह ग्रस अवश्य लिया था। घर से स्कूल के लिए निकलती तो मन स्कूल की बातों में कुछ इस तरह बंध जाता कि मुझे अपना और अपनी वैयक्तिक परिस्थितियों का एकदम ध्यान नहीं रहता था। यह एक नशे की-सी अवस्था थी, जिसकी उत्तेजना में मैं अपनी उदासियों को भूलने का प्रयत्न करती...

और फिर इस बाहरी दबाव के कारण हम तीनों—मैं, रीमा और ज्योत्स्ना स्कूल के पश्चात अपने बाहरी जीवन में भी एक-दूसरे के समीप आ गईं। स्कूल के जीवन के परे भी हम एक-दूसरे का साथ चाहने लगी थीं। कहीं भी जाना होता, इकट्ठी जातीं। बाज़ार जाना हो, सैर-सपाटे की इच्छा हो, हम एक-दूसरी को न छोड़तीं।

मुझे ऐसा लग रहा था कि स्कूल में तथा बाहर आने-जाने में साथ मिल जाने के कारण मेरा संकोच भी कुछ खुल गया था और मेरा घूमना-फिरना भी पहले से बहुत अधिक बढ़ गया था। पहले मैं बाज़ार जाने की इच्छा न होने के कारण अपनी ज़रूरतों को टाली जाती थी, तब तक, जब तक, काम चलना ही असंभव न हो जाए। अब वहीं मैं नई पेंसिल ख़रीदने के लिए भी अपनी सहेलियों को साथ लेकर समारोहपूर्वक बाज़ार चल पड़ती थी और उस एक पेंसिल के लिए छत्तीस दुकानें घूमती थी। कभी हम तीनों रीमा के एक रुमाल

के लिए सारे बाज़ार के बारह चक्कर लगातीं और कभी ज्योत्स्ना के हेयर पिन ख़रीदने में हमें तीन-तीन घंटे लग जाते थे। बाहर घूमने के कारण, रेस्टरांओं में खाना-पीना भी काफी बढ़ गया था और पिक्चरें भी मैं पहले से बहुत ज़्यादा देखने लगी थीं। इसका अनिवार्य प्रभाव मेरे खर्च पर पड़ने लगा था।

इस बात का अहसास भी मुझे एक दिन शॉपिंग करते हुए ही हुआ। मैंने सिल्क इम्पोरियम से अपने लिए एक गुलाबी साड़ी ख़रीदी और उसी शेड से मिलती-जुलती एक जूती पसंद की। पर पर्स में हाथ डालते ही मैं धक से रह गई। घर में या बैंक में मेरा पैसा भी नहीं था। मैं अपनी सारी पूंजी साथ लिए घूम रही थी और मेरे पास इस समय कुल पच्चीस रुपए शेष थे, जब कि उस जूती की क़ीमत ही तीस रुपए थी और अभी महीने के पांच दिन शेष थे...

"अच्छा मैं फिर आऊंगी।" मैंने दुकानदार से कहा और रीमा और ज्योत्स्ना को उठने का इशारा किया।

वे दोनों हक्की-बक्की बाहर आईं।

"क्या बात है, कविता?" रीमा ने पूछा, "जूती पसंद भी की और ली नहीं। फिर भागी भी ऐसे जैसे कोई पागल भैंसा देख लिया हो।"

"मेरे पास पैसे नहीं थे।" मैंने धीरे से कहा।

"तो पैसे मुझसे ले लेती।" ज्योत्स्ना बोली, "पसंद की हुई जूती छोड़ने की क्या ज़रूरत थी!"

"नहीं। अब जूती अगले महीने लूंगी।" मैंने कहा।

"तब तक वह बिक भी जाएगी।" रीमा ने चेताया, "और फिर मैचिंग जूती के बिना कल वह साड़ी पहनकर स्कूल कैसे आओगी!"

"देखा जाएगा।" मैंने उन्हें टाल दिया।

मैं बहुत चिंतित भी थी और नाराज़ भी। नाराज़ मैं अपने आपसे थी। आख़िर मैं कहां जा रही हूं। यह कौन-सा रास्ता मैंने अपनाया है? मैं

अपनी हैसियत क्यों नहीं देखती? अपनी परिस्थितियां क्यों भूल जाती हूं...?

घर पर जब मां ने मेरी साड़ी देखी, तो 'हां अच्छा है' कहकर टाल गईं और बोलीं, "बेटी! अपने लिए इतनी चीज़ें लेती है, कभी अपने छोटे भाई को भी कोई चीज़ भेज दिया कर।"

मुझे स्वयं पता नहीं कि मेरे भीतर कहां इतना विष छिपा था जो मां के इस वाक्य से छलक उठा, "तुम्हारे लिए नई साड़ी न ला दूं!"

पर मेरा अपना स्वर स्वयं मुझे ही पीड़ित कर गया। क्या हो गया है मुझे! क्या कह रही हूं मैं और किसे कह रही हूं। उस मां को, जो बीमार होने पर दवा भी नहीं लेती, क्योंकि बेटी के पैसे खर्च होंगे। जो अपने गऊ बेटे को—सतीश को—छोड़कर इसलिए मेरे साथ आई हैं ताकि यहां मेरी नौकरी संभव हो सके और वहां सतीश के खाने तक का कोई प्रबंध नहीं है...

पर मां, भोली मां, मेरे व्यंग्य के विष को या तो समझी नहीं या उसने जान-बूझकर उस ओर ध्यान नहीं दिया। उसी प्रकार सहज ढंग से बोलीं, "हां! वैसे तो मेरी भी यह साड़ी फट गई है। पर मेरी खैर है..."

मैंने जैसे पहली बार होश में आकर मां की फटी साड़ी को देखा और स्वयं को धिक्कारा। क्या मुझे नज़र नहीं आता कि मेरी बूढ़ी मां के पास पहनने के लिए कपड़े नहीं हैं और मुझे अपने लिए सिल्क की साड़ियां और मैचिंग जूतियां चाहिए...

मैं अपने बिस्तर पर औंधी लेटकर बड़ी देर तक रोती रही। बार-बार स्वयं से प्रश्न करती कि आख़िर मुझे क्या हो गया है? मैं अपने आपको भूल गई। अपनी मां को भूल गई। अपने भाई को भूल गई। मेरी मां और मेरे भाई ने क्या-क्या कष्ट मेरे लिए नहीं उठाए। और आज मैं अपनी मां के फटे कपड़े नहीं देख पाती। मां यदि भाई को कुछ भेजने के लिए कहती है तो मैं व्यंग्य करने लगती हूं। आज तक भाई ने मुझे दिया ही था, कुछ लिया तो नहीं था। और मैं...

बीते हुए पिछले कुछ दिन मेरी आंखों के सामने घूम गए। मैं जैसे एक स्वप्न में जीती रही थी। उस जीवन में घूमना-फिरना था, मस्ती थी, पिक्चर हॉल थे या रेस्तरां थे। साड़ियां और जूतियां थीं। वहां दुःख-ग़रीबी, उदासी और परेशानी—कुछ भी नहीं था। ...आख़िर मेरी मां और मेरा भाई मुझे वह जीवन क्यों नहीं जीने देते? क्या वे मेरे शत्रु हैं? मुझे उनसे भय-सा लगने लगा।

पर मैं उन्हें भूल कैसे गई? मुझे कोई भी तो याद नहीं आया—न मां, न सतीश, न शैलेश! ओह शैलेश! तुम इतने दिनों से आए क्यों नहीं!

मैं स्वयं नहीं समझ पा रही थी कि आख़िर मैं क्या चाहती हूं। मैं अपने लिए कौन-सा जीवन चाहती हूं। यदि मुझे मां और सतीश प्यारे हैं तो मैं रीमा और ज्योत्स्ना को क्यों नहीं छोड़ देती? और यदि मुझे उनकी ज़रूरत है तो मैं मां और सतीश को भूल क्यों नहीं जाती? और फिर शैलेश ...आख़िर मैं क्या चाहती हूं?

रीमा और ज्योत्स्ना ने फिर पिक्चर का प्रोग्राम बनाया था मैं बार-बार स्वयं से प्रश्न कर ही थी कि मैं उनके साथ जाना चाहती हूं या नहीं। इसी द्वंद्व में न मैं उन्हें खुलकर पूरी तरह 'हां' कह पाई थी और न पूरी तरह से इनकार कर देना मेरे लिए संभव हो पा रहा था। परिणाम यह हुआ कि वे लोग मेरे लिए भी टिकट ले आईं और फिर मुझे जाना ही पड़ा।

मैं अपने मन के ताने-बाने में कुछ इस बुरी तरह उलझ गई थी कि मेरा ध्यान पिक्चर की ओर कम ही जा रहा था। मैं बार-बार मन को समझा रही थी कि यह सोच-विचार तो बाद में भी हो सकता है, जब पैसे खर्च ही किए हैं तो इस समय मैं ठीक तरह से पिक्चर ही क्यों नहीं देख लेती। थोड़ी देर मैं उधर देखती भी, पर फिर मन बहक जाता। क्या कर सकती थी!

मन के उचटने की इसी प्रक्रिया में मेरा ध्यान ज्योत्स्ना और रीमा की ओर बहक गया। मुझे लगा कि वे लोग भी पिक्चर में कम और अपनी फुसफुसाहटों में अधिक व्यस्थ हैं। क्षण भर को परदे की ओर देखतीं और फिर एक-दूसरी को कोई संकेत कर देतीं; कभी मुस्कराने लगतीं कभी बहुत धीरे से कुछ कह देतीं।

मैं उनकी ओर देखती रही। उनकी बातों को सुनने की कोशिश भी की, पर कुछ समझ में नहीं आया।

अचानक ही मेरे मन में एक बात कौंधी, कहीं ये मेरे विषय में ही तो कानाफूसियां नहीं कर रहीं।

अब मुझसे रहा नहीं गया।

"क्या बात है, रीमा?" मैंने धीरे से पूछा।

उसने चेहरा मोड़कर मेरी ओर देखा। अंधेरे में उसके चेहरे पर हल्की-सी मुस्कराहट मुझे दिखाई दी और वह फिर ज्योत्स्ना की ओर मुड़ गई।

"क्या बात है, बताओ न!" मैंने उसकी बांह पर चिकोटी काटी।

वह झटके से घूमी, "कुछ नहीं, रानो! तू पिक्चर देख।"

तो ये लोग मुझे टाल रही हैं। मुझसे कुछ छिपा रही हैं। अब तक तो मैं समझती रही कि मैं इनकी सहेली हूं। इनमें से ही एक हूं। इनकी कोई बात मुझसे छिपी हुई नहीं है और ये लोग मुझसे दुराव करती हैं। इसका अर्थ यह हुआ कि मैं अब तक मूर्ख ही बनती रही।

मैं उनमें से एक नहीं हूं, उनसे कटी हुई हूं–अलग हूं। कुछ बातें ऐसी भी हैं, जिनमें वे मुझे भागी दार नहीं बनाना चाहतीं या कौन जाने, ये बातें मेरे ही विषय में हों। मेरे विरुद्ध ही इन दोनों ने कोई दुरभिसंधि कर ली हो। हॉल में मैं उनसे ज़्यादा पूछताछ नहीं कर सकती थी।

ज़िद भी नहीं कर सकती थी। चुप हो गई। पर चुप्पी से मेरे

भीतर का आक्रोश बढ़ता रहा। मैं अपनी मूर्खता और उनकी नीचता से बहुत नाराज़ थी। स्कूल में यदि अन्य अध्यापिकाएं उनसे नाराज़ रहती थीं, तो क्या ग़लत करती थीं।

स्कूल में जब हम तीनों एक कोने में बैठकर दबी-दबी आवाज़ में बातें करती थीं और पूछने पर भी किसी को कुछ नहीं बताती थीं तो अन्य लोगों को कितना बुरा लगता होगा...

उसके बाद मेरा मन पिक्चर में एकदम नहीं लगा। कितनी बार जी में आया कि उठकर घर चली जाऊं। पर फिर कुछ सोचकर रुक गई।

इन दोनों को यदि यहां छोड़ जाऊंगी तो ये लोग जो चाहेंगी बातें करेंगी और इस समय मैं उन्हें इसलिए अवसर नहीं देना चाहती थी।

फिर उनसे लड़ाई करने से पहले मैं एक बार अच्छी तरह सोच लेना चाहती थी। स्कूल में मेरी अपनी और किसी भी सहकर्मी अध्यापिका से मैत्री नहीं थी। इनके साथ घनिष्ठता बढ़ाने के पश्चात मैंने अन्य लोगों की मैत्री के दरवाज़े अपने हाथों बंद कर दिए थे। अब यदि मैं उनसे भी लड़ बैठी...

पिक्चर समाप्त हुई। मैं चुपचाप उठकर, बिना कोई बात किए हुए उनके आगे-आगे बाहर आ गई। मैंने बाहर आकर भी अपना रुख नहीं बदला था, पर वे अवश्य बदल गई थीं।

"क्यों, कविता!" रीमा ने मेरे दोनों कंधों को अपनी बांह से ढांपकर पूछा, "बहुत चुप हो। हमसे नाराज़ हो क्या?"

"नहीं, मैं नाराज़ कैसे हो सकती हूं। मुझे अधिकार ही क्या है?" मैं चिढ़कर बोली, "तुम दोनों एक-दूसरे के कान मे फुसफुसाए जाओ। मैं कुछ पूछूं तो कुछ मत बताओ।"

"अरे, इसी से रूठ गई मेरी लाडो!" उसने प्यार जताया, "हाऊ क्रुएल आर यू।"

मैं चौंकी। उसके स्वर मे ग्लानि नहीं थी। ऐसा नहीं लग रहा था

कि उसने कोई भूल की हो और वह स्पष्टीकरण देने जा रही हो।

"क्यों? मैंने पूछा।

"अरे, हॉल में भी कहीं ऊंची आवाज़ में बात की जा सकती है? इतने तो लोग बैठे होते हैं वहां आस-पास। तुमको पता तो है कि बाद में तुम्हें हम बता ही देतीं।" उसने उलटे मुझे उलाहना दिया।

"पर बात क्या थी?" मैं पूछे बिना न रह सकी।

"मैं तो ज्योत्स्ना से कह रही थी" रीमा बोली, "कि जैसे पिक्चर में नर्स ने डॉक्टर को फंसाया था, वैसे ही वह अपने राकेश को फंसा ले।"

"क्या?" मैं बुरी तरह चौंकी, "यह राकेश कौन है, ज्योति?"

"तुम्हें नहीं बताया इसने? बड़ी घुन्नी है।" इस बार भी रीमा ही बोली, "यूनिवर्सिटी में लेक्चरर है। यह बेचारी मरी जाती है और वह पूछता भी नहीं इसे।"

"तो तुम ट्रैपिंग की सलाह दे रही हो।" जाने मेरा आक्रोश कहां चला गया था। मैं चुहल के मूड में आ गई थी।

"तो और क्या किया जाए!" रीमा ने बाध्यता की मुद्रा बनाई, "जब कोई सीधी तरह न माने तो और क्या हो सकता है?"

"तुम क्यों नहीं फंसाती किसी को?" मैं चुहल से शरारत पर आ गई थी।

"अरी, इसका क्या पूछती है!" ज्योत्स्ना अपनी सहज से कुछ ऊंची ही आवाज़ में बोली, "नेशनल स्टोर वाले को फंसाया है साली ने! उसके स्टोर से दुनिया भर की चीज़ें उठा लाती हैं और वह है कि दाम भी नहीं लेता। जी-हुजूरी करता है, वह अलग।"

"अच्छा!" मेरे लिए ये सूचनाएं एकदम नई और अनपेक्षित थीं। मैं हतप्रभ-सी चुपचाप खड़ी थी।

"और तुम, कविता?" इस बार ज्योत्स्ना मुस्करा रही थी।

"अरे, मैं कहां...!" मैंने स्वयं अपने स्वर की उदासी को पहचाना, "इतनी जगह कहां है दिले दागदार में।"

"बेचारी! रीमा ने सहानुभूति जताई।

"कोशिश करो न!" ज्योत्स्ना ने कहा, "मुझे तो अपने भाइयों से डर लगता है। यदि किसी के साथ देख लें तो गला घोंटकर मार डालें। तुम्हारा तो यहां कोई है भी नहीं।"

"नहीं-नहीं!" मैं अचकचाकर जल्दी से बोली, जैसे मुझसे कोई पाप-कर्म करने के लिए कहा जा रहा हो, "मुझसे यह सब नहीं होगा।"

एक दिन शाम को शैलेश आया।

"हैलो, कविता!" कैसी हो?

सहसा आज जैसे मेरे भीतर का उल्लास भर आया। मुझे लगा कि जैसे जान-बूझकर स्वयं को इधर-उधर उलझाए रखकर मैंने उसे अपने चेतन मस्तिष्क से कहीं बाहर धकेल रखा था। पर जब वह स्वयं सशरीर मेरे सामने खड़ा हो तो फिर न मैं स्वयं अपने आपको ही बहला सकती थी और न ही उससे कुछ छिपा सकती थी।

"ठीक हूं। अच्छी-खासी हूं।" मैंने अपने उसी उल्लास के बहाव में कहा और फिर न चाहते हुए भी शिकायत कर बैठी, "कहो, कैसे आना हुआ? तुम तो जैसे भूल ही गए कि तुम मेरे लोकल गार्जियन भी हो। इधर तो आते ही नहीं।"

"हां।" मैं नहीं आता हूं।" उसने सिर हिला दिया, "पर तुम्हारी चप्पलें तो रिपेयर होने के लिए बाटा की दुकान में पड़ी हैं न!"

मैं हतप्रभ हो गई। यह व्यक्ति क्या कह रहा है। वे ही ऊटपटांग बातें। मेरी चप्पलें बीच में कहां से आ गईं और किन चप्पलों की बात कर रहा है यह।

मैंने तो रिपेयर के लिए बाटा को कोई चप्पल नहीं दी थी।

"मैं समझी नहीं।" मैंने कहा।

"ऐसी बातें लोग नहीं समझते, जिनके समझने में कोई लाभ न हो।" उसने अपनी गंभीर मुद्रा छोड़ दी, "मैं यह कह रहा था कि मैं तो तुम्हारे घर आता नहीं, पर मेरे घर के चक्कर लगा-लगाकर तुम्हारी चप्पलें घिस गई हैं और वे रिपेयर के लिए बाटा में पड़ी हैं।"

मैं ठहाका मारकर हंस पड़ी—वे ही ऊटपटांग बातें। कैसे उलाहना दे रहा है।

"अरे, मैं तो तुम्हारे ही घर में रहती हूं।" जहां तुमने लाकर टिकाया है, वहीं टिकी हुई तुम्हारी प्रतीक्षा कर रही हूं..."

और सहसा मेरे आलोचक ने मुझसे पूछा, 'जो कुछ मैं कह रही हूं उसका अर्थ क्या है? क्या व्यंजित करना चाहती हूं मैं?' और व्यंजना की बात सोचकर मैं बौखला गई। जैसे कुछ समझ में नहीं आ रहा था। कुछ सूझ नहीं रहा था...

"और सुनाओ, क्या हाल-चाल हैं?" उस बौखलाहट में मैंने औपचारिकता का सहारा लेना चाहा।

"हाल! हाल तो अपना बहुत बुरा है। बहुत बुरा।" वह कुछ गंभीर भी था और नहीं भी था। वह हंसा, "परीक्षा आ रही है, दौड़ती हुई। मजे हैं तुम लोगों के। पढ़ने-वढ़ने की कोई चिंता ही नहीं। ज़रा-सा टहलते हुए स्कूल चले गए। बच्चों को कुछ डांटा-फटकारा और फिर वैसे ही टहलते हुए घर चले आए।"

"हां-हां!" मैं भी हंसी, "बच्चों को डांटना-वांटना भी क्या ज़रूरी है। वैसे ही चले आओ तो भी क्या हानि है। छह-छह पीरियड गला फाड़ना पड़े तो तुम्हें भी पता लग जाए कि ज़रा-सा टहलते हुए जाना और ज़रा-सा टहलते हुए लौट आना क्या होता है।"

"अर्थात् तुम भी दुखी हो?" उसने पूछा।

"तुम क्या समझते हो?" मैं मुस्कराई।

"मैं क्या समझूंगा।" उसकी मुद्रा फिर गंभीर हो गई, "ढाई हज़ार वर्ष पहले महात्मा बुद्ध नाम का एक व्यक्ति पत्थर की लकीर खींच

गया है। उसने कहा था, संसार दुःखमय है। प्रत्येक व्यक्ति दुखी है, जन्म ही दुःख का काण है...।" उसने फिर अपना मूड बदला, "खैर छोड़ो, चलो, कहीं घूमने चलें।"

तो यह अपनी परीक्षा और महात्मा बुद्ध से दुखी होकर मेरे पास आया है। इसे भी मेरी याद आती हैं इसे भी मेरी ज़रूरत महसूस होती है।

"तुम बैठो ज़रा। मैं मां से पूछ आऊं।" मैंने कहा और दूसरे कमरे में चली गई। मां से पूछना तो बहाना मात्र था। हां, वैसे मां को सूचना तो देनी ही थी। फिर भी मैं कपड़े बदलने और हल्की, ऊपर-ऊपर से सही, कंघी करने का अवकाश तो चाहती थी।

मां को मैंने बताया तो उनका चेहरा उतर गया। उन्हें मेरा जाना अच्छा नहीं लगा। पर क्यों? क्या फिर मां को अकेलापन अखरने लगा है? पर अब तो मैं काफी-काफी समय तक बाहर रहती हूं या मां को आज फिर सतीश की याद आई है? या...पर ऐसे ही अवसरों पर मां को उदास होना मुझे आजकल सबसे अधिक अखरता था। मैं ज़रा-सी उल्लतिस हुई नहीं कि मां की उदासी मेरी प्रसन्नता की आग पर ठंडे पानी के छींटे दे देती थी।

मेरा मूड बहुत ख़राब हो जाता था...और फिर मेरे मन में मां भी एक हौआ बनती जा रही थी। मुझे लगता था मैं अब मां से कतराने लगी हूं। उससे घबराने लगी हूं।

"क्या बात है, मां?" मैंने पूछा।

मां ने मुझे ऐसी नज़रों से देखा, जैसे कह रही हो कि क्या तुम स्वयं नहीं समझतीं।

फिर धीरे से बोलीं, "बेटी! एक लड़के के साथ तेरा रोज़-रोज़ का आना-जाना अच्छा नहीं है।"

मैं निर्णय नहीं कर सकी कि मां इस बात पर मैं हंसूं या रोऊं। क्या समझती है मां! क्या मैं नादान बच्ची हूं; या शैलेश कोई

अपरिचित व्यक्ति है! क्या मां यह नहीं समझतीं कि वह अपनी सरला का छोटा भाई है। मौसी का लाडला भानजा और सुषमा का चहेता भाई है। आख़िर मां क्यों घबरा रही है!

"मां, यह एक लड़का नहीं है।" मैंने हंसकर बात को हल्के स्तर पर पहुंचाया, "शैलेश है, शैलेश।"

"कोई भी हो।" मां का स्वर तनिक भी नहीं बदला, "बेटा! हम ग़रीब हैं। हमारे विषय में बातें जल्दी बनती हैं। अमीरों पर कोई अंगुली भी नहीं उठाता।"

मां की ये सारी बातें बहुत पुरानी थीं। मैं आज तक कई बार सुनकर भी इन्हें अनसुना कर चुकी थी। पता नहीं मां की चेतना में ग़रीबी का कनखजूरा क्यों चिपटा रहता है। धन का अभाव मुझे भी कोंचता है—पर असुविधा के धरातल पर, किन्तु मां को हीनता के स्तर पर ले जाता है। हम अमीर न सही, पर धन का यहां क्या प्रश्न है। शैलेश सरला का भाई है। उसने हमारी इतनी सहायता की है। वह हमारे लिए इतना उपयोगी सिद्ध हुआ है कि हम उसके कृतज्ञ हैं और आज मां उसी को लेकर इतनी आशंकित हैं...

मैं मां की उपेक्षा कर शैलेश के साथ बाहर चली आई। मैं नहीं चाहती थी कि शैलेश को किसी भी प्रकार यह पता चले कि दूसरे कमरे में क्या बात हुई थी; और यह तो बिल्कुल ही नहीं चाहती थी कि उसे यह पता चले कि बात उसी को लेकर थी। पर मेरा मूड काफी ख़राब हो चुका था, इतना कि मैं छिपा नहीं पाई। मैंने बहुत चेष्टा की, पर शैलेश समझ ही गया।

"क्या हुआ, कविता? मां ने मना किया था क्या?" उसने पूछा।

तो वह समझ गया था! अब झूठ बोलने का भी कोई लाभ नहीं था। वैसे मैं झूठ बोल पाती भी नहीं।

"हां।" मैंने स्वीकार कर लिया।

"तो मुझसे क्यों रूठी हो, भई!" वह सीधे मेरी आंखों में देख

रहा था, "मैंने तो महामहिम के सम्मान में कोई अशिष्टता करने का दुस्साहस नहीं किया।"

"तुमसे कहां रूठी हूं।" मैं चाहते हुए भी उसकी बात पर हंस नहीं सकी। बात कुछ अधिक गहरी थी, मूड हल्का नहीं हो सका, "मेरा मन मां के व्यवहार पर झींक रहा है। उन्हें तो प्रत्येक बात में कहीं-न-कहीं, कोई-न-कोई अनष्टि ही दिखाई पड़ता है।"

मैं उसकी बात पर हल्की नहीं हो पाई थी और वह मेरी बात पर गंभीर नहीं हो पाया।

"तुम्हारी भलाई के लिए ही कहती हैं।" शायद वह मुझे चिढ़ाने के लिए ही उपदेश दे रहा था।

"भलाई-वलाई क्या।" मैं अभिज्ञ थी कि मां मेरी मां है। अपनी हैं। उनके और मेरे झगड़े हमारी अपनी बात है। बाहर के एक व्यक्ति के सामने उन झगड़ों को खोलना, मां की शिकायत करना उचित नहीं था। पर मेरा मन कब से किसी उपयुक्त पात्र की खोज में था, जिसके सामने ये सारी बातें कहकर वह हल्का हो सके।

मैं विचित्र द्वंद्व से ग्रस्त थी। चाहती भी थी और नहीं भी चाहती थी। स्वयं को रोक भी रही थी और बोल भी रही थी, "पहले ही मां कम नहीं थीं। अब तो और अधिक चिड़चिड़ी हो गई हैं। ज़रा-ज़रा-सी बात में रोने बैठ जाती हैं।"

"कारण क्या है?" उसने पूछा, "आख़िर कोई बात तो होगी ही।"

"कारण क्या होगा!" मैं कुछ और आवेश में आ गई। शैलेश से किसी भी प्रकार दुराव मेरे लिए संभव नहीं था, "मेरी शादी की चिंता लगी रहती है। सदा वही एक ही रट। अब नहीं होती मेरी शादी तो मैं क्या कर सकती हूं।"

और फिर अकस्मात् मेरे भीतर का आलोचक जागा, क्या मैं जान-बूझकर उससे इस विषय में बात कर रही हूं। क्या मैं उसे कोई

संकेत दे रही हूं... मैं अपने आलोचक की तीखी नज़रों से घबरा गई। मैंने तुरन्त विषय बदल दिया, "...और फिर मां को सदा सतीश की याद आती रहती है। कभी-कभी बहुत अधिक याद आने लगती है। बेचारा अकेला होगा। खाता-पीता कैसे होगा? उसकी देखभाल कौन करता होगा? इन्हीं सब चिंताओं से उसका रोग और भी बढ़ गया है। और..." मैं बीच में ही रुक गई।

"और क्या?" वह शायद अभी और बहुत कुछ सुनने की आशा में था।

"छोड़ो भी!" मैं अब स्वयं को काफी संभाल चुकी थी और सचमुच ही चाहती थी कि इस बात को और आगे न बढ़ाया जाए, "तुम भी क्या सोचोगे कि अपना दुखड़ा ले बैठी। मैं तो पिसती ही हूं निराशा की चक्की में, तुम्हें क्यों बोर करूं?"

"तुमने मुझे बहुत ग़लत समझा है, कविता।" सरला का वह ऊटपटांग भाई, अपने सारे बाह्य परदों को जैसे चीरकर, अपने यथार्थ रूप में मेरे सामने खड़ा था। वह अपने बाह्य रूप को ही वास्तविक रूप समझ लिए जाने से शायद दुखी था और अपने वास्तविक स्वरूप को सम्मुख रहना चाहता था, "हम एक-दूसरे के लिए और कर ही क्या सकते हैं, सिवाय अपने छोटे-बड़े दुःख बांटने के। वैसे तुम न बताना चाहो, तो और बात है।

मैं तुम्हें मजबूर नहीं कर सकता कि तुम अपने मन को मेरे सामने खोलो। पर, कोई हम पर विश्वास करता है और अपना दुःख हमारे साथ बांटता है, यह बात किसी को भी अच्छी ही लगेगी।"

मैं पानी-पानी हो गई। यह लड़का, जिसे मैं गंभीरतापूर्वक स्वीकार नहीं कर रही थी, कितना गहरा है यह! कितना दर्द होगा इसके मन में! कितनी सहानुभूति और कितना प्यार! यह चाहता है कि मैं अपना हृदय खोलकर इसके सामने रखूं—अपना दुःख-दर्द इसके साथ बांटूं। यह मेरी आत्मीयता मांग रहा है। हाय रे मेरे भाग्य!

"नहीं, छिपाने की कोई बात नहीं है और फिर तुमसे क्या छिपाना, शैल!" मैं पूरी तरह अभिभूत थी। अपनी चेतना के नियंत्रण से मुक्त, किसी बाह्य शक्ति से परिचालित –

"मां को चौबीस घंटे एक बात सताया करती है कि हम ग़रीब हैं। तो मैं अब क्या करूं? ग़रीब हैं तो क्या जीने के भी अधिकारी नहीं? जब कुछ करने लगो, कुछ लेने लगो, कहीं जाने लगो, खुशी की कोई भी बात करे तो बस वहीं एक रट, 'हम ग़रीब हैं, हम ग़रीब है'।

मेरे इस सारे आवेश ने उसे तनिक भी नहीं डिगाया। वह अपनी उसी गंभीर मुद्रा में मेरे सामने था, शांत और अचल। उसके चेहरे पर नाराज़गी, क्रोध, क्षोभ की कोई एक भी रेखा नहीं उभरी। वह मुझे समझा रहा था, "दोष उनका नहीं है, कविता! शायद आज की हवाओं में सांस लेकर हम उनकी स्थिति ठीक-ठीक समझ नहीं पाते। समझ सकते भी नहीं, क्योंकि वे हमारे अनुभव नहीं हैं। जिस रास्ते से होकर हमारा जीवन गुज़रता है, वह हमें उसी ढंग से सोचना-समझना और महसूस करना सिखाता है। उनके मस्तिष्क में युगों से कूट-कूटकर यह भरा गया है कि ग़रीबी हीनता का चिह्न है, एक अवगुण है। वह अपनी इस उम्र में अपनी चिंतन-पद्धति बदल नहीं सकतीं। उनसे नाराज़ होना व्यर्थ है।"

मैं हतप्रभ खड़ी उसे देखती रही। क्या यह वही शैलेश था?

फिर मैं बात को आगे नहीं बढ़ा सकी, चुप रह गई। वह भी पता नहीं क्या सोचने में मग्न हो गया था। हम चुपचाप चलते रहे। वह कुछ बोला नहीं और मैंने भी उसका ध्यान भंग करना उचित नहीं समझा।

"मुझे तो बहुत भूख लगी है।" सहसा शैलेश ने मौन तोड़ा।

"घर पर तो रोज़ ही खाते हैं।" उसने मेरी ओर देखा, "कभी-कभी बाहर खाने में भी कोई हानि नहीं है।"

और जब तक मैं कुछ कहूं, 'हां' या 'न', तब तक हम पास के रेस्टरां में प्रवेश भी कर चुके थे।

पिछले दिनों रीमा और ज्योत्स्ना के साथ मैंने कई बार रेस्तरां इत्यादि में खाया था, पर शैलेश के साथ पहले एक ही बार बाज़ार गई थी। वह इस शहर में मेरा दूसरा दिन था। मुझे सारे नगर में कोई भी नहीं पहचानता था। तब मुझे कोई चिंता नहीं थी। पर आज शैलेश के साथ एक रेस्टरां में बैठे हुए देख लिए जाने का भय मेरे मन में था। फिर, मैं जिन रेस्टरांओं में अब तक गई थी—वे प्रायः इतने महंगे नहीं थे। फिर भी, अब तो मैं आ ही चुकी थी।

"बैठो!" शैलेश ने इशारा किया और मैंने चुपचाप उसके संकेत का अनुसरण किया।

"बोलो, क्या खाओगी?" वह मीनू पर नज़र जमाए मुझसे पूछ रहा था।

"तुम भूलते हो।" मैं मुस्कराई, "भूख तुम्हें लगी थी, मुझे नहीं। मैंने शाम की चाय के साथ काफी-कुछ खाया है।"

"तो तुम बैठकर सूंघना।"

उसने संकेत से बैरे को बुलाया और चीज़ सैंडविच तथा कॉफी लाने के लिए कह दिया।

हम खाते रहे, बातें भी करते रहे। उसने यह कहा ज़रूर था कि उसे भूख लगी है, पर खाते हुए उसने ऐसा कोई चिह्न नहीं दिखाया। प्रायः हम दोनों ने बराबर-बराबर ही खाया, जब कि मुझे एक दम भूख नहीं थी।

बातचीत में भी ज़्यादातर मुझसे प्रश्न ही कर रहा था और मैं उत्तर देती जाती थी। उसके प्रश्न अधिकांशतः मेरे स्कूल और वहां के लोगों के ही विषय में थे। मैं नहीं जानती कि वह ये सारे प्रश्न अपनी जानकारी के लिए पूछ रहा था या केवल शिष्टाचारवश। पर फिर भी मैंने उसे अपने स्कूल, मिस सेनगुप्ता तथा अन्य अध्यापिकाओं के

विषय में पूरे विस्तार के साथ बताया। ज्योत्स्ना और रीमा के संबंध में भी बताया और यह भी बताया कि हमारी शेष लोगों से पृथक् एक टोली-सी बन गई है।

वह फिर से मेरा अभिभावक बन गया था। वह मुझसे जो कुछ भी पूछता, उसके उत्तर को उत्तर के रूप में न सुनकर रिपोर्ट के रूप में सुनता था और अंत में वहीं एक प्रश्न, "कोई परेशानी तो नहीं है न?" और नकार में जब मैं सिर हिला देती तो वह निश्चिंत हो जाता।

अंत में हमने पिक्चर चलने का कार्यक्रम बनाया। दूसरे दिन इतवार था और मॉर्निंग शो में बड़ी अच्छी पिक्चर चल रही थी। मैं चाहती थी कि वह सबेरे मेरे घर आए, वहीं नाश्ता करे और वहीं से हम पिक्चर देखने जाएं।

पर वह किसी भी तरह मेरी बात मानने को तैयार नहीं था। उसकी ज़िद थी कि मैं उसके घर आऊं और वहां से हम पिक्चर जाएं। आख़िर हारना मुझे ही पड़ा। वह अपनी इच्छा से मेरी बात मान लेता तो और बात थी, पर जब वह अपनी ज़िद पर अड़ ही गया था तो मेरे लिए दूसरा मार्ग ही क्या था।

शैलेश मुझे छोड़ने के लिए घर पर आया।

"थैंक्यू!" मैंने भीतर जाने से पहले कहा।

"पगली!" उसने मेरे सिर पर हल्की-सी चपत जमाई और चला गया।

घर के भीतर आई तो जैसे आपे में नहीं थी। पर मां के स्वर ने स्वप्न-लोक से खींचकर धरती पर खड़ा कर दिया।

"शाम की डाक में सतीश की चिट्ठी आई है।" मां कह रही थीं।

सतीश का पत्र! मुझे झटका-सा लगा। मैं जैसे बार-बार अपने परिवेश को भेदकर किन्हीं ऊंचाइयों पर उड़ने का प्रयत्न करती थी

और यथार्थ का हाथ मुझे वापस अपने परिवेश में पटक देता था। सतीश का पत्र, निश्चित रूप से अपने साथ उदासी लाया होगा। उसने अपनी परेशानियों के विषय में लिखा होगा। हर बार वही होता है।

मैं जैसे खीझ गई। आख़िर अपने हर पत्र में सतीश ऐसी बातें क्यों लिखता हैं, जिनसे वह मुझे यह अहसास देता है कि उसने मेरे लिए अपना बलिदान कर दिया है। वह मेरे सुख के लिए ही वहां अकेला परेशानियां झेल रहा है और मां यहां मुझे यह जताती रहती है कि यहां मेरे कारण अकेलापन सहना पड़ रहा है। आख़िर ये दोनों क्या चाहते हैं?

पर दूसरे ही क्षण मेरे भीतर के आलोचक ने मुझे डांट दिया। मैं भाई का पत्र अपने हाथों में पाकर भी ललकपूर्वक उसे खोलकर पढ़ती क्यों नहीं? मैं कैसी बहन हूं!

भाई का पत्र पाकर मुझे कोई खुशी नहीं हुई, उलटे मैं उससे नाराज़ हो उठी। हां, यदि वह जताता भी है कि उसने मेरे लिए त्याग किया हे तो मुझे इसे मानने में इनकार क्यों हो? उसने मेरे लिए त्याग किया है। मेरी परेशानियां अपने सिर ले ली हैं, इसे मैं मानती क्यों नहीं? मेरे कारण ही तो वह वहां पड़ा है और मां यहां पड़ी है। मैं हूं ही ऐसी। सबको मेरे कारण परेशानियां झेलनी पड़ती हैं...

मैंने पत्र खोला और एक ही नज़र में सारा पत्र पढ़ गई। सतीश ने लिखा था कि वैसे तो पहले ही उसकी नौकरी का कोई भरोसा नहीं था–कच्ची नौकरी ठहरी! पर अब उसकी नौकरी छूट जाने की आशंका और भी बढ़ गई है। उसका अफसर भी कुछ कारणों से उससे प्रसन्न नहीं है।

क्या मैं यह चाहूंगी कि वह अपनी वर्तमान नौकरी छोड़कर मेरे पास आ जाए और यहीं कोई अच्छी-सी नौकरी ढूंढ़े। वैसे भी उसकी उम्र अब बढ़ ही रही थी। जीवन में सैटल होने से पूर्व वह चाहेगा कि वह कोई अच्छी-सी पक्की नौकरी ढूंढ़ ले...

क्या लिख रहा है सतीश? वह नौकरी छोड़कर यहां आना चाहता है। क्या इसे इस बात का पता नहीं है, बड़े शहर में खर्च भी बढ़ जाता है? मैं यहां जो कुछ कमाती हूं, उसमें सरलतापूर्वक मेरा और मां का ही खर्च नहीं चल पाता। वह यहां आ जाएगा तो...! भला लगी-लगाई नौकरी छोड़ने का क्या अर्थ? अफसर उससे खुश नहीं है तो इसलिए न कि सतीश ने उसे प्रसन्न रखने का कोई प्रयत्न नहीं किया। ...और फिर सतीश ने अपनी बढ़ती हुई वय और जीवन में सैटल होने की बात भी कही है। क्या वह अपने विवाह की बात सोच रहा है...?

मुझे लगा कि मैं चीख पड़ूंगी। सतीश...! मेरा छोटा भाई अपने विवाह की बात सोच रहा है। क्या उसे नज़र नहीं आता कि मैं, उसकी बड़ी बहन, अभी अविवाहित बैठी हूं। उसने यह क्यों नहीं सोचा कि मेरे लिए उचित वर खोजना, मेरा विवाह करना भी उसी का कर्तव्य है। आख़िर वह मेरे विवाह की बात क्यों नहीं सोचता?

पर मेरा आवेश क्षणिक था। दूसरे ही क्षण मेरा आलोचक मेरे सम्मुख खड़ा मुझसे पूछ रहा था कि क्या मैं विवाह करना चाहती हूं? यदि मैं विवाह ही करना चाहती हूं तो मैं स्वयं ही अपने लिए कुछ क्यों नहीं करती—जैसे रीमा और ज्योत्स्ना कर रही हैं या मैं मां को ही क्यों नहीं कहती कि वह मेरा विवाह कर दें। मैं यह भी क्यों चाहती हूं कि सतीश ही मेरे लिए सब कुछ करे। फिर यदि वह मेरे लिए कोई वर खोज भी दे तो मैं उससे विवाह कर लूंगी क्या?

मैं स्वयं अपनी दृष्टि में गिरती जा रही थी—कितनी नीच हूं मैं, कितनी स्वार्थी! अपने छोटे भाई को कभी कुछ न दे सकी, उससे लेती ही रही हूं और आज वह मुझसे कुछ चाह रहा है तो मैं अपना स्वार्थ साधने की सोच रही हूं।

मेरे जी में आया कि मैं बिस्तर पर जा गिरूं और तकिए में मुंह छिपाकर खूब रोऊं, देर तक और रोती-रोती सो जाऊं। पर मां मेरे

सिर पर खड़ी थीं—वह जानना चाहती थीं कि सतीश ने अपने पत्र में क्या लिखा है?

सुबह मैं शैलेश के घर पहुंची। उसने मुझे अपनी 'ओल्ड आंटी' से मिलाया और 'छुटकी बहन' सीमा से भी। वह अपनी 'ओल्ड आंटी' से भी कुछ अधिक शिष्टता से पेश आ रहा था और छुटकी बहन से तो खैर उसका स्नेह छलकता पड़ रहा था।

मैंने सुषमा के प्रति उसके व्यवहार को देखा था—वह बराबर की चोट थी। इसलिए दोनों में नोक-झोंक चलती रहती थी। पर सीमा छोटी थी। वह शैलेश से किसी भी बात पर बराबरी नहीं करती थी। वह 'भैया-भैया' करती उसके आगे-पीछे घूमती रहती थी। इसलिए शैलेश भी उसके लिए बड़ा हो गया था और बड़ा होकर वह सिवाय स्नेह के और क्या देता।

मेरे मन के जाने किस कोने में यह बात छिपी बैठी थी कि शैलेश ने अपने मेरे साथ पिक्चर जाने की बात को गुप्त रखा होगा। घर पर वह सरला की सहेली के रूप में मेरा परिचय दे सकता था, पर मेरे साथ पिक्चर जाने के लिए वह क्या कारण देता। वैसे भी यह आवश्यक नहीं होता कि लड़कों की गतिविधि की उनके घरवालों को सूचना हो ही।

वे कहां-कहां घूमते-फिरते हैं, किसी को क्या पता। पर मुझे जानकर कुछ आश्चर्य ही हुआ कि उसने इस कार्यक्रम की पूरी सूचना घर पर दे रखी थी और सीमा हमारे साथ पिक्चर जाने के लिए तैयार बैठी थी...

मैं अपने मन में हुई प्रतिक्रिया को समझ नहीं पा रही थी। मुझे लग रहा था कि सीमा के साथ चलने की सूचना ने मुझे कहीं-न-कहीं उलझा दिया है। मेरे भीतर की सनसनी-सी अब समाप्त हो चुकी थी और मेरा उत्साह कहीं से टूट-सा गया था, फिर भी मुझे लग रहा

था कि मैं एक बहुत बड़े जोखिम से बच गई हूं। अब मैं सुरक्षित हूं। मेरा कोई अनिष्ट नहीं होगा, न ही मेरे हाथों किसी का अनिष्ट हो पाएगा।

जब हम पहुंचे तो बुकिंग आरंभ हो चुकी थी। पर भीड़ अधिक नहीं थी, इसलिए एडवांस बुकिंग न कराने का खेद मन से मिट गया। अब टिकटें न मिलने के कारण, घर लौटने की मजबूरी की स्थिति आने की आशंका नहीं थी। हम दोनों दीवार के पास, भीड़ से ज़रा हटकर, एक किनारे खड़ी हो गईं और शैलेश टिकटें लेने के लिए चला गया।

"दीदी! दीदी! यह देखो।" सीमा मुझे पोस्टरों के चित्र दिखा रही थी, "कितना सुंदर है न!"

हम दोनों उन चित्रों को देखने लगी थीं। कुछ चित्र आज की पिक्चर के थे, कुछ आने वाली पिक्चरों के।

"कविता!"

मैंने घूमकर देखा, रीमा और ज्योत्स्ना थीं।

"हैलो!" मैं ललक के साथ आगे बढ़ी, "तुम लोग भी..."

पर उन दोनों में से कोई भी मेरे समान उत्साह से आगे नहीं बढ़ी। उतनी दूरी पर ही खड़ी वे कुछ कुटिल-सी मुस्कराती रहीं।

क्या बात है?—मैं सोचती रही।

"खूब उड़ती हो हमसे!" ज्योत्स्ना ने अपने होंठों को कुछ अधिक मरोड़कर कहा, "मैं नहीं, मैं नहीं। हूं?"

मैं सकपका गई। ये लोग क्या जानना चाह रही हैं? इनकी आंखों में यह कुटिलता कैसी है, होंठों पर यह मुस्कान?

"क्या मतलब?" मैंने पूछा।

"छोड़ री!" रीमा ने मेरे कंधे पर हाथ मारा। मुझे उसका एक सार्वजनिक स्थान पर ऐसा खुला व्यवहार कुछ अशिष्ट और दिखावटी लगा, "कौन है यह?"

"कौन? यह शैलेश?" मैंने कुछ भांपते हुए पूछा।

"मुझे क्या पता शैलेश या रमेश?" रीमा फिर मुस्कराई।

शैलेश टिकटें लेकर आ गया और बात रुक गई। मैंने शैलेश से उनका परिचय करवा दिया।

"आप लोग टिकटें ले आई हैं या ले आऊं!" शैलेश ने कहा।

"नहीं, हम टिकटें ले चुकी हैं। धन्यवाद।" ज्योत्स्ना अपनी सधी हुई धीमी आवाज़ में बोली और साथ ही मुस्कराई।

"अच्छा!" रीमा घूमी।

शैलेश हाथ जोड़कर एक ओर हट गया था और रीमा और ज्योत्स्ना के लिए रास्ता बनाते हुए मैं भी कुछ दूर चली गई थी।

जाते-जाते रीमा, मेरे कंधे को अपनी बांह से ढकते हुए, जैसे विदाई लेते हुए मेरे कान में फुसफुसाई, "लड़का तो अच्छा फंसाया है, पर अभी छोटा है।"

जब तक मैं सिर उठाऊं, उसे देखूं, घूमूं–वे जा चुकी थीं।

मैं सन्न-सी खड़ी रह गई। क्या सुना मैंने! वह क्या कह गई!

"चलो, दीदी!"

शैलेश हॉल के प्रवेश-द्वार के काफी समीप पहुंच गया था और सीमा मेरा हाथ पकड़े हुए मुझे खींच रही थी। मैं क्षण भर में ही कुछ-की-कुछ हो गई थी। मेरे प्राण जैसे किसी ने खींच लिए थे। मैं ऊर्जारहित अचेत-सी साथ घिसटती चली जा रही थी।

'लड़का तो अच्छा है...फंसाया है...लड़का...फंसाया।' मैं होश में नहीं थी। मैं जैसे किसी पुराने खंडहर में फंस गई थी, जहां भूत और पिशाच मेरे कानों में चीखें मार रहे थे।

आवाज़ें-ही-आवाज़ें–चारों ओर आवाज़ें–तेज़ और मद्धिम–गूंजती हुईं। मेरी आंखें जैसे भय से बंद हो गई थीं, कान-ही-कान खुले थे।

पर उन कानों में परदे पर होती हुई बातों की कोई आवाज़ प्रविष्ट नहीं हो सकी।

सीमा मुझसे क्या पूछती रही, मैं नहीं जानती। शैलेश ने मुझसे क्या कहा, मुझे मालूम नहीं। मेरे दोनों कानों में तो असंख्य पिशाच चीख रहे थे, 'हा-हा-हा- ...हू-हू-हू... फंसाया है ...फंसाया है...।'

रीमा ने नेशनल स्टोर वाले को फंसाया है। वह उससे मुफ्त में चीज़ें ले आती है और झूठी मुस्कानें उसे दे आती है। वह उसके साथ खेल कर रही है। उसे धोखा दे रही है। मैंने भी शैलेश को फंसाया है—फंसाया है। वह अभी समझता नहीं, छोटा है। आयु में कम, बुद्धि का कच्चा।

मैं चालाक हूं, बड़ी हूं। मैंने उसे फंसा लिया है। मैंने उसके भोलेपन का, उसके अज्ञान का अनुचित लाभ उठाया है। वह मुग्ध युवक है और मैं प्रौढ़ा नायिका हूं। मैंने उसे फंसाया है—उसे धोखा दिया है।

शैलेश को धोखा : जो सरला का भाई है। सरला का ही नहीं, सुषमा और सीमा का भी एकमात्र भाई है। सरला—सरला जो मेरी सहेली है...जिसने सदा मेरी परेशानियों में मुझे सहायता दी है...जो मेरे जीवन के अंधकार में सदा उल्लास के प्रकाश के समान आई, उस सरला ने मुझ पर विश्वास किया। मुझे शैलेश के पास पहुंचाया : उसने मुझे शैलेश को सौंपा या शैलेश क्रो मुझे सौंपा! और अब मैं उस शैलेश का धोखा दे रही हूं। शैलेश को—जिसने मेरे होंठों की कंपकंपी और आंखों की उदासी छीन ली है, जिसने मुझे केवल हंसी-खुशी के फूल दिए हैं। मैं उसी शैलेश को धोखा दे रही हूं। उसे फंसा रही हूं। उसे सरला, सुषमा, सीमा बड़ी मौसी, छोटी मौसी : सबसे छीन रही हूं।

नहीं-नहीं! यह नहीं होगा। मैं सरला की ऋणि हूं, शैलेश की आभारी हूं। मैं सुषमा और सीमा से प्यार करती हूं—मैं उनके प्रति

विश्वासघात नहीं करूंगी, उनको धोखा नहीं दूंगी। मैं भोले बालक को, इस खिलंडरे लड़के को फंसाऊंगी नहीं! मैं उनका—किसी का भी अहित नहीं होने दूंगी।

मैं अपनी काली छाया उनके सुनहरे जीवन पर नहीं डालूंगी, नहीं पड़ने दूंगी। सरला! सरला! मैं तुम्हारे प्रति अपराधिनी नहीं बनूंगी—सरला! मैं तुमसे तुम्हारा भाई नहीं छीनूंगी। सरला! नहीं, नहीं...

"कविता! क्या सोच रही हो?" शैलेश ने मेरे कंधे को छूकर मुझे जगाया, "इंटरवल हो गया है।"

"क्या सोच रही हो?" शैलेश ने फिर पूछा, "तुम्हें क्या हो गया है? अरे, यह तो पिक्चर है—अभी देखना, हीरो-हीरोइन मिल जाएंगे। तुम तो बहुत ही सेंसेटिव हो।"

"हां! मैंने झेंप मिटाई, "मैं बहुत भावुक हूं।"

"बाहर चलोगी, दीदी?" सीमा ने पूछा।

"नहीं सीमा, मैं नहीं जाऊंगी। मैंने कहा, "शैलेश, इसे ले जाओ, आइसक्रीम खिला लाओ।"

"चल-चल, छुटकी!"

मैं पर्स में हाथ डाले पैसे ही टटोलती रह गई और वह सीमा को ले भी गया।

इंटरवल के बाद भी मुझसे कुछ देखा ही नहीं गया, कुछ सुना नहीं गया। बार-बार जी में आता था कि उठकर भाग जाऊं। इस सारे परिवेश से निकल भागूं।

शैलेश से बहुत दूर चली जाऊं ताकि कोई यह न कह सके कि मैं उसे फंसा रही हूं। चली जाऊं, चली जाऊं। सरला ने मुझ पर विश्वास किया है—मैं उसका विश्वास भंग नहीं होने दूंगी—एकदम नहीं। मैं

अब शैलेश से नहीं मिलूंगी—बिल्कुल नहीं मिलूंगी। पिक्चर समाप्त हो गई।

हम तीनों भीड़ में बहते हुए-से बाहर निकले। मैं अपने चेहरे पर बार-बार शैलेश की दृष्टि का ठहराव महसूस कर रही थी। वह शायद कुछ कहना चाहता था, पर कह नहीं पा रहा था और मुझमें इतनी भी हिम्मत नहीं रह गई थी कि मैं अपनी ओर से उससे इतना ही पूछ लेती कि वह क्या कहना चाह रहा था।

"कविता!" अंत में शैलेश बोला, "मुझे पता होता कि तुम्हारा मन इतना कोमल और भावुक है तो मैं तुम्हें ऐसी गंभीर ट्रेजडी दिखलाने के लिए कभी नहीं लाता आयम सॉरी, कविता!"

मैं एक झेंपी-सी हंसी हंसकर चुप हो गई। मैं नहीं जानती कि उसने मेरी हंसी का क्या अर्थ निकाला। फिर रास्ते में कोई विशेष बात हुई ही नहीं। हल्के-हल्के दो-एक प्रश्न उसने पूछे और मैंने हां-ना में ही उसे टाल दिया। मेरा मूड देखकर शायद उसने मुझे अधिक छेड़ना उचित नहीं समझा।

मुझे घर पर छोड़कर जब शैलेश और सीमा मुड़े तो मैंने उन्हें थोड़ी देर के लिए ठहरने को भी नहीं कहा। हल्के से मुस्कराकर केवल विदाई में हाथ हिला दिया और उसकी पीठ पर एक भरपूर दृष्टि डालकर स्वयं से पूछा, 'क्या मैं इसको धोखा दे रही हूं?'

मां भी मुझे देखकर चिंतित हुई, पर मैंने उन्हें भी समझा दिया कि पिक्चर दुखांत थी और उसी से मेरा मूड ख़राब हो गया है। मां मुझे कितनी ही देर अपनी क्षमता-भर समझाती रहीं। फिर ये कहकर मुझे छोड़ गईं कि मैं आगे से दुखांत पिक्चरें न देखा करूं...

सहसा एक नया विचार मेरे मन में उठा—मैं क्यों उन चुड़ैलों की बातों में आकर स्वयं को दोषी मान बैठी हूं। मैं कहां फंसा रही हूं शैलेश को? वह तो स्वयं ही मेरे पास आता है। वह ही मुझे बाज़ार ले गया था। वह स्वयं ही मुझे रेस्टरां में ले गया था। उसने ही पिक्चर

चलने के लिए कहा था। वह तो स्वयं ही मेरे समीप आता जा रहा है। मैंने कहां कुछ किया है?

पर मैं उसे मना क्यों नहीं करती? मैं उसे क्यों नहीं समझाती कि मुझसे अधिक घनिष्ठता उसके लिए हितकर नहीं है? मैं उसे क्यों सही रास्ते पर नहीं डालती? मैं उसे क्यों नहीं बताती कि उसका और मेरा कोई मेल नहीं है? उसे मुझसे अच्छी, अच्छे घर की, कम वय की, सुंदर लड़की मिल सकती है—मिलेगी।

किन्तु उसे यह सब समझा देने के पश्चात् मैं उससे मिले बिना रह सकूंगी? मेरे लिए उससे मिले बिना रहना संभव होगा? वह भी तो मुझसे मिलना चाहेगा...पर इन बंधनों को तोड़ना होगा। शैलेश और सरला के हित के लिए जैसे भी हो, मुझे यह करना ही होगा। मुझे सहना ही होगा। जितनी भी पीड़ा सहनी पड़े, मुझे शैलेश से दूर रहना होगा!

दूसरे दिन स्कूल में रीमा मिली, "कौन था वह?"

ज्योत्स्ना मिली, "कौन था वह?"

"मेरी मकान-मालकिन का भानजा है।" मैंने अत्यंत सहज होकर उत्तर देना चाहा।

"वंडरफुल!" रीमा बोली, "बड़ा लंबा हाथ मारा है!"

"किराया नहीं देना पड़ेगा।" ज्योत्स्ना बोली।

"तो तुम भी फंसा लो न किसी मकान वाले को!" मैंने चिढ़कर कहा।

"ऐसा भाग्य कहां!" ज्योत्स्ना ने आह भरी।

"मकान तो बड़ी ऊंची चीज़ है, लाडो!" रीमा ने मेरी ठोड़ी पकड़ी, "यहां तो वह एक साड़ी मुफ्त देने को तैयार नहीं। बहाना मार देता है, पिता जी नाराज़ होंगे। तुम्हारे तो कुछ ग्रह ही अच्छे हैं।"

मुझे उनका इस स्तर पर उतर आना बहुत बुरा लगा। अभी तो

मैं कल का ताना ही पचा नहीं पाई थी और आज यह! पीछे ही पड़ गई हैं चुड़ैलें। झूठ-मूठ बदनाम करती फिरती हैं। जैसी स्वयं हैं, वैसी ही सबको समझती हैं।

मेरे भीतर का आलोचक मेरे सामने खड़ा हो गया, 'तो क्या मेरा शैलेश के साथ कोई नाता नहीं? आकर्षण भी नहीं? प्रेम भी नहीं?' मैं कहती हूं, 'कहां है कुछ! कुछ भी तो नहीं है। है तो बस मैत्री है!' वह नहीं मानता। घूरकर मुझे देखता है, 'मित्रता के तल में भी कुछ नहीं? क्या आकर्षण भी नहीं?' मेरी आंखें उसकी आंखों में नहीं देख पातीं। झुक जाती हैं और मैं स्वीकार करती हूं, 'है। है। है क्यों नहीं!'

और फिर मेरे मन में द्वंद्व मच गया, 'यह क्या है? क्यों है? मैंने क्या किया है, शैलेश स्वयं ही तो आता है। ...वह स्वयं कहां आता है, मैंने ही तो उसे प्रोत्साहित किया है। प्रोत्साहित क्या, मैंने उसे आकर्षित किया है...मैंने ही...हां! रीमा ने कोई ग़लत बात नहीं कही! मैंने ही ...मैं अपराधिनी हूं। मैं ठग रही हूं—सरला को भी शैलेश को भी...

सप्ताह भर तक मैं किसी से नहीं मिली—न शैलेश से, न सुषमा से, न सीमा से, न मौसी से।

पर उस दिन शाम को सुषमा आ गई।

"क्या बात है, कविता?" उसने आते ही पूछा, "शैल से लड़ बैठी हो क्या?"

"नहीं तो!" मैं चौंक पड़ी, "तुमसे किसने कहा?"

"कहा तो किसी ने नहीं।" वह बोली, "पर मुझे ऐसा लगा।"

"नहीं। लड़ाई की तो कोई बात नहीं।" मैंने स्पष्टीकरण आवश्यक समझा, "अभी पिछले रविवार को तो मैं, सीमा और शैलेश पिक्चर गए थे। उसके बाद हमारी भेंट ही नहीं हुई।" मैंने उसकी ओर देखा, "तुम्हें ऐसा क्यों लगा?"

"वह आज सबेरे से यहां आया हुआ है।" सुषमा ने बताया, "एक

बार मैंने पूछा, कविता से मिलोगे नहीं, तो टाल गया, दूसरी बार पूछा तो मारने दौड़ा।"

"पर क्यों? मैं कुछ समझ नहीं पा रही थी, "ऐसी तो कोई बात नहीं हुई। तुम्हें अवश्य ही भ्रम हुआ है, सुषमा!"

"तो चलो।" उसने मेरी बांह पकड़कर उठाया, "तुम स्वयं ही उससे पूछ लो।"

'जाऊं?' और एक बड़ा-सा प्रश्न-चिह्न मेरे मार्ग में बाधा बनकर खड़ा हो गया। फिर प्रश्नचिह्न एक दरांती में बदल गया। उसकी धार बहुत तेज़ थी और मेरी गर्दन उस दरांती में फंसी हुई थी—जाऊं? जाऊं?

मेरे मन में एक तेज़ आवाज़ कड़की और फिर देर तक मन की दीवारों में टकरा-टकराकर गूंजती रही—जैसे पहाड़ों की चोटियों पर बिजली कड़कती है और घाटी में देर तक इधर से उधर, उधर से इधर गूंजती फिरती है—मत जा! मत जा, कविता! मत जा! देख, कितना अच्छा अवसर है, उसने स्वयं ही तुझसे नाता तोड़ लिया। फिर ऐसा अवसर नहीं आएगा। मत जा!

क्या मैं शैलेश को कभी नहीं मिलूंगी?—और मेरे पेट के निचले भाग की अंतड़ियों में भयंकर पीड़ा हुई। मेरे होंठ सूख गए। सिर भन्नाने लगा। मेरे मन की घाटी में 'मत जा' की आवाज़ गूंजती रही और मैं सुषमा के साथ चल पड़ी।

मैंने देखा, शैलेश सचमुच रूठा बैठा था। उसने मेरे आने पर यह आभास भी नहीं किया कि उसने मुझे देखा है या उसे मेरे वहां होने का अहसास भर भी हुआ है। मेरे जी में आया, दौड़कर उसे सामने घुटनों के बल ज़मीन पर बैठ जाऊं। उसे चेहरे को अपनी हथेलियों में पकड़कर अपनी ओर घुमा लूं और उससे पूछूं कि आख़िर वह किस बात से नाराज़ है।

पर मैंने स्वयं को संभाला। मैंने स्वयं को ज़रा-सी भी ढील दी तो मन बहक जाएगा। फिर सब कुछ आपे से बाहर हो जाएगा।

"क्या हुआ है तुम्हें, रूठे बच्चे?" मैंने अपने स्वर में हास्य का पुट देने की चेष्टा की।

"मुझसे बात मत करो।" उसने कुप्पे जैसा मुंह फुलाया और चेहरा दूसरी दिशा में घुमा लिया।

"कुछ बोलो भी तो।" मैंने बहुत संयमित ढंग से उसे मनाया, "कारण भी तो बताओ। मैंने तो कुछ किया ही नहीं, कुछ कहा नहीं।"

"हां! तुमने तो कुछ किया नहीं। मेरा ही दिमाग़ ख़राब है।" उसने अपना चेहरा विकृत कर मुझे देखा।

"उस दिन जब पिक्चर गए थे तो तुमने कहा था कि तुम मेरे घर आओगी।" उसने तमककर कहा, "फिर तुम आई भी नहीं और कोई सूचना भी नहीं भिजवाई।"

"मैंने कहा था कि मैं आऊंगी?" मैं चकित होकर स्वयं से ही प्रश्न कर रही थी, "मुझे तो कुछ भी याद नहीं।"

"तो मैं झूठ बोल रहा हूं?" वह ठीक बच्चों के समान मचला।

मैं क्या उत्तर देती? मुझे तो कुछ भी याद नहीं था। उस दिन मैं होश में ही कहां थी!

"अच्छा, ग़लती हो गई।" मैंने हंसने की चेष्टा की, "मुझे माफ कर दो।"

"तो फिर संधि?" वह छोटे-से उस बच्चे के समान मचला जो मां से टॉफी की मांग पूरी करवा लेता है।

"हां!" मैं उसके उल्लास पर मुग्ध होती जा रही थी।

"पर एक शर्त पर!"

"क्या?"

"कल तुम मेरे घर आओगी।"

"कल। कल।" मेरे मुंह से 'नहीं' नहीं निकल सका। मेरी आंखें उसके चेहरे पर जाकर टिक गईं। इसको कैसे इनकार करूं? इससे

कैसे नाता तोड़ा जा सकता है, जो बच्चों के समान ज़रा-सी बात में रूठ जाता है और पलभर में मान भी जाता है!

"अच्छा, मैं कोशिश करूंगी।"

"कोशिश नहीं।" उसने आज्ञा के-से स्वर में कहा, "आना होगा।"

"अच्छा-अच्छा, आऊंगी।" मेरे भीतर से कोई चीख-चीख कर कह रहा था, 'आऊंगी। आऊंगी।' और मेरे भीतर का आलोचक जैसे एक कोने में खड़ा मुस्करा रहा था, 'बस इतनी ही थी हिम्मत!'

"गुड।" वह उठकर कुर्सी से खड़ा हो गया।

"बस हो गया।" अब तक चुपचाप खड़ी सुषमा ने उसे चिढ़ाया, "बच्चों के समान रूठे और मान गए और फिर कहेंगे, मैं तुम्हारा बड़ा भैया हूं।"

"चोप!" वह उसे एक धौल जमाकर अपनी 'लिट्ल आंटी' के पास चला गया।

रात भर मैं सो न सकी।

मुझे एक-न-एक निर्णय करना ही पड़ेगा। में उसे इस प्रकार अनिर्णय की स्थित में लटकाकर नहीं रख सकती। मैं स्वयं भी इस द्वंद्व में नहीं जी सकती। मुझे निर्णय करना ही पड़ेगा—जाऊं या नहीं? मैं न जाती तो शैलेश रूठ जाता।

फिर वह शायद मुझसे कभी नहीं मिलता। यदि जाऊं—तो फिर हमारा मिलना-जुलना बढ़ेगा। वह मेरे समीप आएगा। मैं उसके सम्मुख विवश होती जाऊंगी और वह और निकट आएगा। फिर हो सकता है, वह मुझसे कुछ चाहे। मैं उसे इनकार नहीं कर पाऊंगी उसे सामने देखकर ही मेरा मन जैसे पिघलने लगता है। मेरे अंग शिथिल होने लगते हैं...नहीं-नहीं! मैं जाऊंगी। वह तो बच्चा है। उसे अपने भले-बुरे की पहचान नहीं है। मुझे ही बुद्धि से काम लेना चाहिए। मुझे उससे नहीं मिलना है...नहीं मिलना है...

दूसरा सारा दिन द्वंद्व में ही कट गया। मैं जैसे अवश-सी स्कूल गई। जैसे-तैसे काम करती गई। घंटियां बजती रहीं और समय गुज़रता गया। स्कूल का काम समाप्त हो गया और मैं जैसे सम्मोहनावस्था में ही घर चली आई। बार-बार मुझे लगता था कि अभी कोई दरवाज़ा खटखटाएगा। मैं दरवाज़ा खोलूंगी तो वहां शैलेश शिकायत की मुद्रा में खड़ा होगा या सुषमा खड़ी यह कहती मिलेगी कि शैल आज फिर रूठा बैठा है।

मैं बार-बार चौंककर दरवाज़े की ओर देखने लगती थी, पर कोई नहीं आया। सूर्य की एक-एक किरण जैसे मुझे बुला-बुलाकर लौट गई; पर मैं न उठी, न उठी। सुनहला सूर्य भी धुंधला गया और अंधकार चारों ओर पसरकर लेट गया। अब कोई बुलाने वाला भी नहीं रहा।

सहसा मेरे मन में ज्वार उठा। लहर पर लहर उठी। एक आवाज़ दूसरी को धकेलती हुई पहली के कंधे पर चढ़ बैठी, "मैं जाऊंगी! मैं जाऊंगी! मुझे जाना ही होगा।"

"तभी मेरे मन की घाटी में दूसरा स्वर चारों दीवारों से सिर मारने लगा, "मत जा! मत जा!"

मैंने अपनी दो हथेलियों और दस अंगुलियों में कसकर अपना सिर पकड़ लिया और औंधे मुंह अपने बिस्तर पर जा गिरी।

अगले दिन सबेरे ही सुषमा मुझे बुलाने आ गई। फ़ोन पर शैलेश मुझे बुला रहा था।

मैंने रिसीवर पकड़ा तो मेरा हाथ कांप गया, "हैलो।"

"कविता।" शैलेश का स्वर था, "वचन याद है अपना!"

"याद है, शैल।"

"फिर वह वादा ही क्या जो वफा हो गया?"

"नहीं, शैल, सुनो..."

"कुछ नहीं सुनना है मुझे।" उसका जिद्दी स्वर कुछ अधिक ऊंचा हो गया, "तुम आज आ रही हो या नहीं?"

मैं उसे स्वर की दृढ़ता से एकदम डर गई और फिर पहले के ही समान मैं अवश हो गई। मेरे भीतर से किसी ने शत-शत स्वरों में एक साथ कहा, "आऊंगी, शैल! मैं आऊंगी!"

"ए लेडीज प्रॉमिस?"

"हां, शैल, मैं आऊंगी।"

"ओ. के." उसने डिस्कनेक्ट कर दिया।

और सहसा मुझे होश आया—यह मैंने क्या किया! मैं उसे इनकार क्यों नहीं कर सकती? उसे वचन देकर, फिर नहीं जाती हूं—इससे तो अच्छा है कि उसे स्पष्ट मना कर दूं। झूठी तो न बनूं उसकी दृष्टि में। उसे मैं साफ-साफ यह क्यों नहीं कह सकती, 'शैल, मेरा अपना अलग एक संसार है।

मैं, मेरी मां और मेरा भाई सतीश उस संसार से निकलकर तुम्हारे, सरला, सुषमा और सीमा के संसार में आ जाऊं; तो वह ग़लत सोचा था। मैं अपना संसार नहीं छोड़ सकती। मैं किसी के भी संसार में नहीं जा सकती—न तुम्हारे, न रीमा और ज्योत्स्ना के। मुझे यहीं पड़े रहने दो, शैल! मुझमें साहस ही नहीं...पर इनकार, शैल को?

यह दिन भी कल के समान ही बीत गया। कल के ही एक-एक क्षण ने स्वयं को दुहराया। मेरे मन में ज्वार उठा, लहर पर लहर उठी, आवाज़ के कंधे पर आवाज़ जा चढ़ी और फिर मेरे मन की घंटियां इनकार से भर-भर गूंजीं। मैं अपना सिर पकड़कर बैठी रही। सूर्य ढलता गया, ढलता गया। उसकी एक-एक किरण मुझे बुला-बुलाकर लौट गई। अंत में कोई बुलाने वाला भी नहीं रहा। अंधकार घने-से-घना होता गया—पर मैं बैठी रही...

•••